现代性与民间文学

安德明 董素山 主编
户晓辉 著

中国民间文学与文化研究丛书

河北出版传媒集团
河北教育出版社

图书在版编目（CIP）数据

现代性与民间文学 / 户晓辉著. -- 石家庄 : 河北教育出版社, 2023.12
（中国民间文学与文化研究丛书 / 安德明, 董素山主编）
ISBN 978-7-5545-8236-7

Ⅰ. ①现… Ⅱ. ①户… Ⅲ. ①民间文学—文学研究 Ⅳ. ①I057

中国国家版本馆CIP数据核字(2023)第243285号

书　　名　现代性与民间文学
XIANDAIXING YU MINJIAN WENXUE
作　　者　户晓辉

策　　划　丁　伟　田浩军
出 版 人　董素山
策划编辑　郝建东
责任编辑　王　哲
装帧设计　郝　旭
出　　版　河北出版传媒集团
河北教育出版社 http://www.hbep.com
（石家庄市联盟路705号，050061）
印　　制　河北新华第一印刷有限责任公司
开　　本　787毫米 × 1092毫米　1/16
印　　张　13.75
字　　数　174千字
版　　次　2023年12月第1版
印　　次　2023年12月第1次印刷
书　　号　ISBN 978-7-5545-8236-7
定　　价　40.00元

目　录

第一章
导论：现象学还原与民间文学现代性问题的呈现

> 科学的研究领域不以“事物”的“实际”联系为依据，而是以“问题”的“思想”联系为依据：凡在以新方法探索新问题并且一种揭示意义重大的新观点的真理借此而被发现的地方，一门新的“科学”就形成了。①
>
> ——马克斯·韦伯

在不少人看来，把“民间文学”与“现代性”联系起来，即使不算不伦不类，也有赶时髦的嫌疑。因为无论我们怎样界定现代性，民间文学似乎都是与“现代”“当代”或“现代性”等概念所意指的东西离得很远的现象，至少不会比它与“传统”和“古代”之类的概念所指的东西离得更近。现代学者在追溯中国民间文学研究的起源时，往往会不约而同地提到周代的民歌采集活动，西汉人写的《孔丛子·巡狩篇》就已经告诉我们:“古者天子命史采歌谣，以观民风。”现代学者一般也倾向于认为这种说法是可信的。这就意味着许多人都相信，虽然中国现代民间文学研究起步于“五四”时期，但它的“渊源”或前史可以上溯到《诗经》时代。在相当长一段时间里，我也是这么认为的，虽然我知道这其中可能暗藏着“外国有我们也会有甚至早就有”或者“老子祖上比你阔多了”式的民族主义情绪，但我并不怀疑中国现代民间文学研究与周代采风之间的“连续性”。与此同时，我也总是相信：当我们生活在所谓的“民间”或者当我们来到

①[德]马克斯·韦伯:《社会科学方法论》，韩水法、莫茜译，中央编译出版社，1999年，第19页，重点原有。

所谓的“田野”时，作为研究者的我们总是可以直接面对我们的对象，总是可以用我们头脑中的一些概念直接指称这些对象，无论这些对象是人、故事、传说、笑话、谚语、神话还是别的什么。在以往的研究中，我也曾经不假思索地把“神话”“原型”等概念用于研究古代“文化”或少数民族的“文化”。虽然我在研究岩画和彩陶时明显感到不能用现代的“艺术”概念来认识史前的“艺术”现象，但这种局部的反省并没有给我带来方法论的整体反思。

2001 年 8 月，我有机会在浙江温州南溪古村落做民俗采风。“古朴的”村民们住在已经保留了数百年而且有些已经摇摇欲坠的木屋中，其中一些人以漫不经心的目光扫过我们这些远道而来的“观光客”，然后继续他们的营生；还有一些人和我们形同陌路，根本就懒得搭理我们。我突然从内心深处问自己：我来这里干什么？我要寻找什么？这样一问，倒是让自己惶恐起来，因为连来的目的都不清楚，可见自己不是一个“称职的”民俗研究者。但我明显感到，同来的许多同道似乎都对老屋更感兴趣，他们对屋子的饱经沧桑发出唏嘘和感叹，争着把它们装进自己的镜头。显然，他们感兴趣的是物而不是人以及人的生活。我当然无意臧否他们的兴趣和爱好，但人类学对自我与他者的反思知识也使我对自己提出了一个问题：即我与这些生活在老屋中的“民”究竟是什么关系？原先对动辄美化和诗意化民间或民众生活的做法的警惕使我怀疑：我们所说的“民”或“民众”是否就是眼前这些活生生的人呢？几年前，我在研究中国彩陶文化时曾经写道：

> 这些图形和器皿，虽然近在咫尺，尽管伸手可及，但它们和我们之间相隔的又何止“八千里路云和月”？它们走了几千年才走出了地表，与我们相会，这是何等的幸事啊！①

如今，当我面对眼前这些“民众”的时候，我同样感到我和他们之间有一种无形却难以逾越的距离，这种距离既然不是空间的，那可能就与时间有关；既

①户晓辉：《地母之歌：中国彩陶与岩画的生死母题》，上海文化出版社，2001 年，第 5 页。

然不仅仅是物质上的，那就一定有精神的层面。我无法再像自己研究彩陶时那样，仅仅用诗性智慧去“契合”他们的心理。显然，在这里，仅仅提醒自己不要“见物不见人”是远远不够的。我开始怀疑自己的研究是否可以直接触及这些“民众”的生活。我很清楚，他们对我的目的、我的术语或者我的专业可能很陌生，甚至完全不懂。无论我把他们定位在遥远的过去还是定位在活生生的现在，我都可以感到：我的学术世界和他们日常生活的世界是不一样的，甚至我眼中的世界和他们眼中的世界也有根本不同。这本来不足为奇。或许正是在这里，当代人类学家对研究者能否理解和表述异文化中的“他者”产生了怀疑。美国学者埃伦·迪萨纳亚克写道：

（人类学的普遍反省已经使人们认识到）所有个人都用他们自己的语言和教养中固有的那些未被觉察而又不言而喻的先入之见来看世界。因此，一个人对另一个人的解释从来不可能是纯粹的和客观的。尤其是人类学这个领域本身来自西方传统对非西方民族的文化剥削和主宰中固有的一些未经反省的原则。19 世纪和 20 世纪早期的人类学这门学科的奠基者们被禁锢在他们文化的那些隐含观念之中；这些观念不仅影响了他们在“野蛮人”以及他们所研究的“土著”中所寻求的东西，而且也影响了他们后来对“材料”的解释。人类学思想发展过程中的所有大人物的著作逐一被重新检验和解构。我们已经发现，他们给自己的学科强加了沙文主义的意识形态范畴，这些范畴不仅内在于他们的思想中，也内在于需要用书写传播他们的观察时所强加的进一步歪曲之中。

今天的人类学家们如果觉得除了对异文化作带有偏见的和不充分的观察和解释只能受天生就无力做任何事情的牵制或压制，他们大概会得到人们的谅解。……他们现在写到书写问题，考察以前的人类学家及其沙文主义式的发现或者其研究背后以意识形态为基础的概念，或者在他们自己的田野报告中表明他们的世界观如何受到书写他人世界观的反思过程的影响。今天的研究不再是对其他文化实践和信仰的权威描述和分

> 析，而常常是记录了两种信仰体系的一次特别的相遇，或者是对描述另一个生活方式的不可能性的反省。①

在与“本土的他者”相遇时，我遇到的问题和人类学家在“异域的他者”那里遇到的问题相似，而且并不比他们的问题更简单。我也知道，我的怀疑还可能受到当代解构主义思潮的潜在影响，因为“解构主义的阅读表明，尽管文本好像自然而然地涉及现实，它们实际涉及的是其他文本，所有这些文本必然掩盖着未经核实的意识形态假设和形而上学假设”②。但是，反思人类学和解构主义的这些思想并没有涵盖我的主要问题：早在数年前我就开始怀疑被一些文人学者美化和诗意化的“民间”与所谓真实的“民间”是不是一个东西。当我把这个问题提到理论层面上来思考的时候，自然会产生一连串的问题：姑且不论少数文人学者的上述行为，如果作为研究者的我们眼中的“民间”与民众曾经或者正在生活着的“民间”不是一回事情，那么，是否存在着真实的或真正的“民间”？是否存在着多种“民间”或者研究对象？果真如此，我们看见和研究的究竟是哪一个“民间”呢？

显然，在相当长的时间里，和绝大多数被唯物主义哲学教科书塑造了世界观的学者一样，我相信自己就处在客观世界和外在现实之中。既然现实是客观的、不以我们的意志为转移的，而且是不可能被人类的认识穷尽的，那么，我们就只能发挥自己的主观能动性，只有找到了科学的、正确的途径和方法，现实和世界的真理或规律才能被我们认识。按照这个“放之四海而皆准”的哲学原理类推，真实的或真正的“民间”总是存在的，不管是一个还是几个，它或它们就在那里，是客观存在，不以我们的意志为转移和改变，我们所要做或者所能做的就是寻找正确的角度、方法和途径来发现它们。依此类推，不论我们研究神话、故

①［美］埃伦·迪萨纳亚克：《审美的人——艺术来自何处及原因何在》，户晓辉译，商务印书馆，2004年，第115—116页。

②［美］埃伦·迪萨纳亚克：《审美的人——艺术来自何处及原因何在》，户晓辉译，商务印书馆，2004年，第290页。

事、歌谣、史诗或者其他什么，这些东西早就已经存在了，我们要研究的就是它们的规律或者“真相”。但是，什么是“真相”或“真理”呢？如果这个世界存在着“真相”或“真理”，它们的判定标准是什么？显然，这里的问题已经不局限在民间文学这个学科之内了，它们纯粹变成了哲学的基本问题。看来，从前我认为能够绕过去的哲学问题，现在又一次摆在我的面前，使我无法绕过，也无法回避。

按照一般的理解，认识的正确性或准确性就在于它与客观存在的甚至在某种意义上潜在地等着我们去发现的规律或“真相”的符合程度，这就假定了在我们的认识之外存在着“客观的”规律和“真相”。民众或者民间文学的各种体裁，都是客观的存在，无论有没有人认识它们，无论我们怎样认识它们，它们都是曾经或者正在现实中存在的东西，这有什么可怀疑的吗？我们研究的优劣和高下就在于与真实存在的这些东西的符合程度。在这里，对“真相”的客观性和先在性的假定似乎是不证自明的。但是，如果认真追究这个假定，必然产生一个问题：即有谁在认识和知觉之外“看见”或者“知道”这些“客观的”规律和“真相”呢？或许为了不把这个问题归于上帝，康德在《纯粹理性批判》中做了“现象”与“物自体”的区分。在他看来，现象是在人的直观中显现的对象，在人的知觉或直观之外的东西就是物自体。人类只能认识现象，而不能认识物自体。因为一切事物只有作为现象显现出来，才能被我们直观到和把握到。这就意味着所谓主观与客观相符合的传统认识论存在着难以自圆其说的漏洞。为了弥补这个漏洞，康德把人类的认识限定在主体性的领域，并且进一步提出：时间和空间并非事物的客观属性，而是人类直观的先天形式。① 这样，人就成为自然的立法者，而不是相反。换言之，在康德看来，离开了先天的范畴或者人类如果不把这些先天的范畴投射到对象之中，我们的直观和认识就是不可能的。我在这里没有篇幅仔细讨论康德的哲学观点，但他的思想提示我们：我们不应该在我们的认识之外寻找民间文学的对象，因为一切民间文学的对象都是被我们看见、读到或者知觉到的

① Immanuel Kant, *Critique of Pure Reason*, translated and edited by Paul Guyer & Allen W. Wood, Cambridge University Press, 1997, pp.155-156.

对象。民间文学的“物自体”是否存在，我们是不知道的，在哲学的意义上，它是一个“无”（nothing）或者什么都不是。因为在我们的感知之外的东西是我们不知道的东西，而一旦进入我们的感知，“物自体”也就不成其为“物自体”，而变成了“现象”或“显象”。但正是在这里，康德的二元论又为上帝的存在预留了空间——因为既然人类无法认识“物自体”，那么这种认识能力就只能留给上帝了。

在此，康德哲学对我们的意义在于它动摇了我们对民间文学对象的客观性、先在性和不证自明性的假定。正像我们在任何认识和研究之前就假定我们认识和研究的对象已经存在了一样，我们总是不证自明地假定民间文学研究的对象在学者的思考、认识和研究之前就存在着，学者的任务就是不断对这些已经存在的对象做出新的发现、思考、认识和研究。对研究对象的存在的设定已经成为我们习以为常也就习焉不察的一个最大的前提和出发点，我们的一切研究都是从这里开始的。我们难以想象：如果对象不是预先存在的，我们研究什么或者怎样研究。例如，民间文学或民俗学的田野作业，总是以“田野”或“民间”的预先存在为前提，否则，我们的脚将迈向哪里呢？无论你研究的是民间文学的哪种体裁，它们总是先存在了，你才能研究，否则，你研究什么？这道理似乎再简单不过了。我们因此也很难想象甚至根本就不会去想：如果不做这种“存在的设定”，我们的研究对象还有没有或者我们的研究将会怎样。正是在这里，胡塞尔的现象学方法为我们提供了一个新的思考路径。

胡塞尔认为，我们人类总是生活在直向的自然态度中，我们直接地面对整个世界，我们自然而然地拥有关于这个世界的“存在的信仰”。但是，现象学的反思首先要质疑世界存在的这种“自然而然性”和“不证自明性”。为此，胡塞尔提出了著名的“现象学还原”或“悬搁”（Epoché）的方法。他认为，那种几千年来被认为不言而喻的东西，只有借助彻底的反思和悬搁才能克服。关于现象学的反思，倪梁康有一段通俗明白的解释：

> 我们在这里可以用胡塞尔常举的一个例子来说明这个问题：在日

> 常生活中，以及在自然科学的研究中，我们可以说：“天是蓝的”；而在反思中，我们则应当说：“我看见，天是蓝的。”在这里，“看”是意识活动的一种类型，即视觉性的感知。它在这个陈述中是我们所要关注的对象，它是确定无疑的；而我看到的事实（蓝天）则是可以怀疑的，并且在这个陈述中是无关紧要的。——这个特征适用于所有反思。
>
> 胡塞尔在《纯粹现象学和现象学哲学的观念》第一卷中特别强调现象学方法的反思性质。他把纯粹现象学的创立称之为一种“观点（Einstellung）的改变”。这种观点的改变意味着：当我们开始进行真正的反思时，我们就不再立足于素朴的自然观点之上，而是进入到哲学的（现象学的）观点之中了。直向的思维方式和反思的思维方式因而在胡塞尔看来是划分两种不同的观点，即自然观点与哲学观点的根本标准。前者与我们日常面对的世界和对这个世界的存在信仰有关；后者则与我们在哲学态度中向自身的回返有关。[①]

向自身回返的途径或反思的方法就是现象学的还原或悬搁。Epoché（悬搁）是一个希腊语，来自动词 epechein，意思是一种（暂时的）终止。在胡塞尔的用语中，“还原”的意思是指一个过程，通过这个过程，我们从还不是明证的（evident）东西被引向已经获得了明证性的东西。Epoché 指悬搁一切有关未经思考的事物的判断。[②] 胡塞尔把我们总是不假思索地认定周围对象是存在的却不去反思它们为什么是存在的这种态度称为“存在设定”或“自然命题”。他认为，如果我们放弃和排斥这种自然的态度或命题，不做任何在先的存在设定，而是面对我们自己把握到的实事本身，我们就能够获得一种哲学的态度，在这种哲学态度中不含有任何超越的东西，一切都是直接的、内在的；这便是胡塞尔所说的纯粹意

---

①倪梁康：《现象学及其效应：胡塞尔与当代德国哲学》，生活·读书·新知三联书店，1994年，第 93 页。

②参见 Joseph J. Kockelmans, *Edmund Husserl's Phenomenology,* Purdue University Press, 1994, p.118。

识。进一步的纯粹意识分析将会表明：意识如何通过自己的意向构造能力而使对象显现出来，并赋予这些被意识创造出来的对象以客观自在的存在，从而澄清所谓客观存在的根源是在纯粹先验的主体性之中。[①]

为了排除一切未经反思的自然态度或命题，获得纯粹意识的领域并且把握意识与对象的本质关系，胡塞尔提出了现象学还原或悬搁的方法。简单地说，现象学还原或悬搁就是暂时把我们周围的对象以及我们关于它们存在的一切判断都予以取消和存而不论，或者是把它们统统放在括号里。但这不是为了否定周围对象的存在，而是通过在思想中暂时把它们“封存”起来，以便重新获得它们，或者是能够超脱原来习焉不察的自然态度来重新思考我们与周围对象的关系。因此，国外有学者认为，一方面，胡塞尔比康德更激进，认为在可能的经验范围之外没有物自体；另一方面，通过悬搁的操作，什么也没有改变：我们只是改变了我们对世界的态度，悬搁了所有有关后者是否独立存在的命题。已经实行了现象学还原的现象学家继续相信世界是存在的；但是，在对经验做现象学描述的活动中，他们不再利用这个事实。[②]笛卡尔至少暂时否认了被还原的事物的存在，胡塞尔并没有否认这种存在，而只是把它放在括号中间。[③]英国学者毕普塞维克指出：

> 然而，胡赛尔的存而不论，其功能和笛卡尔的方法并非完全相同。在我们摒弃“自然立足点”的思维的活动中，没有任何东西被否定，这个世界的存在并没有受到怀疑；唯有那些关于这些东西存在的判断，才是被存疑的。“存而不论”不像笛卡尔的怀疑一般，它并不暂时地“割舍”这个充满事物的世界；它所要改变的只是我们的观点，而且只是要使这个观点能够从一个不同的角度来反省我们的经验。在胡赛尔看来，笛卡尔的怀疑是一种全面否定的企图；相反的，“存而不论”只是要把

① 参见倪梁康:《现象学及其效应：胡塞尔与当代德国哲学》，生活·读书·新知三联书店，1994 年，第 313 页。

② Barry Smith and David Woodruff Smith (ed.), *The Cambridge Companion to Husserl*, Cambridge University Press, 1995, Introduction, pp.12-13.

③ Joseph J. Kockelmans, *Edmund Husserl's Phenomenology,* Purdue University Press, 1994, p.225.

“自然立足点”的思维予以暂时搁置，让这个思维不能发挥影响，进而使我们能够集中注意力，专心分析意向经验中那些基本的内容，并且藉著澄清这个世界的“超越的起源”（transcendental origins），得以解释胡赛尔所谓的这个世界的“意义”。①

在一定意义上，我们似乎可以把现象学的还原理解为一种“认识论的修辞术”，胡塞尔的“认识批判”和悬搁就是要寻求一个新的认识起点，一切从头想起，并且把原来根本认识不到或者更不可能成为问题的问题当作课题来展示出来，加以研究。尽管全面的叙述和评价胡塞尔现象学还原或悬搁方法的哲学内涵远非本书的任务，但我在此希望通过上文的引述和介绍，使我们从中获得认识民间文学研究对象的启发与洞见。

从哲学上说，胡塞尔的现象学还原使一个先验的纯粹主体（观）性领域第一次被揭示出来，而所有的认识对象都被还原到这个先验的纯粹主体（观）性领域之中，这就使长期在西方哲学史上占主导地位的主客二元论发生了动摇。因为关于实在世界的某种东西直接被给予我这种观念就意味着，任何明显的在意识和意向对象之间的二元化（dichotomy）都不得不崩溃。直接被给予我的东西同时是独立于心灵的现实的一部分和我的意识的一个成分。我的意识与现实是重叠的。②由此使我们对人类的认识结构以及人与对象的关系也有了新的认识。在自然态度中彼此外在的东西，在悬搁中变成了纯粹意向性的彼此内在的东西，与此同时，世界就变成了大家共同拥有的现象的世界。胡塞尔的学生奥伊根·芬克在解释这

①［英］毕普塞维克：《胡赛尔与现象学》，廖仁义译，桂冠图书股份有限公司，1986 年，第 115 页。文中的“存而不论”（Epoché），大陆学者一般译为“悬搁”或者“悬置”；“胡赛尔”，大陆学界一般译为“胡塞尔”。荷兰学者泰奥多·德布尔指出：“我们也可以把悬搁描述为一种‘价值转换’（Umwertung），它把物从各种错误的解释中解放出来，在其真正存在的意义上来揭示它，因而也就在这种相对性的意义上承认了它。……被悬搁的是某一种信念，即那种将世界绝对化的信念。对世界信念的悬搁并非要删除这种断定，它删除的是这种断定所具有的某种‘自然’性质。”（［荷］泰奥多·德布尔：《胡塞尔思想的发展》，李河译，生活·读书·新知三联书店，1995 年，第 361 页。）

② 参见 Jaakko Hintikka, The Phenomenological Dimension, in Barry Smith and David Woodruff Smith (ed.), *The Cambridge Companion to Husserl*, Cambridge University Press, 1995, p.82。

个问题时指出：

除了在我们知觉中所知觉到的、在我们经验中所经验到的、在我们思想中所思想的物之外，根本不存在任何有意义地谈论之物。脱离我们主观意向系统的"物自身"是一无意义的概念。……表象活动并**不产生**被表象的存在者，它顶多只产生存在者的对象存在。如果我们在这个层面上来谈在自然人类主体经验中的对象构造，那么"构造"仅意指着意向意义的建立，事物在此结构中呈现，而非事物本身的创生。①

在胡塞尔看来，意识不仅有直观事物本质的能力，而且还有构造"对象"的能力。他认为，"对象"不同于"事物"。"事物"是在意识中被给予的东西（感觉材料）；而"对象"是以可能的方式被意指的东西，意识可以使某个不包含在它自身组成部分中的东西成为意向对象。简单地说，"对象"是一个在人的意识中被构造出来的意义存在，而且它只能存在于人的意识之中。胡塞尔的现象学还原和构造分析表明了重要的一点：即"对象"或所谓的"客体"是被意识构造出来的，却被意识误认为是外在的和自在的"客观对象"。这对我们认识民间文学研究的对象具有很大的启发。

其次，胡塞尔的现象学使我们的世界观发生了变化，至少可以改变我们的"观看方式"。英国学者毕普塞维克举了一个通俗易懂的例子：

经由还原的步骤，以获得现象学上的本质，这种方法可以从最普通的经验中发挥作用。譬如，我看见在我前面的这张椅子，这就是一种单纯的知觉经验。假设有个东西"摆在外面"，这个东西被称为"椅子"，我可以看到它、摸到它，也可以拿它来做其他的用途。但是，如果我现在不再注意椅子这个外在的对象（the transcendent object chair），而把我

①［德］奥伊根·芬克:《胡塞尔现象学的操作概念》，黄文宏译，倪梁康主编《面对实事本身：现象学经典文选》，东方出版社，2000 年，第 599 页，重点原有。

的注意力集中在那些从我看到一张椅子的经验中直接呈现出来的东西。我将会发现此时的自己已经立身于一个不同的层次，而且我的观点也在改变之中。我不再把这张椅子看做一个“摆在外面”的对象，不再把它看做一张我可以把书本摆在上面，或者我可以爬上去把灯炮〔泡〕装在天花板灯座上的椅子。我所知道的是，我正把一个被我称为椅子的东西当做对象。我所拥有的不只是关于椅子的知觉（a chair-percept）；我的经验并不是单单由某些感觉所形成的。我能够知道这个知觉所表达的意义。我能够从我的经验中区分出**感觉内容**（a sense-content）与“**所思的内容**”（a ‘noematic content’）。而且，无论这张被知觉到的椅子是真实的或者是虚构的，这个区分都不会改变。①

另一些学者还指出，在先验的态度中，我们离开了在这个世界中的一切理论的和实践的活动领域，而是始终关注于意识生活，在其中，这个“世界”恰恰就是呈现给我们的这个世界。在改变了我们对世界的态度以后，这个世界对我们的每一个意义现在都是一种有意识的意义，一种在主体的起源中形成并且只是在我们自己的感知、想象、思考和评价的生活中才能发现的意义。②我们在现象学的反思中把握到，意识在被朝向一个对象的意义上是意向性的：意识是某物的意识。使用加括号的方法意味着这种注意力不关注这些对象是否真的存在。③

对我们的研究而言，胡塞尔现象学方法的启示和借鉴意义首先在于它的这种巨大的“颠覆”力量。这就是奥伊根·芬克所说的，“胡塞尔意义上的现象学还原的革命性力量就在于，在还原的实施过程中，一切众所周知的存在同认识的关系被‘倒转过来了’。认识活动表现为一种创造性的力量，是它让实存存在的。

①[英]毕普塞维克：《胡赛尔与现象学》，廖仁义译，桂冠图书股份有限公司，1986年，第109—110页，重点原有。
②参见 Joseph J. Kockelmans, *Edmund Husserl's Phenomenology,* Purdue University Press, 1994, p.185。
③参见 Barry Smith and David Woodruff Smith (ed.), *The Cambridge Companion to Husserl*, Cambridge University Press, 1995, Introduction, p.11。

在自然态度中，认识对自己的认识是错误的”①。美国学者赫伯特·施皮格伯格也颇有会心地指出，胡塞尔的“还原”一词的含义已经由这个词的字面意思清楚指明了，即回到被我们过于仓促的日常思想所忽略的起源上去。如果说胡塞尔的著作毕竟还可以与传统哲学著作比较的话，那就应该称它为一种倒置的体系：胡塞尔不是向上建筑，而是一再向下深掘，同时他企图为已确立的洞察铺设比以往任何时候都坚固的基础。② 他还顺带指出，现象学最独特的核心就是它的方法，这一点在现象学家中很少有分歧。施皮格伯格引述里科尔（即利科）的看法，即“从根本上说，只要我们把事物的显现方式作为单独的问题来研究，而将存在问题或是暂时地或是永久地‘放到括弧里’，现象学就产生了”，并且认为，这句话的意思是，名副其实的现象学家，必须特别注意“事物、概念、价值和人”的显现方式。③

这就意味着现象学方法的一个重要特征在于并不预先假定认识或研究的对象是客观存在的，而是首先关注对象在人的经验和意向性中的呈现方式和构造方式。在这里，我们可以进一步理解现象学的要求是把握事物中包含的本质必然性。对我们的研究而言，一个具有方法论借鉴意义的关键问题在于如何理解胡塞尔现象学方法的核心内容。通过上面的介绍和引述，我们已经对现象学还原带来的态度转变有了基本的认识，但胡塞尔提醒我们，现象学的洞见之路是一条漫长而充满荆棘的道路，“仅只改变态度，或仅只实行现象学还原以便从纯逻辑学中引出某种类似于现象学的东西，这也是不够的”④。因此，排除自然态度是使我们能够将目光转向先验纯粹的一般意识的手段。悬搁阻止了所有对象意识的超越的有效性，同时又使这种自身封闭的和先验纯粹的一般意识成为课题，这样，现象学反思的对象就成为意识行为连同其在自身中被意向地构造起来的对象。胡塞尔

①［德］奥伊根·芬克:《对胡塞尔现象学还原的反思》，靳希平译，倪梁康主编《面对实事本身：现象学经典文选》，东方出版社，2000 年，第 583 页。
②［美］赫伯特·施皮格伯格:《现象学运动》，王炳文、张金言译，商务印书馆，1995 年，第 183 页，第 123 页。
③参见［美］赫伯特·施皮格伯格:《现象学运动》，王炳文、张金言译，商务印书馆，1995 年，“译者序”，第 v 页。
④［德］胡塞尔:《纯粹现象学通论》，李幼蒸译，商务印书馆，1992 年，第 222 页。

由此发现，意识的基本特征是意向性，即一种意向的指向，它是一种对某物是何物（存在意义）的理解，所以，意向性也就是意识的成就，胡塞尔把这种成就称为构造。在意识的构造中，不仅世界及其客体对意识构造起自身，而且意识本身也在其统一性中建造起自身。为了能够看到这个成就的完整范围及其深层维度，我们才需要现象学还原的方法。① 在胡塞尔看来，现象学使关于存在论述的一般意义颠倒过来：现实存在首先是为我们的，其次才是自在的，后者只有“相对于”前者才是如此。一切实在的统一体都是意义的统一体。胡塞尔曾举例说，让我们假设，我们在一座花园里喜悦地望着一株花朵盛开的苹果树。在自然态度中，苹果树对我们来说是某种存在于超越的空间现实中的东西，而知觉及喜爱对我们来说是实在的心理状态。在一种现实物和另一种现实物之间，在实在的人或实在的知觉和实在的苹果树之间，存在着实在的关系。但对于现象学态度来说，在知觉和被知觉者之间的实在关系的现实存在，还有整个物理的和心理的世界都被排除了，然而，在知觉和被知觉者之间的关系却保留了下来，这个关系在“纯内在性”中达到了本质所与性，即纯粹根据现象学上被还原了的知觉体验和喜爱体验。现在，这棵树丝毫没有失去它在此知觉中出现时所具有的那些因素、性质和特性，我们能够和必须提出的问题是：被知觉物本身是什么，它在自身中包含着哪些作为此知觉意向对象的本质因素？正是这种状态是现象学所关注的问题。这时候，虽然我们对这棵树的描述性陈述可能像是现实的陈述，但已经经受了彻底的意义变样：

> “在”被还原的知觉中（在现象学上纯粹的体验中）我们发现，作为不可取消地属于其本质的被知觉物本身，可被表达为“物”“植物”“树”“盛开的花”等等。显然，在这里引号是有含义的，因为它表达了记号的那种改变，表达了字词的相应彻底的意义变样。这个树本身，自然界的这个物，只不过是这个被知觉的树本身，后者作为知觉的

① 参见倪梁康：《胡塞尔现象学概念通释》，生活·读书·新知三联书店，1999 年，第 335 页。

> 意义，不可分离地属于此知觉。这个树本身可烧光，可分解为其化学成分，如此等等。但此意义——此知觉的意义，即必然属于其本质的某种东西——不可能烧光；它没有化学成分，没有力，没有实在的属性。①

因此，胡塞尔认为，不仅每一种意向的体验都具有其“意向性的客体”，即其意义对象，也就是说，一切意识的基本特性就是有意义或者“在意义中有”某种东西，而且现象学的还原可以确保我们直观到事物的本质。这就是他所说的“本质直观”或“本质还原”。在他看来，事物的本质不需要从具体的事物中抽象出来，而是直接可以成为一个直观的对象。具体来说，在现象学悬搁的范围内以一个作为范例而被设定的现实的或想象的个体对象为出发点，以想象的方式制作出杂多的变项（本质变更），这是本质还原的第一步；第二步是关注这个被制作出来的变项杂多性的整体；第三步是使那些在所有变更中保持不变的规定性的总和作为所有变项的必然内涵即作为本质而被直观到。这样把握到的本质并不蕴含着一个事实个体，因为这种使本质把握得以可能的变更是在想象中进行的。②胡塞尔把自由变更（Variation）的方法看作使本质之物脱离事实之物的方法，因此，在这个过程中，存在的设定或不设定不起作用，也就是他在上文中说的，作为事实之物的树可以被烧光，但关于树的本质意义却不可能被烧光。

由以上描述和分析可以得知，一旦在胡塞尔现象学方法的启发下回到本书所关注的中心问题上来，我们就会获得新的视域和问题意识。

当民间文学的研究对象、目的和方法的“不证自明性”或“自然而然性”被悬搁起来之后，我们可以像胡塞尔那样不是向上建筑，而是向下深掘，即追问民

---

①参见[德]胡塞尔:《纯粹现象学通论》，李幼蒸译，商务印书馆，1992年，第226页，重点原有。

②参见倪梁康:《胡塞尔现象学概念通释》，生活·读书·新知三联书店，1999年，第391—392页。

间文学或民俗学[1]起源于何处？它们的对象和概念是如何起源和被建构起来的？这样的问题一经提出，我们就会遭遇本尼迪克特·安德森在研究“民族主义”时所遇到的相似情境：即诸民族（nations）在历史学家的眼里具有客观的现代性，而在民族主义者的眼里却有其主观的古远性；各种民族主义具有“政治”力量，但在哲学上却是贫乏的甚至是相互矛盾的。换言之，和绝大多数其他“主义”不同，民族主义从来没有产生自己的大思想家。因此，他认为，要理解民族主义的各种含义，就应该仔细研究这些含义在历史上是如何出现的，它们如何随时间而变化以及它们今天为什么还左右着如此深厚的情感合法性。[2]这与现象学的研究方法已经非常接近了。在考察民间文学或民俗学的话语时，我们几乎可以把安德森的话“照搬”过来：也就是说，我们虽然知道中国现代民间文学或民俗学话语是在“五四”时期开始的，但说起它们的“渊源”，我们的脑子里总会不由自主地浮现或者联想到中国古代既有的话语“传统”；另一方面，虽然研究的成果不能说少，但民间文学或民俗学的理论思考，在世界范围内都比较薄弱。这种困境已经被钟敬文先生指出，也在其文章中得到了体现。在给高丙中的《民俗文化与民俗生活》一书所写的“序言”中，钟敬文先生首先简要地回顾了中国古代学人对民俗的重视情况，认为“早在《诗经》成书的周代，采风问俗已经成为一种制度”，“但是，把民俗作为一种科学的对象来研究，只是现代的事，并且，现代意义的民俗学是‘五四’前后从国外传入的”[3]。接着，他指出：

> 民俗学在我国学界虽然有过一段可记忆的历史，并且在新时期新生之后获得了长足的发展，但是由于种种原因，今天这个学科多少还有

①英文的“Folklore”所指的“民俗”，既有文学形式的，也有非文学形式的，因此，在严格的意义上说，民间文学是民俗学的一个分支。但自从民俗学诞生以来，民间文学始终是各国民俗学家最主要的研究对象，有些民俗学家甚至把民间文学当作唯一的研究对象，在相当长的历史时期，民间文学和民俗学基本上指同一个学科。本书也主要在这个意义上使用这两个词。

②参见 Benedict Anderson, *Imagined Communities: Reflections on the Origin and Spread of Nationalism*, The Thetford Press, Ltd., 1983, pp.13-14。

③高丙中：《民俗文化与民俗生活》，中国社会科学出版社，1994 年，钟敬文“序言”，第 1 页。

> 点稚嫩，其中最突出的是理论发育还不够健全。这种缺憾同时也是世界民俗学界所面临的问题。记得美国民俗学界极其活跃的邓迪斯（Alan Dundes，曾任美国民俗学会主席）教授在1990年来访时，他向我们介绍的情况就给我留下了这种印象。世界民俗学在近一百五十年的历史里一直未曾形成被普遍接受的理论体系，甚至就连一些最基本的理论问题，诸如民俗学的研究对象、民俗的基本性质等，也未能形成共识。①

鉴于这种情况，钟敬文先生说自己在最近几年里对一些理论问题花费了不少心血，形成了自己的基本看法。他接着写道：

> 至于这门科学对象的时间取向，从根本上说，民俗学是“现在的”学问，而不是“历史的”学问。拿其他学科来类比，它是像人类学、社会学那样，以现在人类、社会的活动事象为研究对象的学问，跟古人类学、原始或古代社会史等学问是不一样的。自然，民俗研究中也要从今溯古，或以古证今，这些都是学术活动的自然现象，也是合理现象。但这不等于说民俗学所处理的事象，主要是历史的，它的研究资料只依靠文献，或主要依靠文献。应该说，民俗学的记述和研究，是以国家民族社会生活中活生生的现象为主要对象的。过去有些学者往往从古代文献上去抄辑材料，或热衷于到历史民俗现象中去找寻研究题目。这只是文献民俗的整理或研究，是属于历史民俗学或民俗史研究的范围，跟民俗学当然也有关系，但基本上却不是一回事。②

显然，钟敬文先生一方面承认“从今溯古”或“以古证今”以及有关“文

① 高丙中:《民俗文化与民俗生活》，中国社会科学出版社，1994年，钟敬文“序言”，第3页。

② 高丙中:《民俗文化与民俗生活》，中国社会科学出版社，1994年，钟敬文“序言”，第4页。

献民俗的整理或研究”与民俗学不是一回事情，另一方面也认为这些研究“跟民俗学当然也有关系”，但究竟是什么关系呢？即使我们把民俗学界定为“现在的”学问，把以所谓古代民俗或民间文学为研究对象的研究列为附属的门类（“属于历史民俗学或民俗史研究的范围”），也并不能清楚地说明民俗学是否有统一的研究对象和一致的研究方法。如果我们将民间文学或民俗学表面上具有的所谓“对象”（我们总是倾向于“看到”或者“假定”它们是预先存在的）暂时悬搁起来，让以往有关它们的判断失去效果，我们就可以试着从一种“无前提的”现象学视角出发来考察现代民间文学或民俗学话语的“起源”问题。这意味着我们的追溯不是从古到今，而是从今到古。我们需要做的是像日本学者柄谷行人在研究日本现代文学的现代性起源时所做的那样，来一个“认识论的颠倒”。

在《日本现代文学的起源》一书中，柄谷行人把曾经是不存在的东西使之成为不证自明的、仿佛从前就有了的东西这样一种颠倒，称为“风景的发现”。在一般人看来，文学和绘画中的风景似乎是早已存在的东西，但柄谷行人令人（至少是令我）惊奇地发现，风景不仅仅存在于外部。只有在对周围外部的东西没有关心的“内在的人”那里，风景或者作为风景的风景才能被发现。他认为，所谓风景乃是一种认识性的装置，这个装置一旦成形出现，其起源便被掩盖起来。只有把被颠倒的东西重新颠倒过来，其真正的起源才能获得揭示和去蔽。[①] 所以，在他看来，民族主义者跑到现代以前的时代里追寻日本文学的特殊性，实际上是对起源的忘却。在涉及柳田国男的民俗学时，柄谷行人一针见血地指出：

> 柳田国男称之为“常民”的，决不是common people，而是经过了上述的价值颠倒而看得到的风景。同时正因为如此，柳田不得不排除掉当初所使用的平民、农民等指涉具体性事物的语词。
>
> …………
>
> 为了使民俗学得以诞生，必须有其对象存在。而这个作为对象的常

① 参见［日］柄谷行人：《日本现代文学的起源》，赵京华译，生活·读书·新知三联书店，2003年，第12页。

> 民就是如此被发现的。在柳田国男那里，风景论和民俗学总是联系在一起的原因正在于此。①

> 风景一旦确立之后，其起源则被忘却了。这个风景从一开始便仿佛像是存在于外部的客观之物似的。其实，这个客观之物毋宁说是在风景之中确立起来的。主观或者自我亦然。主观（主体），客观（客体）这一认识论的场也是确立在风景之上的。就是说，并不是一开始就存在着的，而是在风景中派生出来的。②

柄谷行人之所以能够看到我们难以看到的这种"颠倒"，恰恰因为他采用了现象学式的研究方法或观看角度。当我们将这种方法或角度用于自己的研究对象时，也会不无惊奇地发现：现代民间文学和民俗学话语中又何尝不是充满了"风景的发现"呢？在现代民间文学和民俗学的话语中，"风景"的确立由来已久——我们总是相信自己的研究对象，无论是民众还是他们的各种文学艺术体裁或他们的民俗，早已经是客观存在着的"风景"。我们可以承认现代民间文学和民俗学这些学科的"现代性"，但其研究的对象则被认为是古已有之的东西。当我们用现象学的还原方法将这些被颠倒的东西重新颠倒过来时，我们可以和柄谷行人一起说，现代民间文学或民俗学的"风景"是在18—19世纪开始被确立起来的，这就意味着它们的所有概念、方法、研究理念甚至研究对象都是在这个时期才开始起源和被建构起来的。为了认识这个确立和起源的过程，我们必须将以往的"成见"悬搁起来，这首先就意味着我们不再设定和考察"现实世界"中的学科及其对象，而是考察民间文学或民俗学的对象和方法如何在现代学者的意向性中自我呈现以及如何作为客观的东西被建构起来的过程。如果说在康德看来，

①［日］柄谷行人:《日本现代文学的起源》，赵京华译，生活·读书·新知三联书店，2003年，第23页。

②［日］柄谷行人:《日本现代文学的起源》，赵京华译，生活·读书·新知三联书店，2003年，第24页。

只有先天范畴和感性的结合或统一才能产生知识，那么，我们同样可以说，没有先在的范畴、概念或关键词，民间文学或民俗学就不可能认识它们的对象，这些对象就不能作为“风景”出现在它们的学术话语之中，只不过这些范畴、概念或关键词不是先天的，而是“后天”形成的。这就意味着我们必须首先追溯民间文学或民俗学的主要范畴、概念或关键词的形成过程，才能把握它们的学科对象、特点和方法之类的“风景”是如何被建构起来的。正是在这里，我们触及了民间文学与现代性的关系问题。

“现代性”是20世纪后期被学术界广泛关注而且争议颇多的一个概念。从哲学上说，现代性主要指在欧洲启蒙运动过程中形成的一种思想态度和行为方式，简单地说，现代性观念的核心是理性和主体性，其根本的价值是自由，其表现形式是世俗化的“祛魅”过程。① 本书主要在这个意义上使用“现代性”一词（详见本书第三章的论述）。显然，无论我们怎样界定“现代性”的内涵，它和现代民间文学以及民俗学话语都具有不可分割的共生关系。换言之，现代民间文学和民俗学话语与现代性一样，都是启蒙运动的产物。②

现代民间文学作为一个学科，最核心的问题大概就是对自己的研究对象和方法论的理论界定。本书将分两大部分。第二章到第五章从现代性角度探讨现代民间文学话语的核心概念“民”或“民间”，以反思现代民间文学学科对自己的研究对象的建构过程；第六章通过民间文学与精神分析的比较来考察其共同的方法论如何使它们“发现”和建构了类似的对象。所有这些问题的讨论都集中在话语层面，因为我把话语分析看作意向性分析的一种形式，这就意味着本书的问题

---

① 参见陈嘉明等：《现代性与后现代性》，人民出版社，2001年，第3—8页。

② 美国学者埃伦·迪萨纳亚克概括说：“18世纪如今被认为是一些社会的和理智的趋势汇集在一起，相互交织和影响并且最终产生我们日渐确认的‘现代性’的时期。这些趋势中我可以提到（这里必须用一种简短的叙述，但这种简洁又容易引起误解）：社会的逐渐世俗化，其目标变为生活、自由以及个人对幸福的追求而不是默许一种在人的知识和能力范围内无法知晓的神圣计划；科学的兴起，它不仅鼓励质疑和异议，而且使技术和工业化的发展成为可能；随后是用基于金钱交换的工具关系取代封建的和亲属忠诚的情感纽带；强调把理性当作理解和控制生活事态的最有效的工具；美国和法国发生的伟大的政治革命及其随后将社会划分为工人和资产阶级，还有贵族和牧师的逐渐衰微。”（[美]埃伦·迪萨纳亚克：《审美的人——艺术来自何处及原因何在》，户晓辉译，商务印书馆，2004年，第272页）

都是被还原到人的意识或意向性之中来加以讨论和反思的。我的研究也意在讨论民间文学或民俗学“风景这边独好”的局面如何形成，它们的对象与方法是如何在研究者的主观意识中被呈现和被建构起来，然后又成为外在于我们的客观“风景”的。

第二章

欧美民间文学话语中的“民”与现代性问题

在回顾学术史时，多数学者都把英国古物学家汤姆斯（William John Thoms，1803—1885）提出“Folk–Lore”这个词的1846年[①]作为现代意义上的民俗学或民间文学研究的发端。意大利学者科基雅拉认为，欧洲民俗学真正的思想根源可以追溯到文艺复兴时期，地理大发现对未知人类社会陌生的语言、宗教和习俗的揭示，不仅激起欧洲人对远方异族的兴趣，也使他们开始“发现”自己的落后面——古诗、俗谚、农民歌谣都成为寻求民族遗产的思想家和艺术家（如蒙田、孟德斯鸠、伏尔泰、卢梭、维科、赫尔德）的重要资源。所有这些都融入对“民”（the Folk）的日渐浓厚的兴趣和迷恋之中。欧洲民俗学正是随着人们对“民”的日益增长的兴趣而产生的，民俗学的特殊问题就是界定什么能够称为民，什么不能称为民。[②]科基雅拉的研究至少在一个重要方面提示我们：欧洲民俗学或民间文学研究的发生和发展不是孤立的，而是欧洲社会史和思想史的有机组成部分。综观欧洲民俗学或民间文学研究一百多年的历史，几代学者不断对“民”做出界定，不断将一部分人划入又将另一部分人排除，“民”的圆周和外延在不断伸缩和变化，而对“民”的不同界定或界说不仅与彼时彼地的社会史和思想史有千丝万缕的联系，而且从深层制约着民俗学或民间文学研究的理论和范式。换言之，民俗学或民间文学的理论与方法几乎无不围绕着对“民”或“民俗”的界

① 参见 Alan Dundes (ed.), *International Folkloristics: Classic Contributions by the Founders of Folklore*, Rowman & Littlefield Publishers, Inc, 1999, pp.9-14。

② Giuseppe Cocchiara, *The History of Folklore in Europe*, translated from the Italian by John N. McDaniel, Philadelphia: Institute for the Study of Human Issues, Inc., 1981, Preface, pp. 2-5.

定而展开。在这个意义上，“民”（the Folk）这个概念就构成雷蒙德·威廉斯所说的那种关键词。他认为，关键词是极少取得共识的术语，其特定用法总是与人们看待文化和社会的特定方式有关，而“民”这个术语就产生于新的工业社会和城市社会的一系列复杂反应的语境之中。①“民”这个概念的演变隐含着民俗学或民间文学研究看待其对象的特定方式的转变，也是其研究范式转换的内在依据。

但是，当我们试图从以往学者的论述中寻求对“民”甚至“民俗”的界说和解释时，却发现人们对自己的学科对象和性质并不存在一种清晰的认识，更没有达成共识和一致。在美国民俗学界，民俗的定义比民俗学家还多的说法，已经成了老生常谈。1949 年，利奇（Maria Leach）编的《冯克与瓦格纳尔斯民俗、神话和传说标准词典》（*Funk and Wagnalls Standard Dictionary of Folklore, Mythology, and Legend*）列出了“民俗”的 21 种定义。在此后的 10 年里，民俗学家在自己的文章和著作的开始大多要提到这 21 种定义。在“民俗”这个名称诞生 150 周年的 1996 年，印第安纳大学出版的《民俗研究杂志》（*Journal of Folklore Research*，Vol.33, No.3）又将《冯克与瓦格纳尔斯民俗、神话和传说标准词典》列出的 21 种“民俗”定义重印出来。美国学者厄特利（Francis Lee Utley，1907—1974）在 1961 年就指出，这“是正在从事研究的民俗学家心目中对他们所谓的科学对象的混沌认识的证据”②。尽管有学者认为这是民俗学多元研究范式的表现，但无可否认的是，对“民”和“民俗”的界说本身已经形成一个传统，这一界说传统的混乱是民俗学或民间文学研究危机的一个原因，也是一个重要的征兆。1996 年，美国民俗学会在匹兹堡召开题为“名称里究竟是什么？”（What's in a Name?）的研讨会，会议的主要论文以专集形式发表于《美国民俗学杂志》（*Journal of American Folklore*）1998 年第 111 卷第 441 期。虽然学者们对学科名称和含

① 威廉斯还指出，“民”所代表的兴趣在 18 世纪以后得到迅速发展，而赫尔德和格林兄弟的著作又为这些兴趣赋予了正式的地位（参见 Raymond Williams, *Keywords: A Vocabulary of Culture and Society*, Revised Edition, New York: Oxford University Press, 1985, p. x, pp.136-137）。

② Robert Baron, Multi-Paradigm Discipline, Inter-Disciplinary Field, Peering through and around the Interstices, in *Western Folklore,* Vol.52, No.2/4, April 1993, p.236.

义都有了新的理解，有的主张废弃民俗学这个名称，有的主张保留，但理解的分歧程度依然如故。①

一门学科的不同成员对其研究对象或核心术语有不同的理解，本不足为奇。比起“文化”这个术语在人类学领域的一百余种不同定义，“民”或“民俗”的歧义似乎还只能是小巫见大巫。但是，当我们回顾学科历史并且提出究竟什么才是现代民俗学或民间文学学术话语中的“民”这个问题时，不能不发现一个有趣的现象：即在一百多年的时间里，对核心术语或学科对象界定、理解的差异具有表象性和外在性，因为这些差异并没有掩盖现代民俗学或民间文学在总体倾向和研究范式上的一致性特征。如果说差异和不同是一种混乱，那么一致和认同则表明了学术共同体的自我定位。具体而言，现代民俗学者或民间文学研究者尽管对“民”或“民俗”有不同理解，但他们“眼光向后”和“眼光向下”的学术姿态则是一致的。也有学者已经注意到，自汤姆斯创造了“Folk–Lore”这个词到《冯克与瓦格纳尔斯民俗、神话和传说标准词典》的出版这一百多年里，该词的词义并没有发生多少变化。为什么“民”或“民俗”的概念会集混乱和一致于一身？为什么现代民俗学或民间文学研究要对自己的研究对象做反复的界定和规划？这些问题大概只能到学科形成和发源的历史与意识中去寻找。一旦我们从这个角度考虑，这些问题似乎就可以被置换为更大的问题：即为什么要研究民俗学或民间文学？现代民俗学或民间文学研究是如何发生的？

从单纯的思想渊源上说，我们似乎至少可以判定中国的《诗经》时代和古希腊的希罗多德时代就已经有了民俗学或民间文学研究的雏形或思想萌芽。但无论是在中国还是在西方，现代民俗学或民间文学研究的兴起，都是与古代的民歌采风和民俗游历不可同日而语的另一件事情。单从欧洲和美国的历史来看，正如科基雅拉指出的那样，民俗学的兴起以文艺复兴时期的地理大发现为先声，并且有众多的思想渊源。但我要补充的是，学术界把英国古物学家汤姆斯提出“Folk–Lore”这个词的1846年作为现代意义上的民俗学或民间文学研究的发端

---

①李扬、王珏纯在《“FOLKLORE”名辩》（《民俗研究》1999年第3期）一文中对这次讨论的主要观点有扼要的介绍。

也是不准确的。如果真要寻找具体的代表人物和事件作为标志，在汤姆斯之前并且启发他提出“Folk-Lore”这个词的格林兄弟对德国民间故事和童话的收集整理，才称得上欧洲民俗学或民间文学研究的真正发端①，因为他们的研究在整个欧洲产生了迅速而持久的启蒙和示范作用。但格林兄弟为什么要收集和研究民间故事和童话？他们为什么会产生广泛的号召力和影响呢？这些问题的答案不止一个，我们留待下文探讨，这里至少可以借用美国学者布朗纳的一句话作为简单的回答：即“当西方社会更多地意识到正在兴起的现代行为方式与四面楚歌的传统生活之间的差异时，民俗学家就出现了”。② 正因为要解释和证明“人类文化的进步”，为欧洲现代文明的飞速发展提供借鉴和依据，现代意义上的民俗学或民间文学研究才应运而生。所以，从一开始，从事民俗学或民间文学研究的学者们，尽管身处不同的国度，立足于不同的文化语境，对其研究对象的范围和划定有大有小，得出的结论各有差异，但在出发点上却有惊人的一致：即向后看和向下看。我们只需选取一些代表人物的论述，这一点即可一目了然。

在欧洲的启蒙时代，下等阶层或愚民普遍受到鄙视。洛克认为，统治人类的三件伟大的事物是理性、情感和迷信，下等民众是情感和迷信的牺牲品，所以，他的教育计划仅限于绅士；卢梭在《爱弥尔》中说，穷人没有教育的需求；康德写道，民是由白痴组成的；伏尔泰认为，启蒙的努力必须限于能够从中获益的阶层之内，只靠手工劳动存活的那些人从来没有时间和能力来教育自己，他们在成为哲学家之前已经被饿死了。③ 但另一方面，正如以赛亚·柏林所指出，欧洲突然出现了对原始之物和（时间与空间的）遥远之物的兴趣。④ 早在17世纪和18世纪，欧洲人就对一切有关希腊人、罗马人和诺曼人的古俗发生了浓厚的兴

① 爱尔兰学者迪亚蒙德·奥吉里安指出，“民俗”（Folklore）这个词产生于19世纪中叶的英国，它是对发源于德国的思想的发展。在对雅科布·格林的《德意志神话》（*Deutsche Mythologie*）英译本第二版的一篇评论中已经出现了“Folklore”这个词（参见 Diarmuid Ó Giolláin, *Locating Irish Folklore: Tradition, Modernity, Identity*, Cork University Press, 2000, p.44）。

② Simon J. Bronner, *American Folklore Studies: An Intellectual History*, University Press of Kansas, 1986, Preface, p. xiii.

③ Peter Gay, *The Enlightenment: An Interpretation, Vol.2: The Science of Freedom*, London: Wildwood House, 1969, pp. 517-521.

④ Isaiah Berlin, *The Roots of Romanticism*, Princeton University Press, 1999, p. 14.

趣。在英国，“antiquities”（古俗）这个术语最早的用法是指英国过去历史的物质上的、可见的遗留物。但即使是在最早的表述中，这个概念也不限于过去的书面的和物质的记录，它也包括口头传统。英国古俗研究者约翰·奥布里（John Aubrey，1626—1697）拓展了“古俗”一词的含义，他把古俗与“自然史”和“超自然的”活动联系起来，并把活生生的民众看成传统的宝库。[①] 对古俗的兴趣直接和欧洲人的线性时间意识的兴起有关，同时也和欧洲启蒙运动与浪漫主义思潮相伴而生。不过，“民”这个概念并不仅仅是这些出身于中下层阶级的古俗研究者的发明，他们对“民”的想象受到贵族的乡民观念的启发。古俗研究者致力于公开展示奇风异俗的历史时期，也是西方的“公众”（the public）观念出现之时。早在16世纪晚期和整个17世纪的欧洲，试图通过把土地册封为民族疆域而建立民族观念的是贵族而非农民，因此，大量的农业人口被迫离开他们的土地。但是，农民被重新命名为“民”，在贵族政体中，农民们被怀旧似的描述为文雅的牧羊人或粗鲁的耕夫，他们的言语和歌谣被用来体现“本土的智慧”。在资产阶级的统治下，农民被认为体现了大众的情感和行为，是常识的提供者，甚至是地方性和民族性格的携带人。那些被留在乡下的农业劳动者的地位是由他们所感到的与世界各地民族的差异来决定的。民和他们的俗对于那些试图扩大其土地的文化价值的人来说都变成有用的东西。浪漫主义者不仅把民当作以旧的社会组织形式谋生的人，而且用他们充当反权威的诗人的替身。“民”的含义如何从单纯的、保守的农民进而包含现代民族国家中的无权阶层，如流浪者、流动工人和持不同政见者，这正是现代民间文学或民俗学研究的学术史有待讲述的故事。对“民”的发明的最缺乏探讨的层面之一就在于民族主义者是如何不断返回他们认为在文明到来之前就存在的社会构成的观念，在某种意义上，现代民俗学或民间文学研

---

① Richard M. Dorson, *History of British Folklore, Volume I: The British Folklorists: A History*, Routledge & Kegan Paul Limited, 1968, pp.2-5.

究正是出自这种回望的或反现代性的视角。[①] 也正是在这里，许多民间文学或民俗学研究从一开始就埋下了挥之不去的浪漫主义感伤基调。

早在 1815 年，雅科布·格林就在一份创建民俗学会的传单上写道，民俗学会将遍及整个德国，其任务就是拯救和收集德国普通乡民的歌谣和传说。“虽然几乎没有哪个地区完全没有或者被剥夺了民俗，但是，是地方城镇而非大城市，是村落而非地方城镇；而且在村落中，在那些静谧而麻木不仁并且坐落在森林或从山里的村落中，正是这些地方最多地被赋予和拥有着民俗。同样，民俗更生动地保留在某些职业的成员如牧羊人、渔夫和矿工的身上。因此，宁可去问这些人还有老人、妇女和儿童，他们传播民俗的记忆是活生生的。”[②]

1865 年，英国人类学家泰勒（Sir Edward Burnet Tylor，1832—1917）在《人类早期历史研究》（*Research into the Early History of Mankind*）中大量使用民俗和神话的材料，并对二者做出区分。他认为，民俗代表文明民族的当代迷信和育儿故事，神话以故事的形式保留了从原始到高度发达的所有民族对其超自然起源的解释。民俗只属于文化进步的最后阶段和最高阶段，而且体现了早期阶段的遗留物，神话则出现于所有文化阶段，但随着种族的发达程度而表现为从简单到复杂的不同等级。1871 年，他在《原始文化》一书中提出了“文化遗留物”（Survival in Culture）的著名学说，并且用书中的两章对此学说加以阐述。泰勒认为，欧洲农民非理性的信仰和习俗，尽管与受过教育阶层的启蒙观点多有不合，却保留了古代的、更低级文化及原始文化的碎片。因此，这些遗留物不仅阐明了民族以

① Roger D. Abrahams, Phantoms of Romantic Nationalism in Folkloristics, in *Journal of American Folklore,* Vol.106, No.419, 1993；英国学者埃里克·霍布斯鲍姆也指出，由于受 18 世纪晚期横扫欧洲的浪漫主义的影响，欧洲各国都掀起了一股崇尚单纯、简朴和尚未腐化的乡民生活之风，也开始重新发现不同人群特有的民俗传统，而着手整理方言民谣，更是这场尚古之风的重心所在。这场极富民粹精神的文化复兴运动，为后来的民族主义运动奠定了不可动摇的基础。事实上，重新发现民俗传统，将民俗传统转化为“民族传统”并使久被历史遗忘的乡民跃居为民族主体的，多半都是（外来）统治阶级或上层精英（参见他的《民族与民族主义》，李金梅译，上海人民出版社，2000 年，第 124 页）。

② Jacob Grimm, Circular Concerning the Collecting of Folk Poetry, in Alan Dundes (ed.), *International Folkloristics: Classic Contributions by the Founders of Folklore*, Rowman & Littlefield Publishers, Inc., 1999, p.7.

往的历史，而且证实了广泛的发展理论。虽然人类的主要进程是从野蛮经蒙昧上升到文明，但像巫术之类的蛮性遗留仍然残存于文明民族中间，有时还会突然复活。可见，泰勒的“遗留物”就是被习惯势力带进新的社会阶段中的风俗、习惯、观念等。他甚至主张，要洞察人类智力活动的普遍规律，只能在那些与现代文化无关的古董堆里而不是在那些引起激烈争论的敏感问题中进行研究，才能获得实质性的进展。研究者还应该像解剖学家那样，尽可能依靠死的而不是活的标本，因为在当代那些活生生的讨论中寻找证据，充满了强烈的派性，个人感情上的压力和得失都可能左右研究者的判断。所以，避开当代的舞台，在那些无足轻重的、不会引起公众注意或者被他们遗忘的事物中探寻文化的普遍法则，更容易获得完美的成果。泰勒的这种学说启发了一代民俗学者去从事欧洲农民的民间文化与所谓野蛮人的民俗的比较研究，至今对民俗学或民间文学研究仍有一定的影响。

在泰勒“遗留物”说的感召之下，被美国民俗学家多尔森称为“大梯队”（the Great Team）的人类学派的民俗学家们（主要有安德鲁·兰［Andrew Lang，1844—1912］、乔治·劳伦斯·戈姆、艾尔弗雷德·纳特、埃德温·悉尼·哈特兰［Edwin Sidney Hartland，1848—1927］、爱德华·克洛德［Edward Clodd，1840—1930］、威廉·亚历山大·克劳斯顿［William Alexander Clouston，1843—1896］）把民俗与过去、落后和农民联系在一起。例如，安德鲁·兰于1873年在《神话与童话》一文中说：“我们必须记住，我们如此易于忘记的东西，即农民生活和农民信仰的相当完好的特点。进步的阶层在把乡下民众遗留在身后时，相比之下在信条和习俗进化的过程中只是前进了一小步。他们在精神兴奋的时刻一次又一次地返回到这些东西上，并且不得不让它们披上新信仰的外衣。还要乞灵于并非他们创造的神灵。但是，迷信的本能使群众一点都不会忘记和遗漏古老的崇拜和古老的仪式。”① 在1884年出版的《风俗与神话》中，他又说：“有一种研究形式，民俗学，收集和比较古代种族的那些相似的却没有实体的遗俗，那

① Richard M. Dorson (ed.) , *History of British Folklore, Volume II: Peasant Customs and Savage Myths:Part One*, Routledge & Kegan Paul Limited, 1968, p.194.

些在我们的时代又不属于这个时代的残存的迷信、故事和观念。确切地说，它关注最少被教育改变、也最少分享进步的民、民众和阶层的传说、习俗、信仰。但是，民俗的研究者很快就会发现，这些未曾进步的阶层保留了很多野蛮人的信仰和习俗……民俗的研究者就被引向对野蛮人的习俗、神话和观念的考察，这些东西以足够原始的形式被欧洲的农民保持着。最后，他会看到，一些类似的习俗和观念还残存在受过教育的人们的最保守的生活成分之中，在仪式、庆典、宗教传统和神话之中"①；"民俗学的科学，如果我们可以称它为科学的话，贴近文明生活的表面，到处发现和石镞一样古老、比铜斧还要古老的观念的遗存。在谚语、谜语、幼儿故事和迷信中，我们探知了一种思维阶段的遗留物，这种思维在欧洲正在消亡，但在世界很多地方仍然存在"②；"那么，我们的方法就是，把文明民族表面上无意义的习俗或风俗，与未开化的和仍然保留它们的意义的民族中存在的类似的习俗或风俗进行比较。这种比较不一定认为未开化民族与文明民族是同一个来源，我们也不必证明他们互相有过接触。且不说民族的相同或观念和习俗的借鉴，相似的心理条件本身就会产生相似的习俗"③。哈特兰于1899年在《民俗学：它是什么以及它的好处是什么？》（*Folklore: What Is It and What Is the Good of It?*）一文中写道："让我来试着告诉你民俗学是什么……民俗学涉及的人类学部分是人性的心理的和精神的方面。现在已经得到公认：绝大多数文明民族都找到了从一种野蛮状态缓慢上升的途径。现在，野蛮人既不能读也不能写；不过他们设法收集和保存了大量特殊类型的知识……这样汇集和表达的知识、组织和规则被保存在记忆里，并且用口语和各种行为进行交流。这种保存和交流的方式，和被这样保存和交流的事物一样，被赋予传统这个名称；而民俗学就是关于传统的

①Richard M. Dorson (ed.) , *History of British Folklore, Volume II: Peasant Customs and Savage Myths:Part One*, p.219.
②Richard M. Dorson (ed.) , *History of British Folklore, Volume II: Peasant Customs and Savage Myths:Part One*, pp.220.
③Richard M. Dorson (ed.) , *History of British Folklore, Volume II: Peasant Customs and Savage Myths:Part One*, pp.225-226.

科学”[①]；“作为一个科学对象的传统意味着未受教育者的全部知识（the lore）。因此，它包括习俗和制度、迷信和医俗，还有除了故事之外的其他很多东西。故事本身也分为为了娱乐而讲述的故事和有关据说想让人们相信的事件的故事”[②]。“从野蛮民族转向文明欧洲的农民，你仍然会更惊奇地发现，直到目前，凡是现代教育和最近 100 多年的工业和商业革命未曾触及之处，同样的思维状况就可以辨认出来。这只能有一个解释。人类的心理，在欧洲和美洲、在非洲和南太平洋都是相似的，按照同样的规律、以同样的方式运作。而有关传统的科学的目标，就是通过考察这些规律的产物，即代代相传的习俗和信仰、故事和迷信来发现这些规律，弄明白这些产物是如何产生的，它们的发展规律是什么，以便和体质人类学及考古学一起书写从来没有被书写过的文明史。”[③]哈特兰的论述清楚地向我们显示出民俗学如何“发现”和构造自己的对象并且为这个对象“赋予传统这个名称”。

1894 年，纳特（Alfred Nutt，1856—1912）在讨论约瑟夫·雅各布斯（Joseph Jacobs）有关民俗传播的论文时认为，现代欧洲的民间文化与古代欧洲的民间文化以及高雅文化未曾阻断地联系在一起，但现代欧洲的一般文化却不同于古代欧洲的一般文化，这主要是因为一种外来的、非欧洲的成分即基督教的侵入，这一成分自始至终一直对古欧洲的信仰和观念抱有敌意，但又不得不以很多迂回的方式与后者和解。古代的欧洲人，无论僧侣还是农民，都有表现于某些仪式中的信仰；现代欧洲僧侣的信仰和仪式则全然不同。但现代欧洲的农民具有明显与古代相联系的信仰和仪式。古欧洲的诗人和农民具有共同的神话和英雄式的想象力宝库，用于娱乐和启蒙；现代欧洲文化的诗人多半寻求另一种灵感源，即使求助于古代传说，也是和古代的精神大异其趣。但农民诗人仍然使用明显与前基督教时

①Richard M. Dorson (ed.) , *History of British Folklore, Volume II: Peasant Customs and Savage Myths:Part One*, pp.231.

②Richard M. Dorson (ed.) , *History of British Folklore, Volume II: Peasant Customs and Savage Myths:Part One*, pp.233.

③Richard M. Dorson (ed.) , *History of British Folklore, Volume II: Peasant Customs and Savage Myths:Part One*, pp.233-234.

期的欧洲有关的很多素材。[1]1899年，纳特又指出：“首先，我们收集和研究他们的民俗（lore）的民基本上是与大地母亲保持最密切接触的那部分人类，是肩上被压上了使土地生长食物并且做人类的繁重而肮脏的工作的任务的那个阶层……在告诉你民俗是什么时，我已经并不过分也不失公平地强调了使它与我们的现代文明明确区分开来的那些特点。也就是说，如文明这个词所表明的那样，它是城市生活的产物，民俗是乡下的产物。文明依赖于书面的词语，民俗依赖于口头的词语；文明的危险是过度中心化，一种使我们的生活显得一致而单调的倾向，也是民俗学验证的强烈的‘地方主义’极力消解的一种倾向。另一个危险是过度专业化，以及依靠职业阶层提供美和娱乐的日益增长的一种倾向；……和我们的文化相比，民俗学研究向我们的考察所显示出来的那种文化当然是贫乏的和狭隘的，但它有一种生命力、一种对所有的而不仅仅是一个特权阶级的要求的可适应性，也有我们的文化几乎不再能够达到的一种自动和自发的特点。它可能是原始的和肤浅的，但至少不庸俗，它实际上是民众情感的真实流露，并不像现代文化有那么多模仿、移交和从上面附加上去的东西。民俗学的研究者不仅学会同情他的所有同伴的一课，他也明白了人的进步的每个阶段都有其自身的特点和优点，即使最发达的阶段也不能让自己摆脱或者完全忽视它的过去。”[2]

1887年，美国律师和出版家万斯（Lee J. Vance，1862—1942）在中产阶级知识分子杂志《公开法庭》(*Open Court*）上发表的《民俗学研究》(*Folk-Lore Studies*）一文中，把这门科学的迅速兴起载入19世纪。他将其溯源到19世纪早期格林兄弟对故事和传说的搜集。他写道：“从那时起到现在，格林的那些目光敏锐又充满好奇的弟子们或多或少搜遍了欧洲所有角落，他们急切地记下从农民嘴边吐露出来的神奇故事。如此这般被记录下来的故事，不仅被印成文字，而且找到了成千上万的读者。现在，有学问的人心甘情愿地坐在大老粗的脚下。为

① 参见 Richard M. Dorson (ed.), *History of British Folklore, Volume III: Peasant Customs and Savage Myths:Part Two*, p.513。

② Richard M. Dorson (ed.), *History of British Folklore, Volume II: Peasant Customs and Savage Myths:Part One*, pp.260-261.

了搜集和保存这些神奇的传说，民俗学会很快被建立起来，其成员现在已达数百人。”[①]1896 年，他又指出，19 世纪末“将以一种新科学的兴起和生长作为标志——这门科学研究的是从地球和人类家族方兴未艾到现在的整个人类。这门科学（无论称之为人类学还是比较民俗学）研究人在文化中的进步。它揭示现代文化从野蛮人和心地单纯的乡民（folk）的信仰和习俗中进化而来。现在民俗学尤其关注现代文明中原始的或古代的观念和习俗的‘遗留’：也就是说，我们的研究追溯部落习俗向民族法的发展；异教习俗向基督教教会习俗和民众庆典的发展；魔术和巫术向占星术并且最终向天文科学的发展；歌舞向希腊戏剧和诗歌的发展；育儿故事和童话向史诗和现代小说的发展。而且，19 世纪末因为大量专门探讨民众（the Folk）——那些极少分享进步的人们的书籍而引人注目。首先，这些人是落后的种族，如澳大利亚土著和我们的印第安人部落；然后是欧洲的农民、南方的黑人以及与城镇、学校和铁路没有接触的其他人”[②]。1897 年，默温（Henry Childs Merwin）在《大西洋月刊》上发表的《论文明过度》（*On Being Civilized Too Much*）一文中哀叹，新工业文明失去了“对自然的亲近”，原始本能开始衰退。他指出，最伟大的文学——即拥有最充沛情感的文学——是由那些亲近自然的人创造出来的。“野蛮人和儿童对美好明亮的色彩有天生的爱好。每个人都知道这些色彩容易提升精神、增进健康……这种天然而健康的色彩感当然是可以培养和训练的，所以那些拥有这种感觉的人能够学会欣赏更加细微的色度的美；在这些人身上，自然趣味和教养将得到成功的结合。”[③] 默温让他的读者向牧马人、农夫、伐木工、牧羊人或牲口贩子请教。所以，维多利亚人的“民”指的是郡县居民、儿童和野蛮人。“民”成为将某些成员从现代生活中甄别出去的一个明确的标签。民俗学家把故事、仪式和人工制品当作有形的样本来加以展示，

① Simon J. Bronner, *American Folklore Studies: An Intellectual History*, University Press of Kansas, 1986, p.1.
② Simon J. Bronner, *American Folklore Studies: An Intellectual History*, University Press of Kansas, 1986, p.8.
③ Simon J. Bronner, *American Folklore Studies: An Intellectual History*, University Press of Kansas, 1986, p.9.

民间故事开始“属于”一个国家或者属于如德国的格林兄弟、法国的夏尔·佩罗（Charles Perrault）和俄国的亚历山大·阿法纳西耶夫（Aleksandr Afanasyev）的个人收集。除了故事之外，“民”或“民间”还成了当时的文化标签，只要现代社会和文化中的“野蛮的”“过去的”或非现在的东西都可以被贴上这个标签。例如，梅森（Otis T. Mason）在《民俗的自然史》(*The Natural History of Folklore*，1891）一文中说，民俗并不限于野蛮状态，在受过教育的人群中也能找到民俗。他认为“民包括不是遵循科学和文化的准则而是像民那样思维和行动的一切有学问的人。我们都有我们无法摆脱的传统和习俗，尽管我们知道它们是荒谬的”，“毫无疑问，也存在民的言谈、民的贸易和活动、民的美术、民的娱乐、民的节日、民的庆典、民的习俗、民的政府、民的社会、民的历史、民的诗歌、民的格言、民的哲学、民的科学、神话或民的神学。我们有的一切，他们也有——他们是我们中的老古董”。[①]

英国民俗学家博尔尼（Charlotte Sophia Burne，旧译班恩、柏恩斯、波恩、布恩等）在1914年写道：

> 英语中“Folklore”（民俗）一词，按字面的解释是“民众的知识”（the learning of the people）。它为已故的托马斯（W. J. Thomas）[②]先生在1846年所首创，用以代替更早的术语“民间古俗”（Popular antiquities）。这个词现在已经成为一个公认的普通术语，它把流行于落后民族或保留于较先进民族无文化阶段中的传统信仰、习俗、故事、歌谣和俗语都概括在内。……
>
> 研究这些传承的知识，第一步就是观察存在于现代欧洲各国低等文明居民中的大量奇异的信仰、习俗和故事，它们由一代一代的人们口头相传而来，本质上是社会集团中无文化和落后人们的属物。

①参见 Simon J. Bronner, *American Folklore Studies: An Intellectual History*, University Press of Kansas, 1986, p.63, p.11。
②应该是汤姆斯（W. J. Thoms）。

接着，应该注意现在流行于蒙昧和野蛮民族中的与上述相似甚至完全相同的信仰、习俗和故事。①

美国民俗学的开创者之一夏普（Cecil Sharp，1859—1924）于1916年开始研究美国南部的阿帕拉奇人（Appalachians）的歌谣。在北卡罗来纳、田纳西、弗吉尼亚和肯塔基高贵的山民中，夏普发现了前工业时期的英国农民的摹本。他这样描写自己在北卡罗来纳的劳雷尔县（the Laurel Country）遇到的一个情景：

由于没有受到影响，这个地区是一个十分偏僻的地方。只有极少的几条路——大部分比山间小径略好一些——几乎没有铁路。实际上，这些幽静的山谷离外界的影响如此疏远和隔绝，其居民100多年来完全与世界的其余部分相隔膜并断绝了一切交通。他们的语言是英语，不是美国话，而且……他们显然说着过去的语言……大多数人住在木屋里……他们的总体特点让我想起英国的农民……大多数人不识字……尽管没有受过教育……他们却拥有只有生活在与大自然的长期接触之中并且与现实面对面的人才能获得的基本智慧、充沛的知识和直觉的理解力。②

根据多尔森的观点，夏普对时间的往昔性和物质上的遥远性的取向，被后来的美国民俗学研究遵循了半个世纪之久。③不仅如此，这种研究取向在人类学的乡土社会研究中也得到体现。

美国人类学家罗伯特·雷德菲尔德（1897—1958）是农民研究的主要人物。他提出的“大传统”与“小传统”概念在人类学和社会学研究界有较大影响。20世纪30年代，他曾研究所谓的“中间社会”（intermediate society），在这种社会

---

①[英]查·索·博尔尼:《民俗学手册》，程德祺等译，上海文艺出版社，1995年，第1—2页。
②Cecil Sharp, *English folksongs from the southern Appalachians*, Oxford University Press, 1917, Introduction to the first edition, pp. xxii-xxiii.
③Richard M. Dorson (ed.) , *Folklore in Modern World*, Mouton Publishers, 1978, p.21.

中，宗教和家庭的力量十分强大，犯罪率很低，社会成员都介入货币经济。雷德菲尔德认为，这种中间类型的社会更接近他在墨西哥观察到的村落社会，于是，他为这种中间社会取名为“乡民社会”（folk society）。在 1947 年发表的《乡民社会》一文中，他对“乡民社会”这个概念做了描述和界定。雷德菲尔德的出发点和方法极具代表性。他首先指出：

> 对一般社会、特别是对我们自身的现代城市化社会的理解，可以通过考虑与我们自己的社会最不相似的社会即原始社会或乡民社会来获得。一切社会在某些方面都是相似的，每个社会在另一些方面与其他社会又有所不同；这里做出的进一步假定是，乡民社会具有一些共同特征使我们把它们看做一个类型——一个与现代城市社会形成对比的类型。
>
> 这个类型是一个理想的精神建构（mental construction）。已知的社会没有与之恰好对应的，但是人类学家主要感兴趣的那些社会最接近这一类型。实际上，对这一类型的建构要依靠有关部落族群和农民群体的特殊知识。**这种理想的乡民社会可以通过在想象中把那些在逻辑上与现代城市中发现的特征相反的那些特点组合起来而获得界定**，**我们只有首先对非城市民众有了一些知识之后**，**才能裁定现代城市生活特有的属性是什么**。

于是，“乡民社会”就在与现代城市的对比中获得建构和界定。雷德菲尔德指出，乡民社会是一个孤立的社会，我们可以设想，理想的乡民社会是由不与外人交流的人群构成的，“在建构这种理想类型时，我们可以设想其社会成员总是待在他们所占据的狭小的疆域里”。乡民只用口头语言交流，因而基于这种交流的理解只发生在小型社会的邻里之间。乡民无法接近过去的思想和经验，在“我们爷爷的时代”之后的一切都成了传说。由于没有文字记录建立起来的信仰形式，也就没有历史感，没有宗教制度，没有记录实验的科学基础。构成乡民社会的民众彼此是相似的，他们拥有相同的兴趣和生活经验，他们有强烈的归属感。乡民社会中的行为是传统的、自发的和不加批判的，其成员被宗教和亲属纽带联系在一起，这里没有浪漫的爱情，没有商业获利的动机，这种社会以“一种文化”为特征。雷德菲尔德总结说，乡民社会的特点是小型的、孤立的、无文字的和同质的，有很强的群体凝聚感。他认为，对理想的乡民社会的这种描述还可以大为扩展。[①] 雷德菲尔德的这些论述后来遭到一些人类学家和社会学家的批评，但他在文章中明确指出：“这种类型是一个想象的实体（an imagined entity），创造它只是因为我们可以指望通过它来理解现实。”显然，雷德菲尔德并不相信有哪一个现存的社会可以完全体现“乡民社会”的所有特点，只是有些社会更接近它而已。比如，原始社会比农民社会更接近它。在雷德菲尔德看来，农民社会是具有“部分文化”（part-cultures）的“部分社会”（part-societies），虽然它们体现了乡民社会的很多特点，但它们深受文明的熏染，农民的社会和文化是“大传统或主流传统”（Great Tradition）与“小传统”（Little Tradition）互动的结果。农民社会与原始社会有连续性，但它本身是不完整的，必须参照与之联系的城市中心的大传统才能得到研究。雷德菲尔德选择“folk”来命名他的理想的社会类型，因为他感到只有这种社会才有民俗和民歌。在他看来，民俗和民歌是同质社会的试金石，不同于城市里的专业人士创造的流行歌曲和文学。但民俗从来不会以健康有力的形式进入城市，在城市里，民俗常常会衰退，成为一种遗迹。

我认为，雷德菲尔德这项研究的价值似乎主要不在于它的结论，而在于它的出发点和方法所具有的典型性和明确昭示出来的研究目的。换言之，雷德菲尔德的研究明确地表明他说的“乡民社会”是一个理想的类型和人为的建构，目的是发现一种与现代社会对应或对立的纯粹概念化的社会类型。所以，尽管在与城市社会的对比中被他显示和概括出来的特点有失简单和偏颇，但我们并不能根据他的结论与实际的“乡民社会”是否相符而苛求于他。雷德菲尔德这项研究更重要的价值在于他在无意之中对我们做了一个更重要的提示，即他有意识地和明确地提出的出发点（建构理想的乡民社会来理解现代社会或城市文明并与之形

① Robert Redfield, The Folk Society, in *American Journal of Sociology*, Vol.52, No.4, 1947, pp.293-308.

成对照）恰恰是民俗学者或民间文学研究者下意识的和不证自明的前提或立场，即“民”或“乡民社会”无论在雷德菲尔德那里还是在现代民间文学或民俗学研究者那里，都是主观意向性的建构之物，是一个“想象的共同体”。雷德菲尔德对“folk”的界定不是根据某种单一的社会，而是基于一系列理想的、想象的标准，因此，美国民俗学家欧林认为，雷德菲尔德的“folk”是一个相对的术语，我们可以据此考察任何特定群体的“民性”（folkness），一个社会民性的大小要视它与理想类型特点的接近程度而定。一般来说，原始人比农民更是民，而农民比城市居民更是民。虽然传统社会在19世纪和20世纪已经经历的结构性变化使这些看法面临挑战，但雷德菲尔德把“folk”这个概念从严格的欧洲农民的模式拓展为可以用特殊标准衡量的一种社会性质，与美国民俗学家基于“口头传统”对“lore”的拓展遥相呼应。①

在以上的“经典话语”中，我们已经可以看出，欧洲现代学者对自己的研究对象“民”及其“传统”的认识是如何受到他们的“先入之见”或主观意向的支配的。毋宁说，“民”及其“传统”只存在于学者的主观意向之中，对象是在他们的经验直观中被逐步构造出来的。事实上，早在1946年，美国人类学家赫斯科维茨（Melville J. Herskovits）就指出，民俗学家应该从研究“过去僵死的遗俗”——作为遗留物的风俗——转向“关心生活现实”，而且“民”可以被看成“作为展示出可辨认的不同生活方式的一个群体的任何社会的任何民众或任何阶层”。尽管当代学者在回顾学术史时认为，赫斯科维茨的论述为有关民俗的社会基础的更激进的观点廓清了道路，并且勾勒出最近数十年来民俗学思想的特征②，但是我们同样应该看到，赫斯科维茨的观点在相当长一段历史时期里无人喝彩。直到大约20年后在邓迪斯和稍后的多尔森那里才获得了回应和发展。

20世纪60年代，美国人的生活方式急遽变化，城市化的步伐加快，这也

---

① Elliott Oring (ed.), *Folk Groups and Folklore Genres: An Introduction*, Utah State University Press, 1986, p.13.

② 参见 Robert Baron, Multi-Paradigm Discipline, Inter-Disciplinary Field, Peering through and around the Interstices, in *Western Folklore,* Vol.52, No.2/4, April 1993, p.234。

是美国民俗学研究发生转向的重要时期。邓迪斯在1965年出版的《民俗研究》（*The Study of Folklore*）一书中首次指出，将“民”定义为农民社会或乡村群体是错误的。他认为：

> “民”这个词，可以指“任何民众中的某一个集团”，这个集团中的人，至少都有某种共同的因素。无论它是什么样的连结因素，或许是一种共同的职务、语言或宗教，都没有关系，重要的是，这个不管因何种原因组成的集团，都有一些它们自己的传统。在理论上，一个集团必须至少由两个人以上组成，但一般来说，大多数集团是由许多人组成的。集团中的某一个成员，不一定认识所有其他成员，但他会懂得属于这一集团的共同核心传统，这些传统使该集团有一种集体一致的感觉。①

1977年，邓迪斯发表了《谁是民？》（*Who Are The Folk?*）这篇著名论文，试图从理论上对一百多年来欧洲和美国的“民”概念做一次清理。邓迪斯首先指出，在科学昌明的语境中讨论民或民俗似乎有些似是而非。因为民俗与谬误的带贬损意味的联系由来已久，民俗正是科学从中脱身而出的东西。民间医学继续与科学医学形成对比，其含义显然是，在一个理想的社会中，前者应该完全被后者取代。邓迪斯希望表明这种民和民俗的定义是错误的，而且，民俗科学的一个重要组成部分就包括对科学（科学家）的民俗的研究。他认为，19世纪对“民”这个术语的各种用法的一个主要问题在于，它通常被界定为一个附属的而非独立的实体。也就是说，“民”在与其他一些人群的对比或反差中获得界定。民被理解为社会下层的人群，与社会的上层和精英形成对比。民一方面与“文明”形成对比——他们是文明社会中的不文明成分——另一方面，他们也和在进化阶梯上处于更低位置的所谓野蛮社会或原始社会形成比照。所以，民作为一种守旧的成分

① 阿兰·邓迪斯编：《世界民俗学》（原名《民俗研究》），陈建宪、彭海斌译，上海文艺出版社，1990年，第3页。

生活在文明的边缘，它实际上仍然被等同于“农民”这个概念。民在文明的精英和未曾文明的“野蛮人”之间占据一个中间位置，这一点可以通过对读写能力的强调而感觉到。民被理解为“一个识字社会中的文盲”，以和“前文字的”原始民族（意思是随着文化进化的进程，他们可以达到识字水平，邓迪斯认为，这种标签和“不识字的”“发展中的”“欠发达的”和“非西方的”之类的术语一样，具有种族中心主义色彩）相对。[①] 接着，他指出了非常重要的一点：

> 这种民的定义的关键是“在某个识字社会之中”。这不仅仅在于某个个体能否读写，而在于他生活在囊括识字精英的社会之中或者靠近这个社会。民与乡下的联系同样是这样来界定的。乡下暗含着与城市的对比。民是乡下的，因为他们能够与城市居民形成对比。由于原始民族被设想为缺乏城市，所以他们不能被称为乡下的。
>
> 根据所有民族都会经过蒙昧、野蛮和文明阶段这一假定的单线文化进化序列，民或多或少地被认为是野蛮人。民比野蛮人更文明，却仍然没有达到文明。但民被人们相信还保留着蛮性的残余。既然精英（包括人类学家和民俗学家在内）极其关心的是它自身的来源，所以它试图收集与自己毗邻的民的传统。这些传统因此能够和在野蛮社会中被发现的、被认为更加完整的变体加以比较。通过这种形式的比较方法，对精英的、有文字的和文明的欧洲文化的起源的历史重构就得以完成。[②]

邓迪斯在这里的意思无异于说，整个19世纪以来民俗学家们和人类学家们对“民”的界定，与其说是为了民众而界定“民”，还不如说是为了他们自己——他们的文化寻根和历史重构。他认为，这种狭隘的定义既排除了原始民族，也排除了城里人。邓迪斯对“谁是民？”这个问题的解答是：农民构成的只是一种类型的民，除了“农民”之外还有很多民群（folk groups），“民不是一个

① Alan Dundes, *Interpreting Folklore*, Indiana University Press, 1980, pp.1-19.
② Alan Dundes, *Interpreting Folklore*, Indiana University Press, 1980, pp.2-3.

附属的变量（variable）而是一个独立的变量。我们必须把现代社会的成员看成很多不同民群的成员”①。他在文中再次引述了1965年对“民”的概念界定。

应该说，邓迪斯对“民”的重新界定也是他对时代提出的新问题和新条件的思考和回答。1970年，美国民俗学家多尔森在《美国民俗学杂志》上提出“城市里有民吗？”这一问题。1974年，布鲁斯·尼克森（Bruce Nickerson）又在该杂志上提出“工厂里有民吗？”的问题。两篇文章都给这些问题做出肯定的回答。1973年8月28日至30日，来自三十一个国家和四个大陆的民俗学家会聚在印第安纳大学，研讨的主题是“现代世界中的民俗”（Folklore in the Modern World）。多尔森在会上做了同题发言，在简要概括了德国、英国、斯堪的纳维亚、苏联、日本和美国的民俗学研究进展情况之后，也从“城市”“工业与技术”“大众媒体”“民族主义、政治与意识形态”四个方面论述了民俗的当代性和现代性。在1973年出版的《传说中的美国》（*America in Legend*）一书中，多尔森从理论上提出民俗的当代性（the contemporaneity）问题，并以此与民俗学的古老性（the antiquity）形成对比。他认为，“民”不必单指乡民，而是指传统取向的匿名大众（anonymous masses of tradition-oriented people）。②1971年，美国民俗学家丹·本—阿默斯断言，至少在美国，“民”这个术语和边缘性以及低下的社会经济地位曾经连在一起的含义已经被弃置一旁，“民”这个概念已经几乎成了群体（the group）这个概念的同义词。③

或许我不可能也没有必要详细列举有关“民”或“民俗”的种种定义和说法，甚至不准备展开讨论邓迪斯有关“民”的新定义的得失。我在这里更想追问或者更感兴趣的是界定“民”所形成的这个“话语传统”本身，即现代学者为什么要界定“民”？他们为谁界定？显然，一旦从这个角度出发，我们就会觉得这

① Alan Dundes, *Interpreting Folklore*, Indiana University Press, 1980, p.8.

② Richard M. Dorson (ed.) , *Folklore in Modern World*, Mouton Publishers, 1978, p.23.

③ Dan Ben-Amos, *Folklore in Context: Essays*, South Asian Publishers, 1982, p.13. 美国学者罗杰·亚伯拉罕斯也认为，20世纪60年代美国的“民性”已经扩展为包含了任何人和每个人，正是邓迪斯首先发起了变革的挑战（参见 Roger D. Abrahams, Historical Trajectories: Cultural Brokerage and the Public Sector, in *Journal of Folklore Research*, Vol.36, Nos.2/3, 1999, pp.131-132）。

个问题比“他们界定的是谁？”这个问题似乎更有意义，也更加重要，因为通过对上述学者的论述的简单浏览已经使我们认识到：为谁界定的问题直接决定了被界定的是谁以及界定的方式是什么。在这一点上，如果说雷德菲尔德对“乡民社会”的建构只是给我们做了一个例示，那么，上面引述的邓迪斯的一席话则已经为我们点了题——在对“民”或“民俗”的反复勾画和界定的过程中，出发点和归结点似乎是一个：即现代文明或城市文化。换言之，“民”或“民俗”始终作为现代文明或城市文化的镜像和“他者”，像一个挥之不去的幽灵一样，闪烁在现代民俗学或民间文学的学术话语之中。它的外延和周长要以现代文明或城市文化的标尺而定。一旦我们沿着这个方向回望过去，就会发现一个更加令人吃惊却又不得不承认的事实：在现代民俗学或民间文学的话语体系中，“民”这个概念只是现代学者想象出来的共同体或建构体，无论人们缩小还是扩展它的外延和范围，也无论使用或界定它的人想还是不想、有意还是无意要用它来指涉所谓“现实中的”特定群体，它与这个群体都没有直接的或必然的联系。换言之，“民”这个概念是现代民俗学或民间文学的话语体系中的一个复杂的“能指”，无论人们对它的“所指”做怎样的界说，它都不能与所谓“现实中的实物和活人”画等号。在这方面，邓迪斯的新定义似乎也逃不了想象和虚构的性质。难怪美国学者埃里森·里士满（W. Edson Richmond）认为，folklore这个词和love（爱）、liberty（自由）、literature（文学）这些词一样是一个抽象的术语。它的确切含义在其界定者的心中，而不在事物本身当中。[①]英国学者吉利恩·贝内特指出，自从汤姆斯提出folklore（民俗）这个词开始，越来越多的民俗学家对它感到困惑，“folk”这个术语并不意味着它表面上意味的东西。他在1987年的一部著作中引述并赞同马里恩·鲍曼（Marion Bowman）的观点，即“民俗是我们周围的一切，无论我们是谁和我们在哪里，而且我们都是民”。但是，九年之后，他对我们“都是民”的观念也产生了怀疑，认为“民”大概最终被证明是约瑟夫·雅各布斯（Joseph Jacobs）一百多年前所预言的那样，是“一个骗局，一个幻念，一

---

① Richard M. Dorson (ed.), *Handbook of American Folklore*, Indiana University Press, 1983, Introduction, p. xi.

个神话”。求“俗”之战早就失败了，如果我们再失去“民”，我们最终将背弃汤姆斯为我们留下的遗产。他认为，英国民俗学家能否面临这一挑战，只能让时间来告诉我们。①

请注意，到这里为止，而且在下文中，我一直考察的是现代民俗学或民间文学的话语体系对“民”或“民俗”的界定和建构，而且我强调的是，“民”这个概念在现代民俗学或民间文学的话语体系中是一个想象的共同体或建构体。这就意味着本书基本不涉及现代民俗学或民间文学话语体系之外的“民”和“民俗”问题。换言之，本书不设定话语体系之外的对象的存在，或者把有关这些对象存在的信仰悬搁了起来。②

那么，为什么在现代民俗学或民间文学研究的话语体系中会潜藏着这样一个似是而非的巨大悖论或假象呢？原因只能从现代民俗学或民间文学话语的发生和发展与现代性的深刻牵连中来寻找。

---

① Gillian Bennett, The Thomsian Heritage in the Folklore Society (London), in *Journal of Folklore Research*, Vol.33, No.3, 1996.

② 本书的侧重相当于胡塞尔“本质直观”中所包含的“反思”，即把作为意识活动的“看”当作我们在反思中关注的对象，而将整个自然世界悬置起来，“在自然态度中所设定的、在经验中被实际发现的整个世界，即完全‘无理论地’看，被真实地经验到的，在经验的联系中完全明显地显示出来的这个世界，对我们是完全无效的；我们不再检验它，也不再为其辩驳，而是将其置入括号之中”（参见洪汉鼎：《诠释学——它的历史和当代发展》，人民出版社，2001 年，第 138 页，第 143 页）。

第三章
时间、现代性与“民”的语境分析

从欧洲历史的宏观语境来看，现代民俗学或民间文学的发生和发展历程与现代性问题的出现是同步进行的一个伴生过程，或者说，现代民俗学或民间文学话语是在现代性的语境中得以发生和发展的。如果说现代性是一个宏大叙事，那么现代民俗学或民间文学话语正是这个宏大叙事的一部分。更重要的是，现代民俗学或民间文学话语中的“民”或“民俗”概念在根本上涉及的是一个时间问题，这就从深层次加强了它与现代性问题的关联。既然如此，它的特征、矛盾甚至困境只能源于现代性本身的问题并且从中获得更清晰的界定和认识。所以，首先让我们看一看什么是现代性。

在英语中，“modern”（现代）一词有很多含义，最常见的用法是指一个人或活动是“最近的”和“直到最近的或最新的”，它们不同于过时的活动或过去的人。它和“mode”具有同一个词根，都保留了“时兴的”这一类似的含义，所以，“modern”可以与“contemporary”（当代的）互换，并具有大致相同的含义。但在思想界和学术界，“modernity”（现代性）一词与“modern”（现代）、“modernization”（现代化）、“modernism”（现代主义）、“postmodernity”（后现代性）、“postmodernism”（后现代主义）这组词的用法是有区别的。首先，它指历史上最近的特殊的社会文化结构形态。例如，我们不会把罗马帝国的一位贵族描述为“现代的”，尽管我们可能想说他很“时髦”或新潮。其次，modernity（现代性）已经成为这些术语的两极的或类型的排列中的一个成分。两极区分最初产生于英国传统的大学，在那里，现代研究，即对最近的或当代生活和文化的研究，在与古希腊罗马的古典研究的比较中逐渐被分离出来。学者们的主观感觉后来转移到他们的研究对象上，因此，现代世界被认为不同于也不如经典的古代世界。这种区分在当代人文学科研究中仍然有所反映。再次，就学者的主观感受被转换为他们的研究对象并且成为事实或真理而言，现代性，就像古典时期一样，被赋予了一个时代状态。这就意味着它有时间的开始和结束，它具有不同于其他时代的特点。最后，古代与现代最初的区分性差别现在被颠倒了。多数人认为现代性在进化论的意义上比它前面的历史时期优越和进步。“现代性”作为描述一个广泛的社会文化结构形态的术语，不可能用单一的特点来界定。就形式而言，现代性是具有下列特征的一个稳定的、长期的社会文化结构形态：

（1）生产体系是工业化的，即相对大规模的，内部分化为职业，外部分化为产品和机械化。

（2）人际活动日趋利己、理性和精明。

（3）物质对象和社会对象，包括人的劳动，被界定为商品，即它们可以转让，也可以在市场上交换。

（4）国家的控制由社会角色而非个人特点来指定，而且服从于定期的选民立法。

（5）个人有反对国家的公民权。

（6）合法性和责任主要在个人。

（7）文化的价值领域（真理、美和道德）相对于彼此和社会生活的其他领域是自主的。

（8）社会单位——家庭、学校、政府、公司、教堂、自愿联合会等——彼此是分开的。[①]

“modernity”（现代性）在西方语境中是一个充满歧义的概念，它指经济上

---

① Malcolm Waters (ed.), *Modernity: Critical Concepts, Vol.1, General Commentary: The Meaning of Modernity*, Routledge, 1999, pp. xi-xiii；法国学者伊夫·瓦岱认为，“现代性不是一个时代性的概念，我们不可能从划分历史时期的角度去界定它”（《文学与现代性》，田庆生译，北京大学出版社，2001 年，第 22 页），“现代性不仅仅涉及事物的客观变化。没有现代性意识便没有现代性：要意识到与过去相比发生的变化和出现的差别，意识到我们生活在一个与旧时代根本不同的时代。就是说要有变化意识”（《文学与现代性》，田庆生译，北京大学出版社，2001 年，第 6 页）。

的市场资本主义、政治上的议会民主制、组织上的正式官僚体制和科学的世俗化，即作为理性化之一部分而出现的社会科学凌驾于作为知识源泉的教会之上。因此，现代性也被描述为社会制度在纵向和横向上的分化和零散化。西方历史学家通常把现代性的出现时期定在1789年的法国大革命、工业化的出现、文艺复兴或启蒙时代的开始。英国学者斯图尔特·霍尔（Stuart Hall）主张，现代性的出现可以追溯到封建体制衰落之后所带来的社会发展。① 美国学者马泰·卡林内斯库指出：

> 要精确地标明一个概念出现的时间总是很困难的，而当要考察的概念在其整个历史中都像“现代性”一样富有争议和错综复杂时就更是如此。然而，有一点是清楚的：只有在一种特定时间意识，即线性不可逆的、无法阻止地流逝的历史性时间意识的框架中，现代性这个概念才能被构想出来。在一个不需要时间连续型历史概念，并依据神话和重现模式来组织其时间范畴的社会中，现代性作为一个概念将是毫无意义的。这种社会就像米尔恰·埃里亚德在其《永恒回归的神话》中所描绘的。尽管现代性的概念几乎是自动地联系着世俗主义，其主要的构成要素却只是对不可重复性时间的一种感觉，这个构成要素同犹太—基督教末世论历史观所隐含的那种宗教世界观绝非不能相容。惟其如此，现代性的概念在异教的古代世界中显然不存在，它产生于基督教的中世纪。②

德国哲学家哈贝马斯在《现代性：一个未完成的方案》一文中认为，“modern”这个词最早在5世纪晚期被用来区分官方基督教的现在与异教的和罗马的过去。“modernity”这一表述方式反复表达了一种时代意识，即返回中世纪之前的

①Pertti J. Anttonen, Folklore, Modernity, and Postmodernism: A Theoretical Overview, in Pertti J. Anttonen and Reimund Kvideland (ed.), *Nordic Frontiers: Recent Issues in the Study of Modern Traditional Culture in the Nordic Countries*, Turku: Nordic Institute of Folklore, 1993, p.18.

②[美]马泰·卡林内斯库:《现代性的五副面孔：现代主义、先锋派、颓废、媚俗艺术、后现代主义》，顾爱彬、李瑞华译，商务印书馆，2002年，第18页。

古代，以把自身理解为一种从旧到新的转变的结果。不仅文艺复兴时期是如此，这时候的“现时代”（modern age）是为我们而开始的；而且在查理大帝时代、在12世纪和启蒙时代，人们也认为自己是“现代的”——总之，这是欧洲通过与古代建立的一种不断更新的关系而发展出来的对新时代的意识。只有到了法国启蒙时代，被现代科学激起的完美理想以及知识的不断进步与社会和道德渐趋完善的观念，才解除了古代作品在这些早期现代人的精神上所施加的符咒。而且，通过古典与浪漫的对立，现代性终于在一个被理想化了的中世纪中找到自己的过去。在整个19世纪，这种浪漫主义产生了一种激进的现代性意识，它使自己脱离所有先前的历史联系，只是在与作为一个整体的传统和历史的抽象对立中来理解自身。①由此看来，无论“现代性”这个概念有多么复杂，它的一个最主要的含义是一种脱离或摆脱过去的特殊的时间意识。它通过与过去或传统的对立和分离来理解自己，它不断地趋新和追求“进步”。爱尔兰学者迪亚蒙德·奥吉里安指出，现代社会的发展把和传统的“僵死的重负”脱离关系视为其活力源。现在被合法化的基础是它的新颖性和独创性，而不是它与过去的联系。现在比过去更好的观念、对新奇的欲求和进步观念的发展，恰好与16和17世纪资本主义的发展相吻合，并且对现代西方社会的变化产生了强大影响。现代性被理解为与传统相反的一系列特征，如旧的社会制度及其严格的等级和宗教世界观的衰微，权力和社会政治生活的世俗化和理性化，这包括建立以商品的大规模生产、流通和消费以及资本的积累与私人财产的普及为基础的货币交换经济，劳动的社会分工和性别分工以及新的社会阶层和新形式的家长关系（patriarchal relations）的形成。提倡科学研究，认为自然从属于人类意志，相信教育和高等文化的传播能够带来道德的进步，这些都是现代性独有的特征。②现代性的诞生必须以过去（传统）的死亡为前提和代价。也正是在这里，现代性与过去（传统）构成一种悖论关系。一方

① Jürgen Habermas, Modernity: An Unfinished Project, in *Habermas and the Unfinished Project of Modernity: Critical Essays on The Philosophical Discourse of Modernity*, edited by Maurizio Passerin d’Entrèves and Seyla Benhabib, Polity Press, 1996, p.39.

② Diarmuid Ó Giolláin, *Locating Irish Folklore: Tradition, Modernity, Identity*, Cork University Press, 2000, pp.8-11.

面，现代性必须努力挣脱过去、传统或非现代性的东西才能不断地求新求变，达到现代；另一方面，它又需要把过去、传统或非现代性的东西确立为自己的来源和出处，并且在这个“他者”的镜像中来比较和认识自身。现代民俗学和民间文学研究正是作为现代性的“他者话语”而产生的。按照雅克·拉康的“无意识是他者的话语”① 的解释，我们可以说，作为“他者话语”的现代民俗学和民间文学研究正是现代性的无意识。芬兰科学院的研究员佩尔蒂·安蒂宁指出，传统这个概念与现代性的观念和经验密不可分，传统是现代性的对立面，是文化连续性和历史建构的现代隐喻，因此，对传统这个概念以及被认为是传统的社会过程的讨论，必须与现代性和现代主义的社会构成性话语联系起来，并且在这种话语中被语境化。他认为，“民俗”这个概念也一样，因为民俗学学者通常会不假思索地把民俗看成传统的同义词。作为一个西方（英语）概念的“Folklore”（民俗）植根于把文化他性（cultural otherness）——通常被认为是非现代性——视为对象以及把在这种他性中（最常见的是在被收集的文学和博物馆与档案馆之类的现代设施中）“发现的”特定交流形式作为记录和表述而保存起来的现代兴趣之中。既然民俗和传统本质上是现代的概念，它们试图描述和意指的也是现代的东西，所以被当作非现代的东西通过现代的概念被挪用到现代知识之中。没有现代的中介（modern mediation），现代性就不能表述非现代性，因此，现代的中介使非现代性的表述变得现代了。换言之，被认为——被凝视为——非现代性的东西在有关非现代性的现代话语中获得意义，既然非现代性只能作为现代性的他性才能加以讨论，所以，有关非现代性的现代话语同时也是关于现代性的话语。② 这就意味着，无论我们研究的是多么“传统”和“非现代”的东西，这些东西都是通过我们的现代性知识透镜才能够“看见”、构成和“发现”的。对象并非早就在那里（在我们之外或者在所谓的客观世界里），等着我们去发现和研究它们，而是只有

① 参见［法］雅克·拉康：《〈被窃信件〉的讨论》，户晓辉译，《当代电影》1990 年第 2 期。

② Pertti J. Anttonen, Folklore, Modernity, and Postmodernism: A Theoretical Overview, in Pertti J. Anttonen and Reimund Kvideland (ed.), *Nordic Frontiers: Recent Issues in the Study of Modern Traditional Culture in the Nordic Countries*, Turku: Nordic Institute of Folklore, 1993, pp.17-18.

我们有了特定对象的“理念”，对象才能在我们的意识和直观中“出现”，我们才能“看见”民间文学或民俗学的研究对象。

尽管现代性的启蒙话语把传统和民俗变成纯粹的过去，使它转换为历史知识，但现代性并没有摆脱传统和民俗（所谓的“非现代性”）梦魇般的“纠缠”，毋宁说二者构成一种相生相克的孪生关系。现代性的出现使传统和民俗成为一个问题，成为现代性自我表述的一种话语形式。所以，传统和民俗自一开始就是作为一个矛盾体而产生的，正如爱尔兰学者迪亚蒙德·奥吉里安所指出的那样，“民俗”通过传统的死亡被预示出来，它以消失了的模样出现，以失去了的模样被发现，以不再存在的样子被复原。[①] 如果说现代性指的是由封建政体的衰落和资产阶级社会与民族国家的兴起所带来的转变，而且多元话语（multiple discourse）所造成的“公共领域的结构性转变”（哈贝马斯语）又带来文化的所有方面的变化[②]，那么，我们可以说，民俗学或民间文学的话语在其中占据着一个重要位置。正因为民俗学或民间文学的话语从一开始就作为现代性话语的一部分而产生，所以它一直未能摆脱附属地位，而且要随现代性话语的沉浮而沉浮。换言之，民俗学或民间文学的话语一直没有作为一种独立、自足的话语形式存在，它不仅从现代性中获得话语形式，而且从中获得意义界定，并“遗传”其矛盾属性。奥克塔维奥·帕斯在把现代性界定为“一种反对其自身的传统”时说：

> 现代时代是一种脱离……现代时代是同基督教社会的分道扬镳。它忠实于其起源，是一种持续的脱离，一种永无止境的分裂……仿佛它是但丁所想象的种种折磨之一（但那对我们是一种幸运：我们生活于历史之中所获得的回报），我们在他性中寻求自己，在那里找到自己，而一

---

①Diarmuid Ó Giolláin, *Locating Irish Folklore: Tradition, Modernity, Identity*, Cork University Press, 2000, p.8；美国学者科申布莱特—吉布丽特也指出，民俗学是建立在悖论基础上的一门学科，对谬误的收集是根除它的序曲，各种文化形式在保存的借口下被毁坏，记忆只是遗忘的前奏（参见 Barbara Kirshenblatt-Gimblett, “Folklore’s Crisis,” in Journal of American Folklore, Vol.111, No.441, 1998, p.299）。

②Regina Bendix, *In Search of Authenticity: The Formation of Folklore Studies*, The University of Wisconsin Press, 1997, p.25.

> 旦我们与这个我们所发明的、作为我们的反映的他者合而为一，我们又使自己同这种幻影存在脱离，又一次寻求自己，追逐我们自己的阴影。[①]

当现代欧美人士觉察到文明的进步和文化的进化时，旅游的兴趣和吸引力开始大增。在维多利亚时代，人们用数周而不是几天离开家门去进行“愉快的旅行”，他们比从前的人们走得更远，尤其向往原始而荒僻的地方。其中的一些人在旅游的同时开始收集民俗，他们为博物馆带回文化样品，并且常常以感伤的笔调叙述旅行的经历。在这里，旅游和收集民俗是对现代生活引起的紧张情绪的一种治疗。在整个19世纪后半期，与旅游吸引力的增长相连的是世界博览会的举办。自1851年伦敦水晶宫展览（London Crystal Palace Exhibition）之后，1853年在纽约、1867年在巴黎、1873年在维也纳、1876年在费城相继举办了世界博览会。每一届博览会不仅要显示人类工业和科学的进步，而且要通过展示“原始”社会的作品来反衬和强调这种进步。“朴野的”和外来的歌谣、仪式与舞蹈在维多利亚社会中引起强烈的刺激。作为现代化世界中残存的活态表现形式的“民俗”，在世界博览会上扮演着举足轻重的角色。1889年在巴黎、1891年在伦敦、1893年在芝加哥举办的国际展览会同时还举办了世界民俗学会议。[②] 以弗洛伊德和霭理士（Havalock Ellis）为代表的性心理学研究正是为了探讨现代生活的精神痛苦问题才在19世纪后期诞生并且获得长足的发展。在此，我们对弗洛伊德在19世纪80年代后之所以用民俗作为精神分析的证据来探讨梦、童话和笑话的做法有了进一步的理解（详见本书第六章的论述）。所以，民俗和传统成了现代性既恨又爱并用来寄托和表达自身矛盾情感的一个影子。至少从赫尔德和格林兄弟以来，对民俗或民间文学的浪漫主义想象和利用就一直没有间断过。正如雷

---

①[美]马泰·卡林内斯库:《现代性的五副面孔：现代主义、先锋派、颓废、媚俗艺术、后现代主义》，顾爱彬、李瑞华译，商务印书馆，2002年，第75页。

②Simon J. Bronner, *American Folklore Studies: An Intellectual History,* University Press of Kansas, 1986, pp.27-28.

吉娜·本迪克斯所指出：

> 民俗长期充当了寻求本真之物（the authentic）的一个工具，满足了逃避现代性的渴望。被拟想为纯粹的和远离文明之苦的理想的民的共同体，成为一切非现代之物的一个隐喻。同样有关的是民俗与政治的联系，在这里，随着与现代性联系在一起的政治变革，本真性披上了一件合法的外衣，在革命时是肯定性的，在反革命时是否定性的。最有力的现代政治运动——民族主义就建立在本真性固有的本质主义观念的基础之上，自浪漫主义时代以来，以本土文化的发现和再发现为幌子的民俗不断地服务于各种民族主义运动。①

从现代民俗学或民间文学话语的历史考察中，我们不难发现，“民”或“民俗”的概念界定虽然在所指的范围上时有变化，但它几乎完全是随着现代性的宏大叙事的起伏而起伏的。一旦我们发现了这个秘密，也就等于找到了现代民俗学和民间文学话语中的“民”或“民俗”概念的演变规律。正像民俗学或民间文学研究最初是人类学研究的一个分支一样，“民”在人类学派的民俗学家那里既指野蛮人，也指农民或乡下人。如果说对于西方文明社会的“开化”民族来说，野蛮人是地理上的和远方的他者，那么，农民或乡下人则是“我们中的野蛮人”，即本土的他者。但是，在现代民俗学或民间文学话语中，“民”的概念及其含义并没有如此简单。我们在前文中已经看到，对于维多利亚时代的人来说，“民”可以指儿童、郡县和野蛮人，也可以指“老式做派的人”（old-fashioned people）。美国学者布朗纳精辟地指出，“民”的观念还与维多利亚时代把身体划分为私人部分与公共部分有关。在迅速崛起的城市之中，居民们到处碰见的都是陌生人，物质炫耀成为展示社会地位的一种手段。如果说时装更多地获得一种公共的、仪式化的意味，那么其看不见的里层就获得私人的重要性。所以，自达尔文、斯宾

① Regina Bendix, *In Search of Authenticity: The Formation of Folklore Studies*, The University of Wisconsin Press, 1997, Introduction, p.7.

塞和弗洛伊德以来，维多利亚人认识到过去是一个人“真实存在”的地方：

> 在过去中，在自然中，在童年中，在民俗中，是一个人显示真实的、深层的自我的地方。过去与现在之间被画了一条连续的线，而在蒙昧和文明、中世纪和现代、农村和城市之间却被画上一条泾渭分明的界线。与现在不同，过去是隐秘的和私人性的。在私人领域，人可以介入仪式和习俗，讲古老的故事，在彬彬有礼的成年人的视野之外或者在传统礼书的范围之外做事。过去的和私人的东西，自然的和外来的东西，逐渐成为维多利亚人心目中的“民”。①

布朗纳还指出，从早期的“大众古俗”（popular antiquities）的研究到“民俗”的研究采取了两个修辞性的变化，而对于维多利亚时代晚期的人们来说，这两个变化至关重要。从“大众”向“民”的转变把重点从全体人民移向工业化社会中的某些群体。用“民”取代“大众”，表明被拟想为“低下”和“落后”的那部分社会成员在数量上和在社会上不再被认为是普遍的。对大众古俗的寻求曾被认为是上等阶级的嗜好，而民俗研究则成为中产阶级的一项职业追求。正因为洞察了“民”的概念与现代社会变迁的连带关系，布朗纳在有关美国民俗学思想史著作的“前言”中，首先说了一段提纲挈领的话：

> “民”这个词已经汇集了对待社会连续性和变化的种种态度。在刚刚过去的150年间，民首先用来描述一种过去的原始传统；然后它逐渐用来描述远离主流的民族的、区域的和职业的群体的文化遗产；然后，它又主要描述在所有群体中都能够发现的一种非正式的、集体的学习方式和做事方式。当被用来描述生活和传说（lore）时，民是19世纪的两个重要的思想发明——folklife（民众生活）和folklore（民俗）这两个

① Simon J. Bronner, *American Folklore Studies: An Intellectual History*, University Press of Kansas, 1986, pp.29-30.

> 词——的驱动机制。folklife的出现是为了描述农民和民族共同体都有的传统生活方式；folklore的出现是为了描述被普通人（common people）保持着的故事、歌谣和手艺之类的传统艺术表现形式。当社会感到自己突然转入一个现代工业时代时，一个新兴的职业即民俗学家开始帮助它理解身后所撇下的东西。民俗学家们收集和解释的群体的传说，仍然在和前工业时代的观念一起发挥作用。在20世纪，folklore和folklife的含义转向一种传统与现代性互为表里、相互依存的情感，而且随着这些含义的变迁，民俗学家们的工作也发生了变化。folklore和folklife对一个现代化的社会仍然至关重要。这些词仍然是社会主要的思想活动的工具。①

在美国民俗学研究史上，存在着两个重要的流派，即文学民俗学和人类学民俗学。它们的一个差别在于选择的民不同。对文学民俗学研究者来说，民是依赖于一个更庞大的社会的边缘社会的一部分，也就是雷德菲尔德描述的那种大传统中的小传统。对人类学民俗学家来说，民是非西方的、小型社会的一部分。因此，文学民俗学家眼中的民，绝大多数是农民社会的成员（只有斯蒂·汤普森是个例外，他虽然是一位文学民俗学家，却研究美国本土材料），而人类学民俗学家眼中的民，是西方之外的部落文化的成员。但是，两派意见一致的一个民群是美国的黑人。邓迪斯在《美国的民俗概念》一文中认为，黑人的民俗是欧洲成分和非洲成分的组合，不过，文学民俗学家更强调欧洲的成分，而人类学民俗学家更注重非洲的成分。对文学民俗学家和人类学民俗学家来说，民都是他者（the other）。②

当代学者在谈到雷德菲尔德等人的乡民文化研究时已经指出：“早期的理论家

① Simon J. Bronner, *American Folklore Studies: An Intellectual History*, University Press of Kansas, 1986, pp.20-21; Preface, p. xi.

② 参见［美］阿兰·邓迪斯：《民俗解析》，户晓辉编/译，广西师范大学出版社，2005年，第29页；Rosemary Lévy Zumwalt, *American Folklore Scholarship: A Dialogue of Dissent*, Indiana University Press, 1988, pp.6-7, p.100。

将乡民文化的概念发展成为他们自己社会的镜中映像。他们‘创造’了已逝去的形象并相信这些能够解释他们现在所看到的东西”[①]，“为了理解他们自己所处时代的混乱状况，早期的社会理论家们‘创造了过去’”[②]。同样，也有学者指出，“民”是一个理想化的农民社会在民族（the nation）身上的投射。[③]难怪美国民俗学家多尔森在《现代世界中的民俗》一文中说，在不同的民俗学家心目中，过去具有各种各样的形式。从最初概念化时起，民俗就暗示了一种隐蔽的、被遗忘的和落后的文化的轮廓。这种民的文化以两种方式隐藏起来：一是在遥远的时间深处，在史前的过去，当早期人类以万物有灵观感知世界时，或者至少是在基督之前的时代，当异教徒沉湎于野蛮的仪式时；二是地方上的远离喧闹的文明中心，在乡下山间的农民村落。所以，民俗以及拥有民俗的人或者被认为是迷信的、无文字的、落后的、原始的，或者被看作单纯的、一尘不染的、田园式的、亲近自然的，无论是受到羡慕还是受到鄙视，民都代表了不同于大都市的权力、财富、进步、产业、思想和政治活动的中心的一个世界。这种民俗观在传统文化和现代文化之间呈现了列维—施特劳斯式的二极对立：民 / 精英；乡村 / 城市；农业 / 工业；农民 / 工厂的工人；文盲 / 识字者；手艺 / 机器；口语 / 大众传播；落后 / 现代；迷信 / 理性；巫术 / 科学；边缘 / 中心。[④]在这里，我们不仅看到“民”或“民俗”的概念在现代民俗学或民间文学话语中的想象的和构造的性质，而且更加明确了这个概念本身是作为现代性的一个他者或映像而被建构起来的。邓迪斯曾经根据自己对“民”的新界定认为，“民”是一个比族群（ethnic group）更具伸缩性的概念（flexible concept），民可以小至一个家庭，大至一个民族。[⑤]如果把邓迪斯的这个判断移入现代民俗学或民间文学话语的历史语境，它似乎又获得

①[美]约翰·R. 霍尔、玛丽·乔·尼兹：《文化：社会学的视野》，周晓虹、徐彬译，商务印书馆，2002年，第104页。

②[美]约翰·R. 霍尔、玛丽·乔·尼兹：《文化：社会学的视野》，周晓虹、徐彬译，商务印书馆，2002年，第105页。

③参见 Diarmuid Ó Giolláin, *Locating Irish Folklore: Tradition, Modernity, Identity*, Cork University Press, 2000, p.58。

④参见 Richard M. Dorson (ed.) , *Folklore in Modern World*, Mouton Publishers, 1978, pp.11-12。

⑤参见 Alan Dundes, *Folklore Matters*, The University of Tennessee Press, 1989, p.11。

了另一层含义：即从“民”这一概念的构造和阐释的历史来看，它的确是一个极具伸缩性的概念，就像一个可大可小的筐，什么都能装。它容纳了现代性的对立面，是现代性的另一面。在这个意义上，现代民俗学或民间文学话语中作为“本土的或内部的他者”的“民”，与人类学话语中作为异域的和远方的他者的原始人或异民族，在现代性的宏大叙事中所发挥的功能是相似的，所受的“待遇”也是一样的。这其中的一个关键是时间置换问题。

在《时间与他者：人类学如何创造其对象》一书中，荷兰人类学家约翰尼斯·费边对人类学如何在其话语中用时间来构造其对象——他者——做了精彩的分析。他指出，人类学用时间手段来建构与他者的关系，实际上暗含对差异就是距离的肯定。人类学话语的“时间语法”（grammar of Time）的一个重要特征是“否认同时性”（denial of coevalness），即“把人类学的所指放在不同于人类学话语生产者所处的现在的一个时间里的一种持续的和系统化的倾向”。一种使用“原始的”“野蛮的”“部落的”“传统的”“第三世界”之类术语的话语并没有思考、观察或者批判性地研究“原始人”（primitive）；它在用原始人进行思考、观察和研究。“原始人”本质上是一个时间概念，是西方思维的一个范畴而不是它的一个对象。西方不仅需要空间来完成资本主义和帝国主义的扩张，也需要时间来调解其单线历史（a one-way history）图式：进步、发展、现代性（其反面的镜像是停滞、发展不足、传统）。总之，地缘政治（geopolitics）在时间政治（chronopolitics）中有其意识形态基础。费边在分析人类学的时间话语时还特别提醒我们，应该牢记符号学家的告诫，不要把话语的“内容”与真实世界混为一谈。有关“原始人”或“野蛮人”的人类学话语并没有涉及一个真实世界中的某个民族，至少不是直接涉及。它首先涉及的是作为一种话语的内在指涉（internal referent）或者是作为一个学科的科学建构对象的原始人。[①]

费边对人类学时间话语特征的梳理，为我们观察民俗学或民间文学有关“民”或“民俗”的话语体系提供了重要启示。如果说现代性主要是关于时间的

① Johannes Fabian, *Time and the Other: How Anthropology Makes Its Object*, Columbia University Press, 1983, pp.16-18, pp.25-31, p.77, p.144.

宏大叙事，那么正是在这一点上，现代民俗学或民间文学有关“民”或“民俗”的话语体系构成对这一宏大叙事的完整表达。在一百多年的发展历程中，民俗学或民间文学学科一直不间断地致力于对其研究对象——“民”或“民俗”的反复阐释和界定[①]，但正是在这个过程中，“民”的概念成为建构的产物，成为现代性的“本土的他者”。无论它指的是古代人、野蛮人、农民、儿童、乡下人还是秉承了文化遗产的所谓整个民族，其中的主导和关键是一种时间距离或时间差异，也就是费边所说的“否认同时性”。或许我们从人类学派民俗学家的理论干将之一乔治·劳伦斯·戈姆（George Laurence Gomme，1853—1916）的论述中能够体会到现代民俗学的理论和方法是如何处理这种“非同时性”的。早在1892年，戈姆就指出，民俗中没有发展。当最初的民俗成分从部落的或民族的习俗和信仰状态退化为农民的迷信状态时，一切发展的契机都被扑灭了。但这并不意味着没有发生任何变化。衰落、退化和误用的变化取代了发展的变化。他把这些变化分门别类地命名为“象征主义”（symbolism）、“替代”（substitution）与“合并”（amalgamation）。[②]1898年11月15日，在对纳特的公开批评中，戈姆又说，人们把西方文明世界的农民的无意义的习俗和信仰放进野蛮或蒙昧的领域来求得一种解释，丝毫没有考虑到这样做对所讨论的习俗和信仰的历史真正意味着什么。这样的解释在多数情况下无疑都是正确的。但只有被科学地加以证明，这样的解释才能成为欧洲民族历史的一个重要组成部分。因为某个传统的农民习俗或信仰与某个野蛮人的习俗或信仰的有效比较，显然只是要完成的真实过程的一个捷径。这个过程包括把属于某个特定的地方、阶层或家庭的某个孤立的习俗或信仰，与属于某个野蛮种族或部落的整个体系的某个习俗或信仰进行比较；把只接受传统

---

①王娟指出了这个有趣的现象，“没有一个学科在确立它的学科地位的时候先探讨它的研究人群。争论他们研究的是‘哪些人’的文学、社会学、哲学、人类学等。……似乎只有民俗学一直把‘我们研究的是什么人的民俗’作为自己的一个重要话题，这在很大程度上增加了人们对民俗学作为一个学科，其存在的意义和价值的疑问”。尽管这个判断不十分准确，但可以促使我们对引起这个现象的原因做深入思考（参见她的《新形势下的新定位——关于民俗学的“民”与“俗”的新思考》，《民俗研究》2002年第1期）。

②Richard M. Dorson (ed.) , *History of British Folklore, Volume II: Peasant Customs and Savage Myths:Part One*, Routledge & Kegan Paul Limited, 1968, p.319.

的认可、以保守的本能重复先辈行为的人的习俗或信仰，与受公认的政治或宗教支持的人的习俗和信仰进行比较；把嵌入文明却与文明敌对的习俗或信仰，与有助于构造文明的习俗或信仰进行比较。在进行了这样一番比较之后，返回文明民族之过去的漫长旅程才算完成了。但比较的线索不能简单地在文明和野蛮之间画一条水平线，而是要在从文明到野蛮之间分别有两条垂直线，其排列的高度代表现代欧洲古代的野蛮文化。在西方世界有明确的历史记载表明，所有非基督教的文化都不得不屈从于基督教，所以，古代习俗或信仰的每一个变动不居的碎片，不仅应该被贴上“古代的”标签，还要被放回原来的体系之中；恢复古代的文化体系就是证明它所属的民族的史前族类。①

“民”属于过去，或者是过去在现在的遗留物的载体。应该说，这是现代民俗学或民间文学主流话语的一个主要断语。1888 年，美国民俗学会在成立时就以继续其英国同事的工作为使命。虽然自 20 世纪 60 年代以来，邓迪斯等人已经对这种话语做了不同程度的解构②并且得到广泛的响应，但它并没有销声匿迹。也正是在这一点上，我们才能更深入地领会邓迪斯提出的“民”和“民群”概念的学科意义。

早在 1945 年，美国民俗学家多尔森就断言，美国没有与欧洲的“民”这个术语所意指的东西相对应的群体，即那种根深蒂固的、以传统心理为取向的共同

---

①Richard M. Dorson (ed.) , *History of British Folklore, Volume II: Peasant Customs and Savage Myths:Part Two*, Routledge & Kegan Paul Limited, 1968, pp.423-425.

②例如，意大利学者科基雅拉指出，戈姆等英国人类学派民俗学家的遗留物学说显然不能把我们自己时代出现的信仰或当代农民自发产生的歌谣或故事纳入民俗的范围（参见 Giuseppe Cocchiara, *The History of Folklore in Europe*, translated from the Italian by John N. McDaniel, Institute for the Study of Human Issues, Inc., 1981, p.446）。美国学者欧林也曾指出，重要的是应该强调，各种民俗形式与过去的同一性不是一个事实，而是由定义建立起来的。虽然过去的习俗和信仰的遗留物可能嵌入各种民俗体裁当中，但并非农民社会中存在的每个歌谣、习俗、谜语或故事一定就是原始的遗留物，也并非每个农民故事都包含了需要与万物有灵论和巫术的原始规则联系起来的超自然母题。既然这些民俗形式被界定为遗迹，与现在没有实质的关联，那么，有关这些民俗与继续记述和表达它们的农民之间的联系的问题就几乎是无关紧要的了［参见 Elliott Oring (ed.), *Folk Groups and Folklore Genres: An Introduction*, Utah State University Press, 1986, pp.7-8］。

体，它直接沿袭古代累积下来的文化遗产。[①] 后来，埃利奥特·欧林又指出，民俗学的概念在美国被重新表述大概是必然的，因为这里没有一个农民社会可以被看作祖先之民的物质的和精神的载体，实际上，美国就没有本土的先民，印第安人的部落是土著但不是祖先。美国的民俗学研究无非是研究印第安人的神话和收集美国的欧洲民俗。美国真正的民俗学观念在欧洲旧的概念系统中从来就不可能发展。美国存在着土生土长的口头传统，但美国本土的遗留物却几乎没有。或许正因如此，从“遗留物”到“口头传统”的概念转换才正中美国民俗学家的下怀。[②] 综观当代民俗学或民间文学研究的历史，注重当代性和语境性的理论和方法大多出现于美国，与美国历史和文化的上述特点不无关系。邓迪斯的理论创新也应该在这个背景中来认识。

在 20 世纪 60 年代以后，邓迪斯除了发表《谁是民？》之外，还写有《美国的民俗概念》（发表于《民俗学所杂志》1966 年第 3 期）和《民俗理论的退化论前提》（发表于《民俗学所杂志》1969 年第 6 期）等文，对“民”或“民俗”概念与现代性（虽然邓迪斯没有直接使用这个术语）的关系做了系统论述。邓迪斯指出，民俗学的发展中少有进步，是因为民俗学理论主流中有抵制进步的明显的和一贯的偏见。在 19 世纪的欧洲，民俗学被当作一门历史科学，其目标是对过去的历史重构。民俗学思想史的一个显然未加辩驳的前提是，民俗的黄金时代发生在过去，特别是发生在遥远的过去。作为绝大多数民俗学家定向于过去的世界观的一个结果，对民俗的黄金时代的历史重构总是显得在逻辑上是必然的，也是非常值得去做的。所以，如果民俗学理论要有任何重要变化，绝对有必要对这些重要的潜在前提做理性的检验。邓迪斯指出：

> 进步观念的思想史已经得到合理的证明，而且确定无疑的是，这种

① 参见 Richard M. Dorson, Print and American Folklore, in *California Folklore Quarterly*, Vol.4, No.3, 1945, pp.207-215。

② 参见 Elliott Oring (ed.), *Folk Groups and Folklore Genres: An Introduction*, Utah State University Press, 1986, p.10。

> 观念崭露头角的同时，民俗学这个学科也开始出现了。进步不止意味着17世纪晚期所主张的“现代人”和“古代人”一样好。进步意味着黄金时代在我们之后而不是在我们之前。人和社会最终可以完善的实证主义伦理，对绝大多数学科的进程都具有重大影响。①

他认为，有关民俗消亡的丧气报告部分地是那种误导的和狭隘的民的概念的一个结果，这种概念把民看成识字社会中的文盲，即把民看成农民、下层阶级（vulgus in populo）或孤立的乡下共同体。所以，一方面是为了摆脱欧洲民俗学或民间文学对美国的“影响的焦虑”；另一方面更是为了使现代民俗学或民间文学研究从现代性的梦魇中挣脱出来，邓迪斯强调变化是中性的，无所谓好也无所谓坏。一般的民俗并非正在退化或消亡，只是某些类型或某些类型的某些实例的普遍性或惯例减弱了。同样，一般的民俗并没有进化或产生，只是某些类型或某些类型的某些实例的普遍性或惯例增加了，有时，新的民俗形式被创造出来。换言之，我们既不必把黄金时代放在遥远的过去，也不必把它放在遥远的未来。民俗是普遍存在的：不仅过去有，未来也将永远存在民俗。只要人类互动并且在这样做的过程中使用传统的交流形式，民俗学家们将继续拥有研究民俗的大好时机。②正是在这个认识前提下，邓迪斯提出对“民”的新界定，即“民”这个术语可以指至少拥有一个共同因素的无论什么人的任何群体（any group of people whatsoever who share at least one common factor）。③显然，邓迪斯的意思是，共同的因素创造了一种集体认同感，因此，有这种感觉的任何人群都可以被看成“民”。但邓迪斯在此采用的以“俗”定义“民”的方法，在很大程度上等于取消了“民”的特殊的规定性和主体性。所以，匈牙利学者维尔莫什·福格特一方面认为邓迪斯的民俗学定义是最广为人知的和最激进的；另一方面，他又提出一个问题，即

①［美］阿兰·邓迪斯：《民俗解析》，户晓辉编/译，广西师范大学出版社，2005年，第64页。
②参见［美］阿兰·邓迪斯：《民俗解析》，户晓辉编/译，广西师范大学出版社，2005年，第59—74页。
③Alan Dundes, *Interpreting Folklore*, Indiana University Press, 1980, p.6.

是否应该直接把邓迪斯所说的那些东西称为“民风”（folkway）或者更简单地称之为“生活方式”（way of life），而不用涉及邓迪斯喜欢的有关“民”的没完没了的含混定义呢？[①] 美国民俗学者埃利奥特·欧林在讨论民俗的概念时也指出，既然邓迪斯认为“民”可以指基于任何因素的任何群体而不是基于特殊因素的某个特殊群体，那么，“folk”这个术语对于“folklore”的整体界定来说似乎已经无关紧要。结果，他的定义的语义分量就落到了“lore”上。邓迪斯采用枚举法来说明“lore”的形式，并不是对它的界定。如果“folk”真的意味着“无论什么人的任何群体”，为什么他列举的形式中还要用这个词做限定语呢？显然，邓迪斯实际上还是认为 folksong（民歌）或 folk dance（民间舞蹈）是某些特殊群体而非任何群体特有的。欧林认为，邓迪斯的定义不是他个人的癖好，而是反映了当代很多民俗学视角的特点。既然我们都是“民”，那么“民”这个概念就没有意义了。邓迪斯再次引入“folk”这个术语来修饰和限定故事、歌谣、艺术、服饰、舞蹈、音乐、戏剧、信仰、隐喻等，反映了他和其他当代民俗学家面临的一个独特困境。一方面，他们相信民俗是一个普遍的范畴，是所有人类群体而非其中的某些部分所特有的；另一方面，他们又不认为民俗仅仅是无论何时何地所发现的艺术、音乐、舞蹈、医药或习俗。和早期的浪漫主义者一样，他们感到民俗不同于精英和城市社会培育出来的艺术、“古典”音乐和舞蹈等等。当代很多民俗学家似乎仍然在民俗中看到了无形的、普通人的影子。作为一种表现形式的民俗强调的是有人情味的和人际的东西，与正规的和体制的东西相对。[②]

邓迪斯的出发点不仅是要取消民与现代性的二元对立，使民从一个“附属的变量”变为一个“独立的变量”，更在于化解民或民俗的过去性（传统性）与当代性的矛盾，这从根本上改变了以往民俗学和民间文学话语的“否认同时性”的性质。

---

① 参见 Vilmos Voigt, Today’s Folklore: A Review, in *Contemporary Folklore and Culture Change*, edited by Irma-Riitta Järvinen, Helsinki, 1986, p.22。

② 参见 Elliott Oring (ed.), *Folk Groups and Folklore Genres: An Introduction*, Utah State University Press, 1986, pp.1-16。

尽管邓迪斯关于民的新界定在理论上和实际操作层面上都有一些值得批评的问题[①]，但它对美国甚至当代世界的民俗学或民间文学观念产生了很大影响。从本书的论题来看，邓迪斯的主要贡献似乎不在这个实用色彩较浓的有关民的定义本身，而在于它在很大程度上让人们从现代性叙事的圈套中解脱出来，为当代学者对抽象意义的民和民俗的思考打开了新的视域。只有在这个意义上，邓迪斯真正的新颖性才能凸现出来。他的论述虽然不够深入和周全，却在当代引起广泛响应，个中原因大概在此也不难获得进一步理解。

20 世纪 90 年代，高丙中将胡塞尔提出的“生活世界”概念引入对民俗学或民间文学研究对象的思考，认为生活世界是人本来的世界和基本的世界，是普通人的世界和人的普通世界。在把民俗界定为“具有普遍模式的生活文化和文化生活”之后，他进一步指出，民俗事实上构成人的基本生活和群体的基本文化，任何人、任何群体在任何时代都具有充分的民俗，因此，任何人、任何群体也都可以成为“民”，民俗学或民间文学可以把任何群体的人作为充分意义上的“民”进行研究。[②]这不仅从理论上解决了邓迪斯在界定“民”时所面临的悖论，而且为把民俗学或民间文学研究从现代性话语的阴影中解救出来做出重要贡献。

当然，现代民间文学或民俗学话语与现代性的纠缠所具有的盘根错节式的复杂性决定了它本身并不能轻而易举地从这种纠缠中脱身而出。其中的关系和缘由，我们将在下一章里做进一步揭示。

① 关于对邓迪斯的“民”概念的批评，还可参见高丙中:《民俗文化与民俗生活》，中国社会科学出版社，1994 年，第 27 页；曾经师从邓迪斯的王娟在提出批评之后甚至认为，“民”的概念发展到现在，已经没有下定义的必要了（参见她的《新形势下的新定位——关于民俗学的“民”与“俗”的新思考》，《民俗研究》2002 年第 1 期）。

② 参见高丙中:《民俗文化与民俗生活》，中国社会科学出版社，1994 年，第 11—12 页。

第四章
现代性话语中的“民”与民族国家意识形态

如果以为现代民俗学或民间文学有关“民”或“民俗”的话语与现代性的关联仅仅体现在时间性这个问题上，那就过于简单化了。如前所述，既然现代民俗学或民间文学话语是作为现代性的宏大叙事的一部分而产生的，那么，它与现代性的纠缠就不可能只是停留在时间性这个维度上，虽然这是一个主要的维度。

从历史发展的脉络来看，现代性问题的兴起，也正是民族国家孕育成形的时期。作为在同一时期发生和发展起来的现代民俗学或民间文学话语，自然与这些东西有着千丝万缕的联系。因此，探讨现代民俗学或民间文学有关“民”或“民俗”的话语与现代性的关联，不是为了赶时髦，而是非如此便不能揭示现代民俗学或民间文学有关“民”或“民俗”的话语的本质特征。现代性的复杂性和悖论特点，无不在现代民俗学或民间文学话语中有其对应的形式或反映。所以，现代民俗学或民间文学话语与现代性的关联，除了时间性之外，至少还包括学科的职业化和体制化、与浪漫主义的主体性问题或民族主义意识形态的纠缠等形式。19世纪的最后十年里，欧洲和美国的国家级民俗学会相继成立（虽然芬兰文学会成立于1831年，英国民俗学会成立于1878年，美国民俗学会成立于1888年），这是现代民俗学或民间文学话语的体制化与国家意识形态自一开始就结合在一起的颇具象征意义的事件。我们可以从现代民俗学或民间文学研究的发源地德国的情况来看这种话语如何在起源时就是应现代性的特殊要求而兴起的。

正如本迪克斯所指出，在一个工业化的现代性来临的前夜，德国神学家赫尔德即使不是第一个也是最有影响的表现力文化（expressive culture）的倡导者。他的著作使现代发明的“民”这个范畴凝固成形。当时的浪漫主义知识分子在赫尔德的引导下，把民间诗歌看成民间性的真正所在。① 赫尔德反对启蒙时代把理性与情感对立起来的观念以及视传统为无知和盲信的象征的观念，他开始把原始人与一切美好的和真诚的东西等同起来，认为通俗的就等于一切纯粹的和真实的东西，并且把本民族的精神与民（Volk）的生活结合起来，认为民“是一个民族最真实和最不受污损的部分，因此应该是本民族精神的本真的解释者”。赫尔德在1777年写道：

> 民歌、寓言和传说……在某些方面是一个民族的信仰、情感、感觉和力量的结果。一个人信仰因为他不知道，他想象因为他看不见，他受到自己诚实而单纯并且尚未发达的人性的激励。这实际上是历史学家、诗人、批评家、语文学家的一个大题目。古代德意志神话——在其仍然存在于传统和民歌之中并且被单纯地接受和被宁静的心灵加以沉思这个程度上——对于诗人和本民族的保护者来说，对于道德家和哲学家来说，真是一个宝库。……所有未开化的民族都唱歌和劳作；他们的歌谣是民的档案，是其科学和宗教及其神谱和宇宙起源论的宝库，是其祖先的言行及其历史事件的宝库，是其心灵的回声，是其从摇篮到坟墓的家庭生活的喜怒哀乐的镜子……用他们自己的语言从每个民族的嘴边对这些歌谣做小规模的收集——当包含更多的内容、被更好地表达时，还要有音乐伴奏——真能为我们对旅行者闲聊时提到的那些民族提供更好的了解。②

正是在这种思想的指导下，赫尔德于1771—1776年在比克堡当首席牧师时就开始收集民歌，并于1778年出版了他收集的《民歌》(*Volkslieder*)，1807年再

---

① Regina Bendix, *In Search of Authenticity: The Formation of Folklore Studies*, The University of Wisconsin Press, 1997, Introduction, pp.34-35.

② Giuseppe Cocchiara, *The History of Folklore in Europe*, translated from the Italian by John N. McDaniel, Philadelphia: Institute for the Study of Human Issues, Inc., 1981, Preface, pp. 168-177.

版时，亨利希·封·米勒把书名改为《民歌：歌谣中各族人民的声音》(*Volkslieder. Stimmen der Völker in Liedern*)。在赫尔德的用语中，“人民”和“人性”是同义词，他认为，各族人民都创造了自己的文化宝藏，而这些宝藏又都属于全体人类。所以，他的集子里不仅有德国的民歌，也有英国、法国、西班牙、意大利、希腊、丹麦等国的民歌。另外，他还认为，民歌不仅是由广大的下层人民创造的，一切进步的作家都创造了这种健康、真实而又生动的民歌。因此，他收集的民歌既有莎士比亚和歌德以及他本人的诗歌，还有荷马这位“最伟大的民间诗人”的作品。赫尔德称歌德等狂飙突进派的诗歌是“文学之源”，这些诗歌的特点是强调表现个人的生活感受，但常常“借用”民歌的或民歌式的语言。

赫尔德的想法，在德国激起民歌收集的热潮，其中包括著名的格林兄弟对民歌和童话故事的收集与研究，正是格林兄弟的研究在更广泛的范围内引起国际上对民间文学的收集和研究。雅科布·格林（Jacob Grimm，1785—1863）和威廉·格林（Wilhelm Grimm，1786—1859）分别于1785年1月4日和1786年2月24日生于哈瑙城。父亲是一位律师。1802—1806年，兄弟俩在马尔堡大学攻读法律。后因受诗人布伦坦诺（Clemens Brentano，1778—1842）的影响，对民间文学产生兴趣。法学的历史学派创始人萨维尼（Friedrich Karl von Savigny，1779—1861）也教给他们研究古文物的方法，为他们后来的工作打下了坚实的基础。萨维尼相信，民众的传统法律反映了民众精神（Volksgeist），这个观点与赫尔德的民众的民歌表达了民众的灵魂的观点极其相似。正是萨维尼对法律的语文学的和历史学的强调，最终使格林兄弟献身于德国古代文学和民间文学的研究。兄弟两人的性格迥异，雅科布内向、严谨、有活力，是一个学者；威廉外向、合群、患有哮喘病，是一个诗人，但两人一直保持着密切合作的关系。1816年，兄弟两人开始全力以赴进行纯文学研究。他们首先为朋友阿尔尼姆和布伦坦诺收集民歌和故事。在阿尔尼姆的鼓励下，格林兄弟将他们收集的材料汇集出版，题为《儿童与家庭童话集》，其中有200个童话。直到晚年，他们还在增订这个集子。1857年出最后一版时，全集共有211个童话。这本童话集最初在德国，后来在全世界广为流传，被译成70种文字；自20世纪初开始，它在德国就成为仅次于《圣经》的畅销书。在庆祝格林兄弟200周年诞辰的1985年和1986年，有50多种不同的插图版格林童话在德语国家销售，它在英语国家的流行盛况也不亚于此。格林童话问世后，很快就成为各地学者（如俄国的亚历山大·尼古拉耶维奇·阿法纳西耶夫［Aleksandr Nikolaevič Afanas’ev］、挪威的彼得·克里斯滕·阿斯比约恩森［Peter Christen Asbjörnsen］、丹麦的埃瓦尔德·唐·克里斯琴［Evald Tang Christensen］和斯文·赫斯莱布·格朗德菲格［Svend Hersleb Grundtvig］、意大利的朱塞佩·彼得雷［Giuseppe Pitré］、美国的伊曼纽尔·科斯昆［Emanuel Cosquin］）、法国的考斯金和赛比劳特、爱尔兰高地的坎贝尔、瑞典的希尔登—卡瓦留斯）收集民间文学的范例。格林兄弟为童话写的说明及其他研究，成为民间故事甚至民间文学研究的基础。继《儿童与家庭童话集》之后，他们又出版了《德国传说集》和《德国英雄传说》。

事实上，早在格林兄弟之前，民间文学的收集和整理工作已经有人在做了，为什么只有格林兄弟的工作获得“成功”并且迅速在世界范围内产生巨大而深远的影响呢？是因为他们的方法科学吗？

1815年，雅科布·格林在一份创建民俗学会的传单上号召拯救和收集德国普通乡民的歌谣和传说，并且认为，如果不仔细研究，德国的诗歌、历史、语言的古老的和真正的起源就不能获得充分的理解。他列出的应该努力寻找和准确记录的条目是：

（1）在不同季节的活动中、在节日里、在织房里、在舞厅里唱的民歌和歌谣。

（2）散文体的传说，特别是有关巨人、小矮人、怪兽、恶魔、宝物等的儿童故事，还有解释地方风物的传说；还应该特别关注动物寓言。

（3）幽默的骗人故事和笑话，往日的木偶戏表演。

（4）与出生、结婚、埋葬、民间法律等有关的节日、习俗、惯例、游戏和庆典。

（5）关于幽灵、吉兆和凶兆、鬼魂、巫术、梦的迷信。

（6）谚语、成语、比喻等。

雅科布·格林还特别强调，重要的是这些东西要以最精确和最详细的方式忠实地和原原本本地从资料提供者的口中被记录下来，不能有任何加工或增添。如果这些材料用活生生的当地方言记录，还将增加材料的价值。他还认为，同一个传说的所有异文和重复都很重要，不完整的片段也不能轻视。[①] 但是，当代学者通过对格林童话的溯源性比较研究发现，格林兄弟在自己的收集和研究中并没有坚持他们自己制定的标准。

美国明尼苏达大学德语教授杰克·齐普斯指出，尽管格林兄弟在研究德国古代文学和习俗方面做出重要发现，但他们既不是德国民俗学研究的创立者，也不是第一个开始收集和出版民间故事的人。实际上，自一开始，他们主要的目的就是要揭示把德意志民族联结起来并且表现在他们的法律和习俗中的词源学的和语言学的“事实”。格林兄弟作为民间故事收集者的声誉必须在这个语境中来理解，甚至在这里，运气在他们的命运中也起了一定作用。1806 年，已经和作家阿尔尼姆（Ludwig Achim von Arnim，1781—1831）合作出版了一部重要的德国民歌集《男童的神奇号角》（*Des Knaben Wunderhorn*，1805）的布伦坦诺在后者的建议下，寻求当时还很年轻但对德国文学和民俗有广泛知识的格林兄弟的帮助，希望两兄弟为 1808 年出版的《男童的神奇号角》第 2 卷和第 3 卷收集民间故事。格林兄弟在替朋友完成任务之后，又继续收集并出版了他们自己的故事集。齐普斯指出，与流行的看法相反，格林兄弟并没有到乡下通过拜访农民而收集他们的故事，并且把他们听到的故事记录下来。他们主要的方法是把讲故事的人请到自己家中，让他们大声讲述，格林兄弟听一遍或者听几遍后，就把故事记下来。所以，记忆在格林兄弟的转写过程中起着重要作用。在这个时期，多数故事讲述人都是出身于中产阶级或贵族的受过教育的年轻妇女。其中一个名为多尔特欣·维尔特（Dortchen Wild）的，后来还成为威廉·格林的妻子。两兄弟的资料提供人，多数都谙熟口头的和书面的讲故事传统，他们在自己的讲述中把来自这两个

① Jacob Grimm, Circular Concerning the Collecting of Folk Poetry, in Alan Dundes (ed.), *International Folkloristics: Classic Contributions by the Founders of Folklore*, Rowman & Littlefield Publishers, Inc., 1999, pp.5-6.

来源的母题合并起来。另外，格林兄弟还直接从书籍、杂志中采录故事，并且按照他们自己的兴趣和爱好以及对不同异文的熟悉程度来编辑它们。主要包括：努力使故事风格变得更加平实；注重清晰的结构序列；通过增加形容词、古老的谚语和直接对话而使故事更加生动和栩栩如生；强化情节中的行为动机；注入心理母题；减少有损于乡村基调的成分。① 在另一项研究中，齐普斯还指出，格林兄弟在 19 世纪头十年里收集的故事，多半是由来自城镇和小城市的仆人、家庭主妇、更夫和居民用方言讲述的，但被格林兄弟转写和处理为高地德语。所以，格林兄弟的故事，只能是童话故事而绝非民间故事。针对多数学者对此不加区分的情况，他认为，有必要对二者做严格的划分。民间故事（the folk tale）是前资本主义时代的人民的口头传统的一部分，它通过描绘其斗争和矛盾而表达他们获取更好的生活条件的愿望。童话（fairy tale，为了和民间故事区别开来，本书有时也译作童话故事）这个术语是资产阶级杜撰的一个词，指借用民俗的成分表达和批判新兴资产阶级读者的渴望和需求的一种新的文学形式。口头民间故事形式的童话存在了数千年，到 17 世纪末才开始变成文字形式的童话。在 18 世纪和 19 世纪民间故事被记录为文本形式时，它们还保留了很多原始母题，但其美学构成和象征指涉系统基本上反映的是晚期封建制度的状况。所以，童话故事（作为以大众为中介的民间故事的文化形式）在西方世界的兴起，与封建制度的衰微和资产阶级公共领域的形成恰相吻合。从口头故事向文字形式的童话故事的转变，的确是这种艺术的一个重要历史转折点，因为印刷技术的出现造就了新的中产阶级读者群，随着这个阶层中识字者的增多，他们创立了公共领域并且控制了一切文化表现形式，由此就产生了民间文学或民俗与文学的区别：

---

① Jack Zipes, *The Brothers Grimm: From Enchanted Forests to the Modern World*, Routledge, 1988, pp.10-12. 德国学者赫·格斯特纳也指出，格林兄弟在进行采集工作时不一定会放过书面的原始材料，却一再强调它们当初都是“口头流传的东西”。兄弟俩先在自己有限的生活圈子里采集，即黑森、莱茵河、金齐希河一带和哈瑙的伯爵领地，给他们提供童话故事的人包括房东维尔特太太和她的女儿格蕾特欣和多尔特欣、已故武士的遗孀玛丽·米勒、年过六旬的老管家、政府官员的女儿阿玛丽和耶阿内特·哈森普夫卢格、牧师之女弗里德里克·曼内尔、布伦塔诺的妹妹约尔蒂丝太太、格林兄弟的朋友阿希姆·阿尔尼姆和奥古斯特·哈克斯特豪森、神学家兼日耳曼语学者费迪南德·西贝特、退休残疾军人克劳泽等（参见［德］赫·格斯特纳:《格林兄弟传》，顾正祥译，浙江文艺出版社，1986 年，第 32—34 页）。

民间文学或民俗	文学
口头的	书面的
表演	文本
面对面的交流	间接交流
短暂的	持久的
集体的（事件）	个体的（事件）
再创作	创作
变体	修改
传统	创新
无意识的结构	有意识的设计
集体表述	有选择的表述
公众（所有权）	私人（所有权）
传播	发行
记忆（回忆）	复读（回忆）

然而，其中的差别还不止这些。一旦民间艺术被中产阶级作家和出版家挪用并且被变成以大众为中介的印刷形式，它就承受了剧烈的变化。例如，民间故事一旦用文本形式被解说和传播，它最初的意识形态和叙述角度就泯没、丢失或被置换了。格林兄弟收集的故事就是颇具代表性的实例。齐普斯对格林兄弟的故事做了大量细致的分析。他同时也指出，19 世纪发生的一些重要变化是：

（1）在格林兄弟于 1812 年完成第一次收集之后，民间故事就开始为了创立本真的版本（authentic versions）而被收集、转写和出版。这个工作通常是由训练有素的专家来做的，他们常常对这些故事进行选择、加工或改变。一旦被收集后，这些印刷的故事极少在最初的读者中被阅读和流传。

（2）民间故事被改写而变成教育儿童的童话，以免孩子们受到最初故事中的暴力、粗俗和夸张性幻想的伤害。

（3）民间故事被转变为平淡琐细的故事，新的童话是为了愉悦读者和赚钱而创作的。童话剧，特别是儿童的幻想剧在 19 世纪末变得时兴起来。

（4）严肃的艺术家用民间故事和基本的情节创作新的童话。他们试图以幻想作为手段来批判社会现状，表达对新的社会秩序的需求。

（5）随着大众传播媒介的新技术手段的发明，童话被并入能够养育商业娱乐的文化形式。①

因此，格林兄弟收集的故事之所以会迅速在欧洲风靡起来，是和 19 世纪的社会历史条件有密切关联的。换言之，从格林兄弟对民间故事的收集和研究中，我们至少可以看到，民俗学或民间文学自一开始就不是为了它自身而被收集和研究的。格林兄弟在开始研究民间故事时，德国还不存在。他们的“国家”被法国人占领着。因此，他们出版一部表现德国文化精神的著作的愿望，是其对德国反法统一战线有所贡献的愿望的一部分。正如本迪克斯所指出，维也纳会议的和约带来了 39 个德意志邦国——35 个君主国和 4 个自由城市。《儿童与家庭童话集》就是在拿破仑战争的暴乱中出现的。格林兄弟的故事在全然不同的德意志政治领域的民族主义文化和新兴资产阶级的道德指南中变成一个中心圣像。格林兄弟在第 2 版（1819 年）的导论中反映了这 10 年的心态变化，捕捉到从赫尔德式的、浪漫主义式的寻求民的被纯化了的声音到希望把捉未受玷污的人性残余的学者所持的那种怀旧的、悲观的和具有阶级意识的观点转变。格林兄弟及其在德国的同道是浪漫主义意识形态和科学的方法论相互纠缠的最佳实例。他们的心属于浪漫主义者，而他们的发现却被投入科学人道主义的形式之中。② 从这个角度来看，格林兄弟的主张与他们在研究和收集民间故事时的实际做法之间的“矛盾”，似乎就得到另一层次的理解。

如上所述，格林兄弟虽然主张用科学的标准收集和研究故事或民俗，但他们并不讳言自己为民间故事赋予它们应该具有的形式，因为他们认为，民间故事的

① Jack Zipes, *Breaking the Magic Spell: Radical Theories of Folk and Fairy Tales*, The University of Texas Press, 1979, pp.2-15, p.27.

② Regina Bendix, *In Search of Authenticity: The Formation of Folklore Studies*, The University of Wisconsin Press, 1997, Introduction, pp.49-51.

真实性或本真性不在内容和母题，而在于它所具有的简单形式。当代学者批评格林兄弟不加分辨地混淆了口头传统和文字传统，并对格林兄弟的做法提出不少批评。① 不过，琳达·德格（Linda Dégh）提醒我们，在20世纪40年代以前，我们不能谈论我们所说的那种意义上的本真性，因为一般公众对口头叙述人、故事的作者和被看作任何人都可以随意改变的共同财产的已经出版的故事并不做区分。与此同时，对民众的故事加以学术的记录，就意味着对那些被断定为真正的故事的内容框架做出标记。按照既有的模式润饰这些故事，更多地反映的是收集者的风格而不是记述者的风格。多数出版的收集品反映的是民俗学家的愿望思维（the wishful thinking），而不是真正的民众故事汇集。② 有鉴于此，我们应该做的与其说是批评格林兄弟的言行不一，不如说是追问他们做了哪些改变以及为什么要做这些改变。关于这个问题，国外学者齐普斯、鲁特·博蒂海默（Ruth Bottigheimer）、约翰·埃利斯（John Ellis）、玛丽亚·塔塔尔（Maria Tatar）和查尔斯·布里格斯等已经做了深入细致的研究。例如，美国学者查尔斯·布里格斯指出，格林兄弟在数量相对较小的地理范围内并且主要是从他们认识的一些中产阶级家庭成员中收集故事的口头异文。当格林兄弟把这些故事描述为真正的德国民间文化的成分并且作为重构共同的德意志遗产的源泉时，给他们提供信息的很多人，都是说法语的胡格诺派教徒。这些人不仅识字，而且他们所讲的很多故事都来自书本。在《儿童与家庭童话集》不断出新版的过程中，格林兄弟主要做了

---

① 例如，德国学者赫·格斯特纳曾引述雅克布·格林的话说："我们忠实于原文，但并非等于数学演算，那是全然不可能的，即便是最真实、最严密的史书中也并无这种先例。"（[德]赫·格斯特纳:《格林兄弟传》，顾正祥译，浙江文艺出版社，1986年，第38页。）他认为"格林兄弟为所有来自不同提供者的这些童话赋于[予]统一而又完美的形式，使得由他俩发现的那种童话的色彩风味永久化和规范化。这是一种非凡的文字工作。他们在忠实地保存口头文学精髓的同时将全部童话尽行纳入跟他们的风格相适应的语言"（[德]赫·格斯特纳:《格林兄弟传》，顾正祥译，浙江文艺出版社，1986年，第38—39页）。关于对格林兄弟的批评，可以参见《格林兄弟和他们的批评者》（*The Grimms & Their Critics*, Ohio University Press, 1992）、《格林兄弟和民间故事》（*The Brothers Grimm and Folktale*, edited by James M. McGlathery, etc., University of Illinois Press, 1988）和杰克·齐普斯的《格林兄弟：从迷人的森林到现代世界》（*The Brothers Grimm: From Enchanted Forests to the Modern World*, Routledge, 1988）。

② Linda Dégh, What Did the Grimm Brothers Give to and Take from the Folk?, in *The Brothers Grimm and Folktale*, edited by James M. McGlathery, etc., University of Illinois Press, 1988, pp.69-70.

五个方面的变动：一是给故事增加直接引语；二是有时给人物加上个人的姓名；三是增加一些谚语，以提高故事的传统性和真实性的氛围；四是强化故事的连贯性；五是给故事添加童话的结构技巧以及情节发展的母题和框架。格林兄弟创造出民众言语的建构形象，他们所做的这些变动，是创造逼真性的有效手段，并且为那些被认为是在理想的农民家庭里讲述的故事提供了直接的和内在的互为文本的联系的幻觉。格林兄弟在一种纯粹民众风格的理想观念的指引下做着这一切，他们声称捕捉到的农民的声音是他们自己的创造，他们把这种声音埋入他们自己的故事中。在这里，本真性的修辞与一种发现和保存自然的浪漫主义吸引力紧紧联系在一起，它最重要的侧面之一是试图在生产和解释民的文本时，为学者而不是为文人或民保留权力。民是自然的一部分，格林兄弟在民的知识和城市资产阶级不真实和不自然的成员的知识之间创造了反差。在为资产阶级创造了一种集体身份并且通过提供反面替身——民的象征形象来确证其社会地位方面，他们的故事起到一定的作用。如果民是不识字的、陈腐的和老一套的、单纯而幼稚的、举止粗鲁并且说着不标准的方言，那么，《儿童与家庭童话集》的资产阶级读者们就是识字的、有创造力和独创性的、复杂的和世故的、文雅的而且肯定是说高地德语的。换言之，有助于创造资产阶级的自我身份的民的形象，是通过把它的发明者认为自己拥有的一切属性颠倒过来而产生的。①

齐普斯指出，德语的Märchen（童话）来自古高地德语mâri、哥特语的mêrs和中古德语的Märe，它最初的意思是消息或闲话。Märchen是Märe的指小形式。通用的术语Volksmärchen（民间童话）或起源于中世纪的folk tale（民间故事），显然意味着民众是故事的运送人。英语的fairy tale一词并非来自德语Volksmärchen，而是来自法语conte de fées，这相对而言是一个现代用法。据《牛津英语词典》说，fairy tale一词首次出现于1750年。了解英语fairy tale起源的社会含义极为重要，它被用来指格林兄弟1812年记录的所有民间故事以及后来被收集和译成英语的所有Volksmärchen（民间童话）。显然，fairy tale指的是被

①Charles L. Briggs, Metadiscursive Practices and Scholarly Authority in Folkloristics, in *Journal of American Folklore*, Vol.106, No.422, 1993.

17 世纪和 18 世纪的资产阶级或贵族作家（如巴西莱［Basile］、佩罗［Perrault］、多诺瓦夫人［Countess D'Aulnoy］、博蒙夫人［Madame de Beaumont］、穆索斯［Musäus］等）改编的故事的文字产品，他们为受过教育的读者写作，这些作家的社会阶级属性，为这些被转变成童话的民间故事增添了新的维度。其次，fairy tale 这个术语在一个特殊的历史时刻进入语言，逐渐淹没了更加明确的那个术语即 folk tale。但是，这种术语转换隐含着“高级”文化和“低级”文化的意识形态划分以及对幻想的歧视。由于前资本主义时代的民间故事中有关阶级冲突和反叛的想象性母题及象征成分，与资产阶级的理性主义和实用主义原则相违背，他们就必须压抑这些内容或者让它们显得无关紧要。但是，压制和反对民间故事的做法与资产阶级教育革命的目标构成矛盾。在 18 世纪和 19 世纪，身怀教化民众（Volksbildung）理想的资产阶级逐渐认识到，“民众”即农民、平民和无产阶级的趣味与资产阶级的主导利益大异其趣。18 世纪和 19 世纪的“民众教育者”试图通过提出“有限启蒙”（limited enlightenment）的观念来解决这一矛盾。民众应该受到教育并且学会如何阅读，但教育和阅读的内容必须受到控制。当然，这种控制不限于民间故事，而是针对吸引想象力或者可能激起反抗的一切文学形式。在民间故事方面，资产阶级主要检查两个方面：一是不能以下层阶级的故事讲述者所说的原初形式来出版和流传，格林兄弟在 19 世纪早期就沿着这条路线做了最初的努力；二是随着资产阶级在德国逐渐形成一个阶级，民间故事开始受到怀疑，并且被贴上低下艺术的标签，因为它被认为是粗俗而缺乏道德的，它属于不识字的下层阶级，没有包含资产阶级的文化精神。但是，也有一些资产阶级作家如维兰德［Wieland］、穆索斯［Musäus］、莫扎特［Mozart］等把民间故事看做民族的文化遗产。他们和遵循赫尔德传统的狂飙突进派作家一样，大量借用民俗和民间文学以在德意志民族中铸造某种一体感。在 18 世纪 80 年代末，第二批德国资产阶级作家即浪漫派走得更远，在其高度象征性的文学作品中，他们完全利用民间传统以批判资产阶级礼法的束缚和虚伪。总之，在 18 世纪末可以看到下列变化：一是由拥护资产阶级文化精神的教诲故事、小说和戏剧的“培育”而迅速成长起来的资产阶级读者群，逐渐把民间故事指认为通俗文学（Trivialliteta-

tur）；二是浪漫主义者对民间故事做了巨大的转换，他们反对民间传统中的粗俗作风，而且将民间母题“革命化”，这样，民间故事就可以充当暴露和批判日常生活的异化与无聊的新的艺术形式。不过，浪漫主义者对民间故事及其传统的肯定态度只代表少数人的立场。资产阶级有效地减少并控制了民间故事中想象成分的乌托邦冲动，并把它们斥为没有理性的、无足轻重的东西。但即使是浪漫主义作家，他们对民间故事的利用和对民的想象也是与其基本的现实处境以及世界观紧密相连的。齐普斯引述克劳斯·特雷格（Claus Träger）的观点，即浪漫主义的起源和方向来自对提供非异化的劳作和确保人类个性发展这个问题的无效斗争，浪漫主义世界观的本质与资本主义劳动分工的发展及其对人的整体性的影响这个无法解决的问题是联系在一起的。这就反映了寻求一个值得去过的生活这个浪漫主义模式所具有的真正的乌托邦特点。无论德国的浪漫主义后来变成什么，它都是作为进步的文学先锋运动而起步的。它的推进不仅要依赖于对新兴资产阶级的庸俗性质和生活方式的否定，而且也是对落后的封建意识形态和极权主义状况的反动。浪漫主义者们无法避免一种模棱两可的局面：他们被纠缠于对自己的中产阶级的庸俗特点的批判和对没落的贵族阶级的批判之间，而且要面对农民和工人都无法构成一支团结的革命力量的过渡时期，因此，浪漫主义者们就用艺术形式来澄清个人自由的社会局限，并想象主观实现的可能条件。有关黄金时代的传统主题对他们具有社会心理学的意义。但浪漫主义作家并不相信躲进童话故事就能逃避现实。构想一个“黄金时代”或另一个世界，只是让他们超脱了模棱两可的处境，以便获得变革的视角。当然，最重要的一个因素是，18 世纪的启蒙作家孜孜以求的个人解放，在这个世纪的末期变得困难重重，因为人们不能再假定个人可以把自己安放在这个世界之中并且与之成为一体。当社会政治的变化导致个人的物化即人作为工具和商品而被生产和使用时，与自我发展和社会解放相敌对的状况变得无法克服了。因此，作为启蒙之子的浪漫主义者不得不向启蒙发起进攻，以丰富和实现其人道主义的遗产。这实际上是对启蒙的背叛性攻击。正是在这里，民间故事被革命化，以使浪漫主义者们能够描绘启蒙观念、理性主义和自由事业产生的模棱两可的性质。这项事业既是有意识的又是下意识的，它代表了浪漫主义者的主要成就之一。①

深受浪漫主义精神浸染的格林兄弟，把浪漫主义者的罗曼蒂克想象转化成一种学术研究，甚至在现代民俗学或民间文学的学科意义上有开创之功。他们最早认真对待民间故事，雅科布·格林的《德意志神话》(1835)是科学系统的民俗学或民间文学研究的先例。②在他们的研究中，体现并凝聚了科学的精神和浪漫主义的神髓的奇妙组合，而这种矛盾式的纠缠和组合成了现代民俗学或民间文学话语的一份难以洗刷的精神遗产。正如本迪克斯所指出，科学的路径表面上是要为学术事业带来可信度，并且同浪漫主义的情感特性和不精确特点保持距离，但“科学方法”与浪漫主义的渴望并没有完全背离。系统的研究程序不过是把浪漫主义者用高度私人性的和经验性的语言表达的东西变成操作性的东西和外在东西的一种手段。她认为，记录这些通过科学方法探寻本真性的早期努力对于把握民俗学学科的自我意识来说十分关键。当然，本迪克斯还为我们指出了更重要的一点，即寻求自身文化的源头是19世纪浪漫主义的民族主义者的一个共同的、潜在的动机，格林兄弟的工作就是涉及语言和文学的历史与起源的学术蓝图的一部分。这实际上是现代性要寻求本真性的一种表现形式。因为在启蒙时代之前的学术和哲学之中，终极的和无可置疑的真理与权威的源泉一直是上帝，宗教提供了精神真理的语言。随着17世纪和18世纪的个人主义在政治生活和社会生活中的兴起即现代性的出现，宗教的合法性衰微或失去了，人们开始在世俗领域寻找本真性。但是，对于很多学者来说，把本真性放在个人的自我之中，显然是一个过于大胆的举措。那些不愿承认终极经验出自人为的人们，仍然相信神定说。匿名的民众群体正可以充当世俗的自我与终极精神的隔阂之间能够被普遍接受的解决办法。我们从格林兄弟对民间文学的概括中可以感受到这种半宗教的基调。③

---

① Jack Zipes, *Breaking the Magic Spell: Radical Theories of Folk and Fairy Tales*, The University of Texas Press, 1979, pp.23-26, pp.55-64.

② 参见 Diarmuid Ó Giolláin, *Locating Irish Folklore: Tradition, Modernity, Identity*, Cork University Press, 2000, pp.44-45。

③ Regina Bendix, *In Search of Authenticity: The Formation of Folklore Studies*, The University of Wisconsin Press, 1997, p.27, pp.46-55.

可以说，正是这一点为现代民俗学或民间文学话语的发生提供了深层动力，并把它们与现代性、浪漫主义和民族主义等意识形态联在一起。当然，也正是在这个症结上，我们才能更准确地理解现代民俗学或民间文学关于“民”的话语的一些本质特征。如果说赫尔德首先把本真的精神定位在“自然诗”（Naturpoesie）中，那么，格林兄弟就是在这种浪漫主义民众观上的一个继续，并且把浪漫主义的情感和想象转化为学术研究。他们都为“民”投射了一种纯粹的和本真的形象。赫尔德认为，理想的民和乡“民”与城市里已经失去了“天然的高贵性”的新兴下层阶级不同，民不是小巷里的乌合之众，因为后者从不歌唱和创作，只会尖叫和篡改。同样，雅科布·格林也认为，民间传说需要用处女之手（virgin hand）来读解和破译。格林兄弟把民看作处于对其诗歌创造力混沌未知的幸福状态之中，他们把传统的或口头的艺术作品与个人创作的作品对立起来，认为前者是天然的诗歌，包括神话和整个民间文学，它们是集体的、无个性的，是“民众精神”（Volksgeist，即民的精神，由于格林兄弟和赫尔德一样，认为民就是民族整体，所以也可以译为“人民精神”）的化身，而后者是人工的诗歌，是再生的艺术，是“民众精神”的反射。格林兄弟虽然也承认民间文学歌手、诗人和讲述家的存在，但他们认为这些民间创作者融化在集体之中，他们的个人因素微不足道，是集体的心声在人民诗歌里的荡漾。雅科布·格林曾把民歌比作群鸟的欢唱，说集体诗歌创作的奥秘就和百川汇海一样，只能使人赞叹、惊奇，却让人无法捉摸。[①] 因而，我们可以看到，从赫尔德到格林兄弟，个人创作的“艺术诗”（Kunstpoesie）与匿名的民间诗歌或“自然诗”的区别一直是一个被关注和讨论的焦点。我们同样可以说，当浪漫主义的个人主义话语急切地在民间文学中寻求其本源或对立面时，它发现的必然是集体性和匿名性。换言之，当赫尔德和格林兄弟把民间文学定位于集体性并与作家的个人文学对立时，隐含的是一个现代性

①参见刘魁立：《欧洲神话学派的奠基人——格林兄弟》，中国民间文艺研究会研究部编《民间文学论文选》，湖南人民出版社，1982年，第93—94页。

的预设。[①] 格林童话远非所谓自然而纯粹的民众之声，而是现代性观念的建构之物。它们也并非古已有之，而是在很大程度上诞生于格林兄弟手中的一种现代民间文学体裁，它们的“生产”是为了迎合资产阶级读者群，而不是为了满足儿童的需求。我们的此项研究也旨在提醒人们：不要忘记格林童话的现代“起源”及其历史性。这也是我们理解民间文学话语的现代性特征的一个重要环节。

不仅如此，我们还可以从词源上追索到另一些线索。

根据古斯塔夫·巴罗索（Gustavo Barroso）的考证，folklore 源于 Bal，这个凯尔特语词根的意思是“人数、人群”。这个词根在韵律上变成 val，并且被引入了奥斯坎语和拉丁语中。在这里，它分化为三个部分，即 Valere（感觉不错，享有健康之福，强壮，在同辈面前有分量）、Vallare（用墙、障碍物围着，加强防卫）、vulgare（传播，发表，泄露）三个词以及一些派生词。在这些派生词中，包括 Vulgo，后来从 Vulgo 产生了德语的 Volk 和英语的 folk。德语的 Das Volk 是一种集体性（collectivity），它不是所有的人民，而是那些没有文化的人。[②] 德国学者埃尔克·德特默（Elke Dettmer）追溯了德语 Volk（民）的演变过程。他指出，Volk 的含义随着使用这个词的人的态度和心境而不同，而且多半要取决于使用者的态度和心境，正像取决于他们时代的社会结构一样。Volk 最古老的意思是战士和部队的一个区分单位；中世纪晚期，Volk 被用做一个更广泛的指战士或军队的术语；从 18 世纪开始，这个意思开始变得过时了，Volk 现在指被某些联结物凝聚在一起的某个群体，通常有某个人领导，或者由特定职业或地方性统一起来。这时，Volk 获得一种社会价值，一般是不太受尊重，尤其是在口语中。Volk 进而指人口中的大众，与上层阶级或统治力量形成对比。但在浪漫主义时代，当

① 美国学者查尔斯·布里格斯就指出，民间文学和民俗学调查把被采访者和他们产生的文本当作某个传统、文体、共同体和社会群体的范例或举隅法，如果这种修辞能够被接受，那么，一个信息提供者就能够取代整个群体，一个有限的文本系列就能够代表整个文体、传统、历史时期等等。在用举隅法研究口头文本这一方法的发展过程中，赫尔德和格林兄弟起着某种关键的作用（参见 Charles L. Briggs, Metadiscursive Practices and Scholarly Authority in Folkloristics, in *Journal of American Folklore*, Vol.106, No.422, 1993, p.408）。

② Paulo de Carvalho-Neto, *The Concept of Folklore*, translated by Jacques M. P. Wilson, University of Miami Press, 1971, pp.131-132.

对 Volk 的习俗、歌谣和故事的兴趣逐渐增长时，当它被看成社会的自然的、纯粹的、本性的部分甚至是一个有机的集体时，这种贬义就消退了。在另一个层次上，Volk 意味着一个由共同的祖先、语言和政治制度而结合起来的国家的人口，以区别于其他类似的共同体；在法国大革命时，Volk 的这个含义获得政治口号的光环，在纳粹德国也得到极端的强调。[①] 在纳粹德国时期，民俗再次成为一种凝聚力，当时的德国民俗复兴主要是为了寻求文化统一和 Volk 的永久性。希特勒称农民是“整个民族的基石”，并且说“第三帝国将是农民帝国，否则它就什么也不是”。[②] 当然，纳粹的意识形态与民俗的纠缠，已经得到当代民俗学家的清理和批判，但在欧洲，农民仍然是维系于这块土地的人民和生活方式的物质载体，农民被认为是真正的民族文化的一个象征。当欧洲各个民族寻求或者完成文化的和政治的独立时，作为一个意识形态概念的农民及民日益显得重要。结果，欧洲农民物质的、精神的、经济的和社会的文化被记录下来，他们的故事、歌谣、舞蹈、习俗和房屋、谷仓、栅栏和手艺得到广泛的描述和研究。这种研究在德国叫 Volkskunde[③]，在瑞典叫 folklivsforsking，在英国叫 folklife，其中均以 Volk 或 folk 为概念表述的中心。

关于民俗学和民间文学研究与民族主义的关系，已经有不少研究成果。例如，早在 1976 年，威廉·威尔逊就出版了《现代芬兰的民俗和民族主义》（William A. Wilson, *Folklore and Nationalism in Modern Finland,* Indiana University Press）一书，系统梳理以《卡勒瓦拉》研究为代表的芬兰民俗学和民间文学研究中潜藏的民族主义情结。1978 年，费利克斯·奥伊纳斯编了题为《民俗、民族主义和政治》（*Folklore, Nationalism, and Politics,* edited by Felix J. Oinas, Slavica

---

①Hermann Bausinger, *Folk Culture in a World of Technology*, translated by Elke Dettmer, Indiana University Press, 1990, Translator’s Preface.

②Christa Kamenetsky, Folklore as a Political Tool in Nazi Germany, in *Journal of American Folklore*, Vol.85, No.337, July-September 1972.

③Volkskunde 这个词是库特尔（U. Kutter）于 1782 年首先发现的。他认为，当时的《旅行者》（*Der Reisende*）杂志的主编爱卡德（Friedrich Ekkard，1744—1819）本人写的一段文字中包含了这个词，作者在这段话中号召旅行者描述大众节日而不是宫廷的节俗。这个词启发汤姆斯提出 folklore 这个概念（参见 Justin Stagl, *A History of Curiosity: The Theory of Travel 1550-1800*, Harwood Academic Publishers, 1995, p.239, p.242）。

Publishers, Inc.）的文集，收有不同学者对欧洲和亚洲国家的民俗学与民族主义之关系的研究文章。1983 年，邓迪斯在《通过民俗界定身份》（*Defining Identity through Folklore*）一文中也对小国家或小族群的民俗研究与民族身份建构的关系做了研究。①1993 年，美国民俗学家罗杰·亚伯拉罕斯在《美国民俗学杂志》上发表《民俗学中的浪漫民族主义幽灵》（Roger D. Abrahams, Phantoms of Romantic Nationalism in Folkloristics, *Journal of American Folklore,* Vol.106, No.419, pp.3-37.）一文，对这个问题有深入探讨。民俗或民间文学与民族主义的联系总是少不了浪漫主义的中介，同时也往往离不开对过去的迷恋。正如挪威学者布林尤尔夫·阿尔弗（Brynjulf Alver）所指出，从 19 世纪一直到最近，民俗学者们在时间上往后看。但浪漫主义发现过去和研究民俗或民间文学的"革命"只是发生在城市的文化精英当中，这绝非一种"民"的运动，而是其对象是"民"的资产阶级意识形态。甚至今天的民俗学研究，多半仍然被资产阶级意识形态支配着，与"民"的理想化相伴而行的观念是认为民本身不是创造者，而是从精英那里接受了他们的文化。这种观点在挪威相当普遍。② 可以说，苏联在 20 世纪初期提出的"贵族起源理论"——即认为所有文化创新都出自社会的上层阶级，只是通过一个被上层阶级遗弃而被下层阶级同化的过程，这些文化才抵达下层阶级③——和汉斯·瑙曼（Hans Naumann）的"下沉的文化遗产"（gesunkenes Kulturgut）观念，都与这种对"民"的意识形态想象有直接关联。俄国在十月革命之前，就对民间文学做过广泛的调查，并对民众个体的创造性和民俗的当代性有了一定的认识。把民间歌手确认为作者和把民俗确认为文学的观念，在俄国有悠久的历史，但是，据费利克斯·奥伊纳斯的研究，到 20 世纪 30 年代末，苏联对"民"达成完全一致的认识，即民是全体人民，后来又强调民俗的集体性和口头性，以和文学

①Alan Dundes, *Folklore Matters*, The University of Tennessee Press, 1989, pp.9-10.

②Brynjulf Alver, Foklore and National Identity, in *Nordic Folklore: Recent Studies*, edited by Reimund Kvideland & Henning K. Sehmsdorf, Indiana University Press, 1989.

③参见 Dana Prescott Howell, *The Development of Soviet Folkloristics*, Garland Publishing, Inc., 1992, p.39。

的个体性和书面特点相对。[①] 在所有这些对“民”或民的产品（民间文学或民俗）的界定与认识中，都潜藏着现在与过去、我们和他们、集体与个体、口头与书面的对立关系。民被想象为现代性的反面，并且在它与现代性构成的否定关系中获得界定。正是在这个意义上，我们说现代性为自身（绝非为了现实生活中所谓的“民”）想象和构造了“民”这个概念，并且在自身想象和构造的“民”身上看到自身太希望和太想看到的东西。

法国哲学家让—弗朗索瓦·利奥塔尔曾指出民间叙述语用学与西方语言游戏存在的不可通约性。他说:“与人们的预料完全相反，一个把叙事作为关键的能力形式的集体不需要回忆自己的过去。它不仅可以在叙事的意义中找到自己的社会关系，而且也可以在叙述行为中找到自己的社会关系。叙事的内容似乎属于过去，但事实上和这个行为永远是同时的。正是现在的行为一次次地展开这种在‘我曾听过’和‘你将听到’之间延伸的短暂的时间性”[②];“从某种意义上说，人民只不过是那些使叙事现实化的人，他们的现实化方式不仅是讲述叙事，而且也是倾听叙事，同时也使自己被叙事讲述，总之在自己的体制中‘玩’叙事：既让自己处在受述者和故事的位置上，也让自己处在叙述者的位置上”[③]。正像我们对民间叙事的过去性和集体性的一味假定可能是给我们开的一场莫大的玩笑一样，民俗学者一百多年来对“民”的反复界定在多大程度上不是他们“愿望思维”的产物呢？如果说欧洲和美国的大致情况已如上所述，那么，中国的情况又如何呢？

---

① Felix J. Oinas, *Essays on Russian Folklore and Mythology*, Slavica Publishers, Inc., 1984, pp.161-169. 普罗普也认为，民俗是除了统治阶级之外的所有阶层的产物，它首先是被压迫阶级的艺术，这包括农民和工人，也包括受下层社会阶级吸引的中间阶层。我们可以保守地说中下层阶级的民俗，但从来不是贵族的民俗。他把民俗理解为所有人民中的下层社会的艺术（Vladimir Propp, *Theory and History of Folklore*, translated by Ariadna Y. Martin and Richard P. Martin and Several Others, Manchester University Press, 1984, p.5.）。

②［法］让—弗朗索瓦·利奥塔尔:《后现代状态：关于知识的报告》，车槿山译，生活·读书·新知三联书店，1997 年，第 46 页。

③［法］让—弗朗索瓦·利奥塔尔:《后现代状态：关于知识的报告》，车槿山译，生活·读书·新知三联书店，1997 年，第 47 页。

第五章
中国现代民间文学或民俗学话语中的“民”

在中国，从研究旨趣上说，明清时代的文学家冯梦龙（1574—1646）对山歌的收集和整理已经与中国历代统治者收集民歌的教化立场有所不同，表现出现代民间文学研究尊重和肯定民间文学本身价值的倾向。但从学科意义上说，冯氏的整理带有明显的私人性质和萌芽特点。中国现代意义上的民间文学或民俗学研究，始于1918年2月在北京大学兴起的歌谣征集活动。美国学者洪长泰认为：“1918年由北京大学的一批年轻民俗学者首倡的中国现代民间文学运动，是中国现代知识分子思想史上最重要的历史事件之一。北京大学的刘复、周作人和顾颉刚等站在这场运动的最前沿，发现了民间文学，颠覆了中国知识分子以往的正统文学观；更重要的是，它改变了中国知识分子对民众的基本态度。”① 可以说，被洪氏誉为“一批天才学者”的北大文科教授之所以要征集歌谣，实在是五四运动前期中国思想启蒙运动的一个硕果，甚至是它的组成部分和延续。

根据台湾学者李孝悌的研究，1901—1911年间的清末下层社会启蒙运动，以戏曲、阅报社、讲报、宣讲、演说、各种各样的汉字改革方案和识字学堂等形式，蔚为风潮，已经给社会带来巨大变动。“事实上，这个运动的重要性，不仅在于它是中国历史上第一次以这么密集而多样的方式对下层社会做启蒙的工作；同时也因为它是中国现代史上最引人注目的文化、思想和社会运动——知识

①［美］洪长泰：《到民间去：中国知识分子与民间文学，1918—1937》（新译本），董晓萍译，中国人民大学出版社，2015年，第1页。

分子走向人民的‘民粹运动’（populist movement）——的源头。”[①]清末的下层社会启蒙运动是在强烈而急迫的救亡意识中开展起来的，上述各种启蒙措施的倡议和推动，大多首先由民间社会的绅士、知识分子、舆论界、商人、教师、妇女或志士发端，再由政府力量予以组织化和制度化，这十年里发展和提倡的各种启蒙方式和主张，如白话报、演说、戏曲改良、现代化的戏剧学校和团体以及半日学堂等，在中国以后三四十年波澜壮阔的民粹运动中扮演了更积极的角色。五四新文化运动的领导者陈独秀和胡适都曾经在清末接受了启蒙和“训练”，他们都在20世纪初的主要白话刊物上写过大量文字，其中一些主张，成为20世纪最初十年启蒙运动的新思想要素。例如，陈独秀先是在《安徽俗话报》上连续几期发表了《恶俗篇》一文，对传统的婚姻制度大加讨伐。光绪三十年（1904）八月，他又在《安徽俗话报》第11期上发表《论戏曲》一文，提出“戏馆子是众人的大学堂，戏子是众人大教师”的主张，并对戏曲的改良和影响发表了系统的看法。[②]胡适在《四十自述》中回忆，当时在《竞业旬报》上写的几十篇文字，“不但给了我一个发表思想和整理思想的机会，还给了我一年多作白话文的训练。……我知道这一年多的训练给了我自己绝大的好处。白话文从此形成了我的一种工具。七八年之后，这件工具使我能够在中国文学革命的运动里做一个开路的工人”[③]，“有一些思想后来成为我的重要出发点的，在那十七八岁的时期已有了很明白的倾向了”[④]。虽然有关白话文学的见解之前也有人提出过，但胡适对五四白话文运动的最大贡献，就在于他为清末已经蓬勃发展的白话文重新定位，使它从下层或中下等社会扩及每个层面，将它的使用者从“都下引车卖浆之流”提升到大学教

①李孝悌：《清末的下层社会启蒙运动：1901—1911》，河北教育出版社，2001年，第7—8页，第278—287页。

②参见李孝悌：《清末的下层社会启蒙运动：1901—1911》，河北教育出版社，2001年，第169页。

③胡适：《四十自述》，《胡适全集》第18卷，安徽教育出版社，2003年，第77页。

④胡适：《四十自述》，《胡适全集》第18卷，安徽教育出版社，2003年，第75页。

授和文学、艺术殿堂的守卫者。[1] 在清末民初，一批文化先驱开始用民间文学激发本民族的竞争精神作为实现新国家学说的思想工具。他们把民间文学从传统国学的各门类中遴选出来，证明民间文学有其独立的价值。[2] 这些都为新文化运动和歌谣运动奠定了从量变到质变的转化基础。

1915 年 9 月，陈独秀主编的《青年杂志》在上海创刊，标志着五四新文化运动的起点。[3] 陈独秀在创刊号上发表的《敬告青年》一文，高举“民主”与“科学”两面大旗，反对辛亥革命以后依然统治中国的封建专制思想和制度。同年 12 月，陈独秀在《青年杂志》（从第二卷起改名为《新青年》）第 1 卷第 4 号上明确提出用文学改革“挽今日浮华颓败之恶风”的愿望。1916 年 8 月 15 日，李大钊在创刊《晨钟报》时，也发出掀起新文艺运动的呼声，认为“由来新文明之诞生，必有新文艺为之先声，而新文艺之勃兴，尤必赖一二哲人，犯当世之不韪，发挥其理想，振其自我之权威，为自我觉醒之绝叫，而后当时有众之沉梦，赖以惊破”。[4]1917 年 1 月，胡适在《新青年》上发表著名的《文学改良刍议》一文，最早系统提出了文学革命的主张。他认为，改良文学应该从“八事”入手，即须言之有物，不模仿古人，须讲求文法，不作无病呻吟，务去滥调套语，

---

① 李孝悌：《清末的下层社会启蒙运动：1901—1911》，第 169—171 页，第 278—287 页。近年来，“五四”启蒙运动与晚清文化的思想渊源关系已得到越来越深入的研究，例如，陈万雄指出，“五四”白话文运动的倡导者，如蔡元培、陈独秀、胡适、钱玄同等都曾在晚清时代主持过白话报（参见他的《五四新文化的源流》，生活·读书·新知三联书店，1997 年，第 164 页）；陈平原指出梁启超、刘师培有关白话文的观点对胡适的影响（参见他的《中国现代学术之建立——以章太炎、胡适之为中心》，北京大学出版社，1998 年，第 195 页）；台湾学者王汎森指出，晚清从日本引入的思想资源是一波没有陈独秀、胡适那样的文化明星却又影响广泛的译介运动，是前于“五四”的一次启蒙，其重要性不可忽视（参见他的《中国近代思想与学术的系谱》，河北教育出版社，2001 年，第 163 页）。

② 参见董晓萍：《现代民间文艺学的形成史》，《北方论丛》1999 年第 3 期。

③ 一般所说的五四运动有广义和狭义之分，广义指 1919 年前后由中国知识分子发起的新文化运动，狭义指 1919 年 5 月 4 日在中国城市里展开的一系列爱国主义和民族主义的示威运动。本书在广义上使用这个术语，它至少包括 1915 年由陈独秀发起的思想文化改造运动、1916 年由胡适和陈独秀发起的新文学运动和 1919 年 5 月 4 日由学生示威游行所引发的民族主义运动。

④ 李大钊：《〈晨钟〉之使命——青春中华之创造》，《李大钊全集》（修订本）第一卷，人民出版社，2013 年，第 331 页。

不用典，不讲对仗，不避俗语俗字。[①]1917年2月，陈独秀发表《文学革命论》，明确提出“文学革命军”的“三大主义”：

曰推倒雕琢的阿谀的贵族文学，建设平易的抒情的国民文学；
曰推倒陈腐的铺张的古典文学，建设新鲜的立诚的写实文学；
曰推倒迂晦的艰涩的山林文学，建设明了的通俗的社会文学。

1918年4月，胡适又发表《建设的文学革命论》，更是明确表示：“我的《建设新文学论》的唯一宗旨只有十个大字：‘国语的文学，文学的国语。’我们所提倡的文学革命，只是要替中国创造一种国语的文学。有了国语的文学，方才可有文学的国语。有了文学的国语，我们的国语才可算得真正国语。国语没有文学，便没有生命，便没有价值，便不能成立，便不能发达。”[②]《新青年》的文学革命主张得到钱玄同、刘半农（复）等人的积极响应。刘半农发表了《我的文学改良观》等文，主张打破对旧文体的迷信，提出破旧韵造新韵、采用新式标点符号等具体倡议。刘氏于1918年2月最早在《北大日刊》上将征集来的歌谣整理发表，正是为了创作新体诗而在本国文化里寻找其传统，也是他的“破旧韵造新韵”主

①1916年10月，胡适在《寄陈独秀》的信里说：“今日欲言文学革命，须从八事入手”，即不用典，不用陈套语，不讲对仗，不避俗字俗语，须讲求文法的结构（以上是形式上的革命）、不作无病呻吟、不模仿古人，语语须有个我在、须言之有物（这些是精神上的革命）。并且说：“此一问题关系甚大，当有直言不讳之讨论，始可定是非”（参见《胡适全集》第1卷，安徽教育出版社，2003年，第3页）。美国学者周策纵认为，胡适的提议显然受到美国印象派原则、华兹华斯《抒情歌谣集》第二版序言和柯勒律治《文学传记》的影响（参见他的《五四运动史》，岳麓书社，1999年，第390页注①）。这可以看作中国民间文学运动受欧洲浪漫主义影响的具体表现形式之一。

②《胡适全集》第1卷，安徽教育出版社，2003年，第54页。后来，胡适的同乡黄觉僧在上海《时事新报》发表《折中的文学革新论》一文指出，在胡适等人提倡文学革命之前，他已经编了一部师范学校的国文读本，旨在排除艰深的、晦涩的、骈俪的、贵族的、浮泛的文学，建设一种浅近的、明了的、通俗的、平民的、写实的文学，他认为胡适等人的提法过于偏激。但胡适在回信中再次表明了使白话文成为国语的决心，他说“我们主张用白话最重要的理由，只是‘国语的文学，文学的国语’十个大字”，而不仅仅是“在能通俗，使妇女儿童都能了解”。胡适还声明这不是要把中国数千年的旧文学都抛弃了，更不反对研究旧文学，他认为许多人把题目弄混了（参见《胡适全集》第1卷，安徽教育出版社，2003年，第105—109页）。

张的贯彻和体现。

如果说“文学革命”从酝酿到正式提出后的一年多的时间里主要停留在态度和主张的探讨上，并没有出现真正有力的新作品，也没有形成广泛的运动，那么，北京大学的歌谣征集活动就是“文学革命”的一次具体行动和相对广泛的运动。在中国现代史上，鲁迅是第一个发表文章、提出搜集和研究歌谣的人。1913年2月，鲁迅在教育部《编纂处月刊》第1卷第1期上发表的《拟播布美术意见书》中写道:“当立国民文术研究会，以理各地歌谣，俚谚，传说，童话等；详其意谊，辨其特性，又发挥而光大之，并辅翼教育。”1913年9月，周作人发表《童话略论》，主张引进西方民俗学观点探讨童话的本原。1914年1月20日，周作人在《绍兴县教育会月刊》第四号上发表《儿歌之研究》的文章和采集儿歌的启事。在《儿歌之研究》一文中，周作人分析了儿歌的起源、分类及其在儿童教育中的作用，并借用日本对“Folklore”的译名，把“民俗学”这一术语引进中国。同年7月，周作人在《绍兴县教育会月刊》第七号上发表《古童话释义》一文，运用英国民俗学的类型学方法，研究中国古代的《吴洞》《旁㐌》《女雀》三个童话，分析它们与西方、日本和当时还在流传的同类童话的异同，这是中国现代民间文学或民俗学研究最早的重要成果。①

我们往往很容易认为，从白话到儿歌，似乎早已经是在现实生活中存在着的东西，胡适也好，周作人也好，只不过率先“发现”了它们，或者是把它们提到一定的高度或地位上来加以认识，或者是重新认识到它们的价值而已。但是，正如日本学者柄谷行人在研究日本现代文学的起源时提醒我们的那样：

> 人们说卢梭最早发现了儿童，不过这决非因为他梦见了浪漫派式的“童心”，而是由于他尝试运用了所谓关于儿童的科学观察方法。但是，他所说的孩子＝自然人并非历史的经验性的东西。卢梭为了批判至今积累下来的作为幻想的“意识”，或者为了批判作为历史形成物的制

①参见吴平、邱明一编《周作人民俗学论集》，上海文艺出版社，1999年，第130—137页，第29—52页。

> 度之不证自明性，在方法上假设了这一“自然人”的存在。他认为：这是“为了排除遮蔽了我们的眼睛使之无法看到有关人类社会现实基础的知识这一困难，我们所能利用的唯一手段”。就是说，所谓孩子不是实体性的存在，而是一个方法论上的概念。
>
> 但是，反过来也可以说，正是在这种方法论的眼光之下，孩子成了可观察的对象。或者说，作为观察对象的孩子是从传统的生活世界（Lebenswelt）隔离开来被抽象化了的存在。①

同样，中国现代学者对民间文学的“发现”之所以以“民间白话”和“童话”的“发现”为发端，并不是因为他们有朝一日忽然灵机一动，从所谓现实中“找出”了这些东西，而是因为他们有了“科学观察的方法”和知识的透镜才使这些对象呈现出来。只有在这个意义上，我们才能谈论作为现代民间文学或民俗学研究的对象，无论这些对象是歌谣、童话还是别的什么。

1918 年 1 月底，刘半农（复）由江阴北上，成为现代中国收集歌谣的第一人。他后来回忆：“那天，正是大雪之后，我与（沈）尹默在北河沿闲走着，我忽然说：‘歌谣中也有很好的文章，我们何妨征集一下呢？’尹默说：‘你这个意思很好。你去拟个办法，我们请蔡（元培）先生用北大的名义征集就是了。’第二天我将章程拟好，蔡先生看了一看，随即批交文牍处印刷五千份，分寄各省官厅学校。中国征集歌谣的事业，从此开场了。”② 综观 1918—1926 年北大的歌谣和民俗研究时期，虽然收集、整理和研究歌谣的行为具有自觉自愿的性质，但从学科角度来看，难免有自发和自生自灭的特点。我这样说，丝毫不是想从所谓的纯学术或纯学科角度来苛求历史或前人，而是想表明：当时的大环境几乎不可能让中国现代民俗学或民间文学研究的发起者们从所谓的纯学术或纯学科角度来考虑问题。所以，虽然我不同意桑德拉·埃米诺夫认为领导了中国民间文学运动的知

①［日］柄谷行人：《日本现代文学的起源》，赵京华译，生活·读书·新知三联书店，2003 年，第 124—125 页。
②刘半农：《国外民歌译·自序》，上海北新书局，1927 年。

识分子是从孔教到现代民族主义的转变过程中的牺牲品这种观点，但仍然认为其下述看法有一定道理：即20世纪20年代早期，中国的文学民俗学家为了文学改良而推动了民俗学或民间文学研究，自一开始，民俗研究就被用于非民俗学的目的，即中国的“民”及其文化充当了孔教和西化之外的第三种选择。① 客观的形势决定了中国现代民间文学或民俗学在发生的初期阶段所具有的非学科特点②，这也同时决定了虽然中国现代民间文学或民俗学话语是在西方的影响和启蒙下开始发生和发展起来的，但在初期阶段，西方民间文学或民俗学研究的术语、理论和方法并没有马上受到人们的引介或关注。作为中国现代民间文学或民俗学运动策源地的北京大学，在开始收集歌谣和研究民俗以后的数年间，并没有把民间文学或民俗学纳入学校的课程。当时的学者纷纷“走向民间”，关心民众，但对“民”是什么，始终也没有明确的界定。换言之，在中国现代民间文学或民俗学起步之后的相当长一段时间里，研究者们对他们的对象并没有一致的认识和清晰的界说。

1921年1月，愈之在《妇女杂志》上发表《论民间文学》一文，最先阐述了他对“民”和民间文学的认识。他首先指出：

① Sandra Eminov, Folklore and Nationalism in Modern China, in *Folklore, Nationalism, and Politics*, edited by Felix J. Oinas, Slavica Publishers, Inc., 1978, pp.166-167.

② 洪长泰也曾经指出，中国早期的民间文学运动没有受过正规训练的工作者，没有系统、科学的收集原始资料的方法，没有专门的理论指导书籍，所收集的歌谣只有歌词，没有乐谱。在采集技术或研究理论的方法上，无论中文著述或外文译作，都缺乏学科专业化的东西。这个漏洞说明，被当代民间文学界视为关键的方法论问题，在20世纪20年代的中国学者中间还考虑得很少。他们不曾提出这样的问题：在收集民歌、传说、谚语等不同的民间文学体裁时，是否需要采取不同的收集整理方法？收集者在偏僻闭塞的乡村怎样才能避免使农民产生惶恐和掩饰的心理？怎样才能使民歌手信任自己，在自己面前摆脱羞涩陌生的感觉，放声演唱他们心中的那些从前被嘲弄的民歌？人们是否应该接触男性、女性和儿童等不同对象以获取不同的信息？是否应该记录每个原始讲述人的姓名、性别和背景？收集者在收集之前是否应该先熟悉当地的历史和风俗习惯？在一个新的陌生环境中，怎样解决方言障碍问题？什么样的翻译方法才适当等等，参见[美]洪长泰：《到民间去：中国知识分子与民间文学，1918—1937》（新译本），董晓萍译，中国人民大学出版社，2015年，第67—68页。同时，洪长泰也认为，“中国现代民间文学运动的重要意义，不仅在于知识分子发现了一个新的学术研究领域，还在于这场运动对知识分子的思想所产生的深远影响”，参见[美]洪长泰：《到民间去：中国知识分子与民间文学，1918—1937》（新译本），董晓萍译，中国人民大学出版社，2015年，第193页。

> 民间文学的意义，与英文的“Folklore”德文的“Volkskunde”大略相同，是指流行于民族中间的文学；象那些神话、故事、传说、山歌、船歌、儿歌等等都是。民间文学的作品，有两个特质：第一，创作的人乃是民族全体，不是个人。……第二，民间文学是口述的文学（Oral literature），不是书本的文学（Book literature）。……所以民间文学和普通文学的不同：一个是个人创作出来的，一个却是民族全体创作出来的；一个是成文的，一个却是口述的不成文的。①

愈之还指出，收集故事、歌谣的举动在欧美发达已久，在中国却是创举。他在文中建议把“Folklore”译为“民情学”（虽然他认为这个译名也很牵强），其中包括民间的信仰与习俗、民间文学和民间艺术三部分。在介绍了格林兄弟（文中译作“葛林谟氏”）等人的研究和欧美各国的“民情学”学会的情况之后，他还特别强调，“现在要建立我国国民文学，研究我国国民性，自然应该把各地的民间文学，大规模地采集下来，用科学方法整理一番才好呢”。随后又介绍了西洋民情学的分类法。显然，作者将“民”界定为“民族全体”以及对民间文学和普通文学的划分，都受到欧洲民间文学或民俗学话语的直接启发和深刻影响。应该说，愈之对“民”为“民族全体”这个认识的接受是以他对中国现实的理解为基础的。这里的“民”，大致相当于“国民”，是相对于西方列强而言的中国全体国民。

1922年12月17日，周作人在北大歌谣研究会出版的《歌谣周刊》第1号《创刊词》中也明确表示，本会搜集歌谣的目的有两个：一是辑录资料，以备专门的学术研究；二是用文艺批评的眼光，从中加以选择，“编成一部国民心声的选集”，并且引意大利的卫太尔的话“根据在这些歌谣之上，根据在人民的真感情之上，一种新的‘民族的诗’也许能产生出来”。1923年1月，周作人在《中

---

①愈之：《论民间文学》，《妇女杂志》第7卷第1号，上海商务印书馆，1921年1月。

国民歌的价值》一文中指出：

> “民间”这意义，本是指多数不文的民众；民歌中的情绪与事实，也便是这民众所感的情绪与所知的事实，无非经少数人拈出，大家鉴定颁行罢了。所以民歌的特质，并不偏重在有精彩的技巧与思想，只要能真实表现民间的心情，便是纯粹的民歌。民歌在一方面原是民族的文学的初基，倘使技巧与思想上有精彩的所在，原是极好的事；但若生成是拙笨的措词，粗俗的意思，也就无可奈何。①

可见，在歌谣运动的初期，的确有一些学者把“民”理解为“民族全体”或“国民”。“五四”时期反殖民的斗争背景，为中国学者在赫尔德和格林兄弟的意义上把“民”理解为“民族全体”或“国民”提供了思想土壤，而中国作为一个农民大国所拥有的庞大农业人口，也为学者们像欧洲学者那样把“民”的主体理解为农民奠定了想象的基础。例如，周作人在《中国民歌的价值》一文中就认为，民众是“社会之柱”。但这里应该着重指出的是，中国现代民间文学和民俗学话语不是作为反殖民民族运动的一部分，而是作为反封建的民主话语的一部分才出现的，这就从深层次决定了当时的学者们必然要在反封建、求民主的启蒙目的论取向上来理解“民”及其负载的各种民俗或民间文学样式。

正像从周代以来“陈诗以观民风俗”的文化传统在一定程度上决定了现代民间文学运动第一个收集的体裁样式多半是歌谣一样，儒家礼教的社会等级制度，也深刻地制约着中国学者最初对“民”的理解。以在中国现代民间文学或民俗学研究中做出开创性贡献的顾颉刚为例。1918 年，养病在家的顾颉刚受刘半农主持的歌谣收集活动的影响，开始在家乡搜集歌谣（其中有儿童的歌、乡村妇女的歌、男子［农，工，流氓］的歌和杂歌），并把收集范围扩大到方言、谚语、谜

① 周作人:《中国民歌的价值》，该文写于 1919 年 9 月 1 日，1923 年 1 月 21 日发表于《歌谣》周刊第 6 期；参见吴平、邱明一编《周作人民俗学论集》，上海文艺出版社，1999 年，第 101—102 页。

语、唱本、风俗、宗教。他说：“我对于民众的东西，除了戏剧之外，向来没有注意过，总以为是极简单的；到了这时，竟愈弄愈觉得里面有复杂的情状，非经过长期的研究不易知道得清楚了。这种的搜集和研究，差不多全是开创的事业，无论哪条路都是新路，使我在寂寞独征之中更激起拓地万里的雄心。”[①] 显然，顾氏眼里的“民众”是包括儿童、妇女、工农在内的下层“平民”。虽然顾颉刚没有专门论述过“民”或“民众”的概念，但在他的民间文学研究和民俗调查中，处处有体现他心目中的“民”或“民众”是什么的文字。例如，他在讲述自己研究民间文艺的经过时说，他从小在私塾里的训练只是作候补“士大夫”，不可能注意到民间文艺，他后来的转变方向，是自己慢慢摸索出来的。在研究孟姜女故事时，他认为，与其说孟姜女故事的本来面目为民众所改变，不如说从民众的感情与想象中建立出一个或若干个孟姜女来，因为民众的感情与想象中有这类故事的需求，孟姜女的故事才得到凭借的势力而日益发展。他还注意到这个故事中民众和士流的思想的分别，认为民众的东西，一向为士大夫阶级所压伏，不去寻找，是“无踪无影”的，而孟姜女故事，本来是民众一层一层地造成之后被士大夫们借去使用的，所以，他认为必须多看民众传说的本来面目，才说得上研究故事。[②] 在研究《诗经》的乐歌时，他指出：“凡是土乐，一定是最少绅士气的。它敢把下级社会的幼稚的思想，粗犷的态度，淫荡的声音，尽量地表现出来。……这些东西因为毫没有绅士气，所以最为绅士派所厌恶。”[③] 在《〈妙峰山〉自序》中，他满怀激情地说：“这是民众艺术的表现：这是民众信仰力和组织力的表现。如果你们要想把中华民族从根救起的，对于这种事实无论是赞成或反对，都必须先了解了才可以走第二步呵！”[④] 可见，在顾颉刚眼里，“民”或“民众”始终是与绅士或士大夫的上层阶级相对而言的下层阶级。他看到“民族中的下级社会的文化保存

①顾颉刚：《古史辨自序》上册，商务印书馆，2011年，第52页。
②参见户晓辉：《论顾颉刚研究孟姜女故事的科学方法》，《民族艺术》2003年4期。
③顾颉刚：《论〈诗经〉所录全为乐歌》，钱小柏编《顾颉刚民俗学论集》，上海文艺出版社，1998年，第288页。
④顾颉刚：《〈妙峰山〉自序》，钱小柏编《顾颉刚民俗学论集》，上海文艺出版社，1998年，第427页。

着一点新鲜气象”，认为这正是拯救民族衰老的“强壮性的血液”。那么，他把自己定位在哪里呢？

正如桑德拉·埃米诺夫所指出，20 世纪 20 年代中国的民俗学知识分子的一个目标，是社会改革和教育民众，另一个同样重要的目标，是修改和革新现代中国社会中的知识分子形象。文人一贯被认为是旧秩序的寄生者，现代中国知识分子急需使自己摆脱这一陈旧的形象，在新中国为自己找到一个新的身份。当时的民俗学者特别关心知识分子及其与民众的关系问题，顾颉刚等学者的目标有两个：一是使民众及其文化成为拒绝儒教和西化方式的第三种可行的选择；二是为中国知识分子在这另一个传统中找到一个新的、能够接受的身份。① 顾颉刚不仅强调在北京听了五年的戏，使他对一切民间文艺有了比较平等的眼光，“我的阶级的自豪感和鄙视工农的习性无意中都被拗转了过来” ②，而且在 1928 年 3 月 21 日为《民俗》周刊写的《发刊词》中直接说：

> 我们要站在民众的立场上来认识民众！
>
> 我们要探检各种民众的生活，民众的欲求，来认识整个的社会！
>
> 我们自己就是民众，应该各各体验自己的生活！
>
> 我们要把几千年埋没着的民众艺术，民众信仰，民众习惯，一层一层地发掘出来！

① Sandra Eminov, Folklore and Nationalism in Modern China, in *Folklore, Nationalism, and Politics*, edited by Felix J. Oinas, Slavica Publishers, Inc., 1978, p.168；张灏认为，与传统的士绅阶层相比，现代中国知识分子有其特殊性。传统士绅与他们所来自的乡土社会有密切的有机联系，他们是当地的精英，不仅有影响力，也可以发挥地方行政领导作用，而现代知识分子多半脱离了他们的乡土社会，寄居于沿江沿海的几个大都市，变成社会上的游离分子，他们赖以活动或生活的组织，常常就是报纸杂志、学校和学会三种制度媒介。就他们与传统文化的关系来说，士绅阶层的文化认同较高，而现代知识分子对传统文化的认同感较弱，他们常常徘徊在传统文化和西方文化之间，带有强烈的游移性、暧昧性和矛盾性（参见《张灏自选集》，上海教育出版社，2002 年，第 113 页）。在这个意义上，民间文学或民间文化的确可以给现代知识分子提供“第三种”选择。

② 钱小柏编：《顾颉刚民俗学论集》，上海文艺出版社，1998 年，第 30 页。

我们要打破以圣贤为中心的历史，建设全民众的历史！[①]

其实，顾颉刚在1927年写的《悼王静安先生》一文中曾经批评了王氏的“士大夫阶级的架子”，他认为，“做文章和研究学问的人，他们的地位跟土木工、雕刻工、农夫、织女的地位是一样的，他们都是凭了自己的能力，收得了材料，造成许多新事物。他们都是作工，都没有什么神秘”[②]。由此可见，以顾颉刚为代表的早期民俗学者在研究“民”或民众时，不仅带着同情心，也带着强烈的认同感和归属感。这就与欧洲早期学者把“民”归属于与“我们”不同的“他们”（农民或下等阶级）有根本的区别。从“五四”时期开始的知识分子“到民间去”的热潮，除了“增进平民智识，唤起平民之自觉心”的任务之外，还有与劳动群众结为一体的或隐或显的自我身份转换的作用。[③]在后一种意义上，20世纪50年代以后的“上山下乡”运动，只不过是以政治命令的形式继续对知识分子的身份进行的强行改造而已。正因为民俗学者对民众有一种认同和归属的愿望，所以董作宾在1927年11月1日《民间文艺》第1期上写的《为〈民间文艺〉敬告读者》一文中说，欧美和日本学者在神话、传说、谣谚、谜语方面都有鸿篇巨制发表，“这实在使我们汗颜而要加倍努力的！因为我们对于自己伯叔兄弟诸姑姊妹的生活、思想、文艺，反没有外人知道的详悉啊”[④]。他认为，历史上演成的一种势力，使中国社会分为贵族和平民两个阶级，中国两千年来只有贵族的文化，但平民文化并没有湮灭，而是保存在口耳相传的民间文艺中。因此，“民间文艺，

---

①顾颉刚：《〈民俗〉发刊辞》，王文宝编《中国民俗学论文选》，中国民间文艺出版社，1986年，第14—15页，重点为引者所加。

②顾颉刚：《悼王静安先生》，《宝树园文存》卷一，中华书局，2011年，第273—274页。

③洪长泰也指出，中国民俗学者在20世纪20—30年代提出的“到民间去”是一种复杂的文化现象，至少包括三个关键问题：知识分子心目中的民众形象；知识分子心目中的自我形象；知识分子到民间去的目的。就知识分子与民众的关系来说，他们要求与人民紧密结合，多少有一种原罪感，因为他们意识到自己的历史前辈曾经铸下了忽视或压制民间文化的大错，这笔债只有靠现代学者把自己奉献给民众来偿还。所以，知识分子需要“到民间去”找到超越自我的模式。参见［美］洪长泰：《到民间去：中国知识分子与民间文学，1918—1937》（新译本），董晓萍译，中国人民大学出版社，2015年，第210—212页。

④董作宾：《为〈民间文艺〉敬告读者》，王文宝编《中国民俗学论文选》，中国民间文艺出版社，1986年，第11页，重点为引者所加。

是平民文化的结晶品：我们要了解我们中国的民众心理、生活、语言、思想、风俗、习惯等等，不能不研究民间文艺；我们要欣赏活泼泼赤裸裸有生命的文学，不能不研究民间文艺；我们要改良社会，纠正民众的谬误的观念，指导民众以行为的标准，不能不研究民间文艺”[①]。

董作宾还特别指出：“这里，我们所谓‘民间’，不限于汉族；凡属于中国领域内的一切民族，如苗、瑶、畲、蛋、罗罗等等皆是。我们所谓‘文艺’，不限于韵文的歌谣、谜语、谚语、曲本、唱书等等，凡神话、童话、传说、故事、寓言、笑话等等皆是。有时，我们还要把国外的《民间文艺》介绍一点，让大家作比较的研究。在我们的眼眶中，歌谣、谚语的价值，不亚于宋词、唐诗；故事、传说的重要，不下于正史、通鉴；寓言、笑话，不让于庄生东方的滑稽；小曲、唱书，不劣于昆腔乐府的美妙。因为这是民族精神所寄托，这是平民文化的表现。我们为此而征集、发表、整理、研究中国全民族的各种文艺；这也就是本刊所负的唯一使命。”[②] 我们从这些文字中可以清楚地看出，以往我们所认为的那种早已经存在于现实生活中的所谓神话、传说、谣谚、谜语等等即使存在（我并不设定这些东西的存在），也并不能“自然而然地”成为现代民间文学或民俗学的研究对象。相反，为了让这些东西成为对象，就必须反复廓清和论证；为了论证自身存在的理由和合法性，现代民间文学或民俗学必须努力界定和建构自身的对象，并且使这些对象仿佛早已经存在于周围的世界中似的。在这个意义上，对研究对象的“发现”和“论证”过程实际上就是一个对它不断建构的过程。在董作宾看来，“民”或“民间”属于社会的下层，但它又是“民族精神的寄托”，甚至就是“中国全民族”或“凡属于中国领域内的一切民族”。我们可以说，在中国现代民间文学或民俗学研究的初期阶段，“民”或“民间”甚至“民众”，虽然主要指包括农民在内的下层阶级，但其内涵绝不仅仅是欧洲民间文学或民俗学话

① 董作宾：《为〈民间文艺〉敬告读者》，王文宝编《中国民俗学论文选》，中国民间文艺出版社，1986 年，第 11 页。
② 董作宾：《为〈民间文艺〉敬告读者》，王文宝编《中国民俗学论文选》，中国民间文艺出版社，1986 年，第 12 页。

语中的“农民”。换言之，当时的“民”“民间”或“民众”的概念，既包含被理想化了的农民等下层阶级，也包含了现代中国知识分子自我想象和自我认同的形象，同时还混杂着“民族全体”的意义指向（至少在精神象征上被认为是如此）。这至少说明，在中国现代民间文学或民俗学和话语体系中，“民”“民间”或“民众”并非含义透明而单纯的概念。

洪长泰在研究了顾颉刚、裴文中、嘉白、王肇鼎、钟敬文等人在当时的一些论述后指出，到了20世纪20年代中期以后，已经有为数众多的中国知识分子认识到，民间文学是民族精神的最好代表，他们头脑中的“民众”概念逐渐与“民族”概念统一起来。1925—1926年，中国的民族民主解放潮流波及广大农村，民间文学与民族主义的关系变得更加紧密。[①] 桑德拉·埃米诺夫也认为，以胡适及其学生顾颉刚为首的学者们通过研究小传统（the Little Tradition），尤其是口头文学领域中的小传统来重新界定“中国人”。胡适等人的著作充满了与赫尔德的民众精神（Volksgeist）十分相似的一种汉化的浪漫主义（Sinicized romanticism）色彩。民众拥有一种特殊的、久被忽视的口头文学，其中保存着中国人特有的美德和传统，这种观念俘获了新一代知识分子的想象。过去的经典文学被解释为陈腐的、受阶级束缚的现象，而群众的口头歌谣被看作真正是中华民族的、集体性质的创造性产物。[②] 但是，如果我们回想上文引述的愈之在1921年对“民”和“民间”的界定，似乎可以说，从一开始，中国许多学者对“民”和“民间”的理解或想象就时隐时现地掺杂着“民族全体”的内容，只是在后来变得更加彰显罢了。

1927年，中国现代民间文学或民俗学运动的重镇转移到广州的中山大学，

①［美］洪长泰：《到民间去：中国知识分子与民间文学，1918—1937》（新译本），董晓萍译，中国人民大学出版社，2015年，第23—24页。

② Sandra Eminov, Folklore and Nationalism in Modern China, in *Folklore, Nationalism, and Politics*, edited by Felix J. Oinas, Slavica Publishers, Inc., 1978, p.169；美国学者杰罗姆·B. 格里德尔也认为，为了在抛弃旧文化的同时又不颠覆中国作为一个民族国家的合法性，新文化激进派们就宣称，中国真正的文化成果，也是植根于各种迄今被忽略或蔑视的社会、艺术和知识形式中的大众精神的表现。后来的中国共产主义者通过把大众文化转向革命目的而利用了这一发现（参见他的《知识分子与现代中国》，单正平译，南开大学出版社，2002年，第411—412页）。

学者们成立民俗学会，编刊物，出丛书，办民俗传习班、民俗物品陈列室，搞民族民俗调查。这是中国现代民间文学或民俗学研究开始作为学科确立并向专业化方向发展的时期。[①] 虽然此后的 10 年里，中国学者的研究仍然存在着诸多不足[②]，但他们对“民”“民间”或“Folklore”的译名问题有了更多的关注和讨论。1930 年，江绍原、樊縯、叶德均、汪馥泉等人讨论了“Folklore”的范围和译名问题。江绍原起初把 Folklore 译为谣俗学，后来又改译为民学，并且认为它是“庶民或云民众的全般生活和心灵之研究”；樊縯赞成把 Folklore 译为民学，但认为它研究的是被统治阶级的精神文化，而且“因为摸清了一切被大人先生们所不屑道的文艺形式，倾出那里边的已发恶臭的内容，是可以灌入以新的内容，使其成为唤起民众的绝好工具的”。[③] 叶德均认为，Folklore 译为谣俗、风俗学太小，民俗学也不够用，民学虽然扩大了范围，却容易引起误会，不如译为“民间学”。1931 年，乐嗣炳认为，“民俗学”这个词是从日本学者对“Folklore”的翻译抄来的，但日本学者冈正雄按照这个词的原义译作“民间传承”，似乎比“民俗学”更显豁。[④]1932 年 6 月，江绍原在自己编译的《现代英吉利谣俗及谣俗学》一书的

---

① 桑德拉·埃米诺夫认为，1926 年蔡元培发表的《说民俗学》一文，标志着“民俗学”在中国首次被认真地理解为社会科学的一门学科（参见 Sandra Eminov, “Folklore and Nationalism in Modern China,” in *Folklore, Nationalism, and Politics,* edited by Felix J. Oinas, Slavica Publishers, Inc., 1978, p.170）。

② 例如，丁乃通曾经指出这个时期民间故事研究方面的不足，如民间故事的收集缺乏系统的田野作业，绝大多数收集者主要依靠记忆，很少提到信息提供人（通常是一个亲戚、仆人、学生或同事）的情况，有时还遗漏了故事流通的区域，多数记录简洁而平易；由于多数中国学者只能读英语，他们显然不知道德国、芬兰和欧洲其他民俗学家的著作，他们提到的西方权威几乎都是英国的进化论人类学派的人物。但是，中国民间文学学者和民俗学学者对英国人类学派理论和方法的接受与选择，并不仅仅因为丁氏所说的只能阅读英语，而是有更复杂的思想和认识的背景。丁乃通在文中提到一个美国教授（指 R. D. 詹姆森）发表了一篇有关历史地理方法的文章，但只有他的一个同事提到了它。这就说明语言并不是接受的真正障碍（参见 NAI-TUNG TING, The Collection and Study of Folktales in Twentieth-Century China, in *Folklore Studies in the Twentieth Century: Proceedings of the Century Conference of the Folktale Society,* edited by Venetia J. Newall, D. S. Brewer · Rowman and Littlefield, 1978）。

③ 江绍原:《关于 Folklore，Volkskunde，和“民学”的讨论》,《现代英吉利谣俗及谣俗学》，上海中华书局，1932 年；王文宝编《中国民俗学论文选》，中国民间文艺出版社，1986 年，第 32 页。

④ 乐嗣炳:《民俗学是甚么以及今后底方向》,《开展》月刊第 10、11 期合刊（民俗学专号），1931 年 7 月 25 日。

“附录七”中，记录了这些讨论的意见并辑录了国外讨论 Folklore 和 Volkskunde 研究范围的话。[①]1936 年，杨成志又撰文反对江绍原的意见，并坚决主张中国应该顺应国际潮流，抛弃一切不确实的名词，仍然沿用“民俗”或“民俗学”。[②]

在这个历史阶段，Folklore 的译名趋于统一，但对“民”或“民间”的理解并没有根本的变化，对民间文学或民俗学研究对象的认识也仍然存在不少分歧。[③]在少数民族地区的田野采录活动有所增加，但这无法弥补和掩饰中国现代民间文学运动在最初 20 年里的一个明显缺陷：即以收集歌谣为发端、以“走向民间”和眼光向下为主要特征、以发现和启迪民众为己任的现代民间文学运动，主要局限在少数知识精英中，对现实生活中的民众并没有发生多少实质性影响。早在 1937 年，艾思奇就认为，“五四”文化运动仅有的片段零碎的成绩，也只是保存在极少数人的手里，没有达到普遍化、大众化的地步，旧启蒙运动没有努力在广泛的民众中建立新文化，也没有在政治经济方面获得稳定的基础，所以需要一个新启蒙运动。[④]1979 年，钟敬文在回忆“五四”前后的歌谣运动时指出：“它没有把这种以人民创作为对象的科学工作，跟当时的社会运动——尤其是革命运动联系起来，自然也没有跟这种文学的作者的工农大众结合起来。它主要

① 江绍原：《关于 Folklore，Volkskunde，和“民学”的讨论》，《现代英吉利谣俗及谣俗学》，上海中华书局，1932 年；王文宝编《中国民俗学论文选》，中国民间文艺出版社，1986 年，第 16—38 页。

② 杨成志：《现代民俗学——历史与名词》，中山大学研究院文科研究所《民俗》季刊第 1 卷，1936 年，第 1 期；王文宝编《中国民俗学论文选》，中国民间文艺出版社，1986 年，第 60—72 页。

③ 例如，英国人类学派的遗留物说在 20 世纪 30 年代仍然颇受青睐。郑振铎翻译的英国人类学派学者柯克士（M. R. Cox）的《民俗学浅说》认为，民俗学研究的是“‘在我们的较低的阶级里，仍可发见远古时代的传说的渣滓物’。民俗学者的工作即在由这些现存的遗迹上，结构出原始人的哲学来”（柯克士：《民俗学浅说》，郑振铎译，上海商务印书馆，1934 年，第 4 页）。林惠祥在人类学派的影响下，也认为“‘民俗’的内容初时是指文明民族中无学问阶级的传袭的智识，但现存蒙昧民族的文化也常与文明民族的无学问阶级相类似，其性质颇难分别，所以后来渐渐扩充范围而兼取材料于蒙昧民族了”（林惠祥：《民俗学》，上海商务印书馆，1934 年，第 1 页）。

④ 艾思奇：《什么是新启蒙运动》，原载《国民周刊》1937 年第 8 期，见丁守和主编《中国近代启蒙运动》（下卷），社会科学文献出版社，1999 年，第 171—172 页。

只是在知识阶层中活动。”① 同年，汪玢玲也认为，“五四”时期和 30 年代的民俗学运动，还没有和真正的民间文学创造者即劳动人民的革命运动结合起来，其活动范围只是在城市和知识分子圈子，只局限于学术活动，所起的社会作用并不显著。② 洪长泰在研究 1918—1937 年的中国民间文学运动时更是认为，当时民俗学者们的行动，并没有走出他们的书斋多远，也没有取得多少具体的成果。连最热心的倡导者之一顾颉刚，也没有做出比考察妙峰山和撰写地方传说的调查报告更多的事情。③ 当然，我在这里引述的这些批评意见已经超出本书的论述范围，但我意在表明：之所以会出现这些“脱节”和“断裂”，除了当时内忧外患的外部社会条件的限制之外，更主要的原因在于这场民间文学运动本身在观念认识上的矛盾或“缺憾”。其中一个关键就在于它对“民”或“民间”的理解和想象。换言之，在当时的民间文学收集者和研究者心目中，“民”或“民间”虽然包含农民等等下层阶级，但并不能直接在它们之间画等号。如上所述，“民”或“民间”的概念在中国现代民间文学或民俗学话语中的多义性和复杂性，不仅表现为它们囊括了与统治阶级和上层阶级对立的各种社会成员，更在于它们负载着多种想象的和浪漫主义的价值内涵。和欧洲的“贵族起源论”及“下沉的文化遗产”的认识相反，胡适认为，文学上的每一个新形式和每一次创新，从来不是来自上层阶级模仿性的经典作家，而总是来自乡下的不识字阶层。他发现，普通百姓的新形

①钟敬文:《“五四”前后的歌谣学运动》,《新的驿程》，中国民间文艺出版社，1987 年，第 117 页。

②汪玢玲:《民俗学运动的性质和它的历史作用》,《民间文学》1979 年第 5 期。

③[美]洪长泰:《到民间去：中国知识分子与民间文学，1918—1937》(新译本)，董晓萍译，中国人民大学出版社，2015 年，第 212 页。

式，一直为文人的文学提供新鲜的血液和鲜活的活力，使其免于僵化的危险。① 为了证明他的这种民间为创造和活力之源的“理论”，胡适还写有著名的《白话文学史》，让那些旁行斜出的平民“不肖文学”与正统的贵族文学二分天下，取得“话语”地位。在胡适之后，中国新文学对“民间”的发掘曾经影响了一代文学史的写作理念②，而且，至今坚持民间文学是文人文学乃至一切文学之源头这种浪漫主义观点的学者仍然不乏其人。这里的问题并非在于民间文学是否在事实上构成一切文学的源头，而是在于，自现代民间文学或民俗学运动以来，民间的与官方的、口头的与书面的、贵族的与平民的就被作为二极相反的价值载体，在多数学者的论述中得到判然有别的情感认可。事实上，周作人早在 1918 年 12 月 20 日写的《平民文学》一文中就指出，平民的文学与贵族的文学正相反，但这不是说这种文学是专做给贵族或平民看的，专讲贵族或平民的生活，或者是贵族或平民自己做的。这只是说文学的精神区别，即是否普遍和真挚。平民文学应该以普通的文体，记普遍的思想和事实；应该以真挚的文体，记真挚的思想和事

① Shih Hu, *The Chinese Renaissance*, The University of Chicago Press, 1934, p.52；胡适在 1928 年 6 月 5 日写的《白话文学史》的《序》中强调：“一切新文学的来源都在民间，民间的小儿女、村夫农妇、痴男怨女、歌童舞妓、弹唱的、说书的，都是文学上的新形式风格的创造者。这是文学史的通例，古今中外，都逃不出这条通例。”在《胡适口述自传》的最后一章中，他说自己总喜欢把《白话文学史》叫作《中国活文学史》，并且解释了自己的“双线文学史”观念：“特别是我把汉朝以后，一直到现在的中国文学的发展，分成并行不悖的两条线这一观点。……这一个由民间兴起的生动的活文学，和一个僵化了的死文学，双线平行发展，这一在文学史上有其革命性的理论实是我首先倡导的；也是我个人 [对研究中国文学史] 的新贡献”（唐德刚译述：《胡适口述自传》，华东师范大学出版社，1993 年，第 259 页）。不过，胡适在《傅孟真先生的思想》一文中说到傅斯年对他的影响：“一九二六年我到巴黎；他那时在柏林，知道我来到法国，特地从柏林赶来与我同住了许多天。我们白天同在法国国家图书馆读书，晚上在中国馆子吃饭，饭后常常谈到晚上一二点钟，充分互相讨论。那个时候他就已经撒下了许多种子。他说：中国一切文学都是从民间来的，同时每一种文学都经过一种生、老、病、死的状态。从民间起来的时候是‘生’，然后像人的一生一样，由壮年而老年而死亡。这个观念，影响我个人很大。说到这个观念，我们常常想起孟真贡献最大的就是他的思想”（《胡适作品集》第 25 卷，远流出版事业股份有限公司，1986 年，第 57 页）。关于胡适与中国现代民间文学研究的关系，可参见吕微：《论学科范畴与现代性价值观——从〈白话文学史〉到〈中国民间文学史〉》，《文学评论》2001 年第 4 期；陈泳超：《从白话文运动到〈白话文学史〉——胡适与民间文学》，《现代中国》第一辑，湖北教育出版社，2001 年。

② 参见戴燕：《文学史的权力》，北京大学出版社，2002 年，“第四章：从‘民间’到‘人民’——中国文学史上的正统论”。

实。[①]1922年2月19日，周作人在另一篇文章中又对这种认识“模式”产生怀疑。他说：

> 关于文艺上的贵族的与平民的精神这个问题，已经有许多人讨论过，大都以为平民的最好，贵族的是全坏的。我自己以前也是这样想，现在却觉得有点怀疑。变动而相连续的文艺，是否可以这样截然的划分；或者拿来代表一时代的趋势，未尝不可，但是可以这样显然的判出优劣么？我想这不免有点不妥，因为我们离开了实际的社会问题，只就文艺上说，贵族的与平民的精神，都是人的表现，不能指定谁是谁非，正如规律的普遍的古典精神与自由的特殊的传奇精神，虽似相反而实并存，没有消灭的时候。[②]

> ……所以拿了社会阶级上的贵族与平民这两个称号，照着本义移用到文学上来，想划分两种阶级的作品，当然是不可能的事。即使如我先前在《平民的文学》一篇文里，用普遍与真挚两个条件，去做区分平民的与贵族的文学的标准，也觉得不很妥当。我觉得古代的贵族文学里并不缺乏真挚的作品，而真挚的作品便自有普遍的可能性，不论思想与形式的如何。我现在的意见，以为在文艺上可以假定有贵族的和平民的这两种精神，但只是对于人生的两样态度，是人类共通的，并不专属于某一阶级，虽然它的分布最初与经济状况有关，——这便是两个

①周作人：《平民文学》，《每周评论》第五期，1919年1月19日；参见吴平、邱明一编《周作人民俗学论集》，上海文艺出版社，1999年，第278—281页。

②周作人：《贵族的与平民的》，《晨报》副刊，1922年2月19日；参见吴平、邱明一编《周作人民俗学论集》，上海文艺出版社，1999年，第287页。

名称的来源。①

在这篇文章中，周作人还认为，真正的人的文学，当以平民的精神为基调，再加以贵族的洗礼，“从文艺上说来，最好的事是平民的贵族化”②。由此可见，周作人不仅不把贵族的与平民的文学对立起来，他还认为，正统文化中虽然有僵死和错误的东西应该抛弃，但仍然不乏正面的、积极的和有价值的成分。他的这种态度，在当时被学界说成是中庸派，而且随着他后来逐渐脱离文学革命的主帅地位，他的民间文学观点似乎也越来越“保守”。在今天的我们看来，姑且不论周作人这些观点的对错，他与顾颉刚等代表的现代民间文学运动的浪漫主义和民粹主义民众观的主导性意识形态的不同，使他本人也逐渐被边缘化和非中心化，这个过程本身就耐人寻味。事实上，正如洪长泰所注意到的，难道贵族文学就一定是民间文学的对立面吗？贵族文学的内涵究竟是什么？它是否像许多民俗学者所形容的那样是铁板一块？迄今为止，还没有哪个民俗学者试图回答这些极为重要的问题。③这就向我们做了一个重要的提示：即周作人对贵族文学和平民文学的分析，带有一定的学理性和理智特征，而他的这些观点（尽管不是完全正确）在

---

①周作人:《贵族的与平民的》,《晨报》副刊，1922 年 2 月 19 日；参见吴平、邱明一编《周作人民俗学论集》，上海文艺出版社，1999 年，第 287—288 页。洪长泰曾经从历史的和现实的角度认为，中国传统社会的受教育阶层或士绅阶层并非一概都是贵族，他们分属于上层文化的各个不同层次，就好像下层文化里也有层次的细微区别一样，把它们假设为两个对立面，等于把复杂的事物简单化了。中国民俗学者的另一个观点，即在两层文学的关系中，下层文学的影响处于绝对优势地位，下层文学对上层文学的影响，远胜于相反的影响，这很难完全站住脚。事实应该是双向影响。他还指出了周作人的现实主义民众观与顾颉刚的浪漫主义民众观的区别，参见 [美] 洪长泰:《到民间去：中国知识分子与民间文学，1918—1937》（新译本），董晓萍译，中国人民大学出版社，2015 年，第 194—201 页。

②周作人:《贵族的与平民的》,《晨报》副刊，1922 年 2 月 19 日；参见吴平、邱明一编《周作人民俗学论集》，上海文艺出版社，1999 年，第 289 页。

③[美] 洪长泰:《到民间去：中国知识分子与民间文学，1918—1937》（新译本），董晓萍译，中国人民大学出版社，2015 年，第 195 页。唐德刚认为，胡适把中国文学分成“文言”“白话”两大段，是他对中国社会经济史毫无兴趣而把中国文学史孤立起来的结果。没有“城市居民”（burghers；townspeople）的纯粹农业社会，通俗文学几乎不可能滋生。欧洲文艺复兴有以小手工业为主体的小城邦，构成通俗文学的生长土壤，而中国历史上同样性质的城市的普遍兴起，则是在南宋之后（参见唐德刚译注《胡适口述自传》，华东师范大学出版社，1993 年，第 156 页）。

当时和后来之所以没有得到广泛认可，甚至逐渐和他本人一起被边缘化，也许更深层的原因在于现代民间文学运动在对待其核心问题——贵族文学与平民文学、上层文化与下层文化、口头文学与书面文学——时对学理和理智的排斥和拒绝。[①]这就决定了虽然民间文学或民俗学研究者们对“民”或民俗学的对象的理解有一定差异，但他们却可以被一致的态度统一和团结起来。正如钟敬文若干年后在回忆这段历史时所指出的那样：

> 一个已经进入文明阶段的国家，它的社会大都有上下阶级的存在。那些不同阶级的人群，彼此不但在经济上、政治上、社会地位上有明显的区别，在文化上也显然有着“楚河汉界”。……
>
> 自然，一个由世代共同生活形成的民族共同体，由于社会的分化，不同阶级的文化，彼此有互相区别，乃至于互相抗拒的一面；但另外又有互相关联，互相渗透的一面。实际的情况是颇为复杂的。但不管怎样，总的说来，前者（即对立面）是主要的，或比较主要的，后者（即联系或渗透）是次要的，或比较次要的。
>
> 由于上述原因，人们在对待传统文化问题上，就存在着怎样对待传统文化中的不同层次的问题（不管对待者本人是否意识到）。具体一点说，他肯定或否定的是社会中哪一个层次的文化？是肯定或否定上层社会的文化呢？还是肯定或否定中、下层社会的文化呢？这结果和意义是有区别的。……
>
> “五四”时期，那些从事新文化活动的学者们，大都是具有爱国思想和受过近代西洋文化洗礼的；同时他们又是比较熟悉中国传统文化的。他们觉得要振兴中国，必须改造人民的素质和传统文化，而传统文

① 钟敬文曾在《“五四”前后的歌谣学运动》一文中指出：“周启明（作人）在留学时期就受到英国人类学派著作的影响，注意民间故事和歌谣；《新青年》出世前，他写过《童话研究》《儿歌之研究》一类文章，新文学运动以后，又参加了这种运动的理论建设工作。他是偏重于学术性的。”（钟敬文：《新的驿程》，中国民间文艺出版社，1987 年，第 110 页。）

> 化中最要不得的是上层社会的那些文化。至于中、下层文化，虽然也有坏的部分，但却有许多可取的部分，甚至还是极可宝贵的遗产（这主要是从民主主义角度观察的结果，同时还有西洋近代学术理论的借鉴作用）。尽管在他们中间，由于教养等不同，在对个别的问题上，彼此的看法有参差的地方，但是在主要的问题上却是一致的。这就形成了他们在对待传统里中、下层文化的共同态度和活动。[①]

在这个意义上，周作人的被排斥不仅在于他的观点，更在于他与众不同的对待上层文化和下层文化的折中态度。[②]但是，从历史的层面来看，我们不能像洪长泰那样用所谓的“事实”来和中国现代民俗学者“较真”，而是应该考察这些学者的话语本身的性质以及它们为什么会具有这些特征和性质。要理解这一点，我们必须把现代民间文学或民俗学的话语与整个“五四”新文化运动联系起来考察。

正如汪晖在研究这段历史时所指出，在中国历史上，没有一个时代的文人像“五四”新文化运动者那样在团体之间、个人之间区别得那样分明，也没有一个时代的文人像“五四”新文化运动者那样在如此分明的歧异中又保持着比这些歧异更为“分明”的“同志感”。这种在各种理论矛盾中仍然保持着的内在统一性，乃是一种“态度的统一性”：“态度”是一种心理倾向，它总是指向一定的对象，而“五四”新文化运动最重要的特征就是它的对象性，即对中国传统文化和社会的批判和怀疑，也就是胡适说的：

---

① 钟敬文：《“五四”时期民俗文化学的兴起——呈献于顾颉刚、董作宾诸故人之灵》，《钟敬文文集·民俗学卷》，安徽教育出版社，1999年，第105—107页，重点为引者所加。

② 胡适在1919年11月1日写的《新思潮的意义》一文中说的一段话似乎可以给我的判断做一个注解：“现在要问：‘新思潮的运动对于中国旧有的学术思想，持什么态度呢？’我的答案是：‘也是评判的态度。’分开来说，我们对于旧有的学术思想有三种态度。第一，反对盲从；第二，反对调和；第三，主张整理国故。盲从是评判的反面，我们既主张‘重新估定一切价值’，自然要反对盲从。这是不消说的了。为什么要反对调和呢？因为评判的态度只认得一个是与不是，一个好与不好，一个适与不适，——不认得什么古今中外的调和。”（《胡适全集》第1卷，安徽教育出版社，2003年，第697—698页，重点为引者所加。）

> 据我个人的观察，新思潮的根本意义，只是一种新态度。这种新态度可叫做“评判的态度”。
>
> 评判的态度，简单说来，只是凡事要重新分别一个好与不好。仔细说来，评判的态度含有几种特别的要求：
>
> （1）对于习俗相传下来的制度风俗，要问：“这种制度现在还有存在的价值吗？”
>
> （2）对于古代遗传下来的圣贤教训，要问：“这句话在今日还是不错的吗？”
>
> （3）对于社会上糊涂公认的行为与信仰，都要问：“大家公认的，就不会错了吗？人家这样做，我也该这样做吗？难道没有别样做法比这个更好，更有理，更有益的吗？”
>
> 尼采说现今时代是一个“重新估定一切价值”（Transvaluation of all values）的时代。“重新估定一切价值”八个字便是评判的态度的最好解释。①

> 我以为现在所谓“新思潮”，无论怎样不一致，根本上同有这公共的一点：——评判的态度。孔教的讨论只是要重新估定孔教的价值。文学的评论只是要重新估定旧文学的价值。②

胡适把这种评判的态度分为“研究问题”和“输入学理”两种趋势。但汪晖指出，在当时“反传统”的潮流中，“评判的态度”中的认知因素远弱于情感的因素。西方各种异质的思想学说纷纷传入中国，是以这些思想学说之间的历史的和逻辑的联系的丧失为前提的，同一个群体或同一个个人可以同时信奉相互矛盾的学说，这基于一种“价值判断”，虽然这种判断过程包含了“分析重建”的因素，但总体上并没有贯彻为一种普遍的方法。例如，“民主”和“科学”，首先是

①《胡适全集》第1卷，安徽教育出版社，2003年，第692页。
②《胡适全集》第1卷，安徽教育出版社，2003年，第693页，重点为引者所加。

作为衡量对象的尺度和价值出现在新文化运动的批判“态度”之中的，因此，我们应该到伦理学而不是政治哲学和自然哲学中寻找他们的实际的历史意义，应当把它们作为“五四态度”的核心和价值来把握。“五四”启蒙运动也像西方启蒙运动那样标举“理性”，但它和“民主”与“科学”一样，是以对传统文化和人格的挑战者和控诉者的面目出现的，他没有或者主要不是体现在“五四”启蒙运动的方法论之中。这就使“五四”时期的文化批判经常不是从理论逻辑出发，而是和个人独特的经验有关。其次，当时的人物大多在自我感觉上成了传统秩序的流放者，虽然他们实际上与这个秩序存在难以摆脱的关系，但他们却以完全游离的叛逆者心态对这个秩序展开批判，他们的“整体性的反传统主义”不是体现为一种理论，而是体现为一种未加逻辑分析的意识形态，一种在理性旗帜覆盖下的感性的力量。① 作为“五四”启蒙运动的有机组成部分而发生和发展的中国现代民间文学或民俗学话语，也应该被放在这个大的历史语境中才能获得更充分的理解和阐释。

首先，在“五四”启蒙运动“整体性的反传统主义”的过程或意识形态中，民间文学充当了一种有力的资源和“武器”。这里所谓的“整体性”，并不是说

① 汪晖：《中国现代历史中的“五四”启蒙运动》，《汪晖自选集》，广西师范大学出版社，1997 年，第 310—318 页。

"五四"启蒙运动者反对传统的整体[①]，而是说他们先把传统看作分层的整体，即分为上层文化和下层文化或者贵族文学与平民文学，然后再对这个被分化的整体施以价值的和态度的判断。他们试图推翻和抛弃上层文化和贵族文学，保留、发掘并重建下层文化和平民文学。因此，从1918年的歌谣运动开始，中国现代民间文学或民俗学话语就是以对传统文化或整个文化的"整体分化"（贵族的与平民的、上层的与下层的、官方的与民间的）为前提的，这种划分之所以带有整体的"一刀切"特点，就在于它主要是一种渗透着情感的态度和价值判断，而不是"五四"学者自己推崇的"理性"分析和"科学"论述的结果。这就决定了中国现代启蒙运动必然是理性主义和浪漫主义的混合体，也决定了我们不能像洪长泰

①在关于"五四"新文化运动的研究中，有不少学者批评它有破无立，林毓生在《中国意识的危机》一书中更是提出了当时是"全盘反传统主义"的代表性观点。有不少学者已经对林氏的观点做了修正。周策纵在《五四运动史》（岳麓书社，1999年）的"香港再版自序"中指出："'反传统主义'（antitraditionalism）一词是我首先使用于本书，后来给许多人采用。其实，我本应说清，只有少数激烈分子反整个传统；大多数人，却采纳、提倡或尊重其中另一部分。他们所极力反对的是当时许多顽固派和流行观点认为凡传统的都是对的。因此，我后来常说，这不如叫做'反—传统主义'（anti-traditionalism）。这些人的观念，绝不能拿西洋近代社会学者所说的有'系统性'和'封闭'排外的'意识形态'（idealogy）一词来拢括，硬说他们即使承认传统中有优点，在'意识形态'上仍是'全盘性反传统主义者'"（第13页）。余英时也正确地指出，"五四"不是反传统，更不是全盘性地反传统，而是反儒学传统或正统，除了西方文化的挑战，五四运动另有中国传统的根源，"所以在'五四'时代，中国传统中一切非正统、反正统的作品（从哲学思想到小说戏曲歌谣）都成为最时髦的，最受欢迎的东西了。胡适把'整理国故'当作'新思潮的意义'的一部分，正可见'五四'与传统之间是有着千丝万缕的牵连的"（余英时：《五四运动与中国传统》，见萧延中、朱艺编《启蒙的价值与局限——台港学者论五四》，山西人民出版社，1989年，第82—83页）。美国学者本杰明·史华慈认为："甚至就攻击传统的'新文化派'学者自身而言，他们的目标也并非完全是破坏性的。……无论是顾颉刚还是胡适，他们都的确能够从传统的中国思想中发现他们自己满意的，具有现代意义的东西。清代的学术里有假定求证式的'科学'方法，中国古代思想中有着逻辑的起源，而且在胡适看来，过去存在的生动的白话文学同颓废的形式主义的古典文学就恰恰形成鲜明对照。这种将士大夫虚伪的和沉闷的'上层文化'同充满活力的民间文化相比的平民主义思潮的主题，最终导致了顾颉刚对民间文学进行广泛研究。"（[美]本杰明·史华慈：《论五四及其以后新一代知识分子的崛起》，见王跃、高力克编《五四：文化的阐释与评价——西方学者论五四》，山西人民出版社，1989年，第108页。）王元化也说："如果不把儒家以外的诸子以及我国的古代神话、小说、民间故事、歌谣等等摈斥于文化传统之外，那就断断不能把五四精神说成是全盘的反传统主义。即令对儒学，五四启蒙者也并没有采取全盘否定的态度。"（张宝明：《启蒙与革命——"五四"激进派的两难》，学林出版社，1998年，第92页。）其实，胡适说他自己总喜欢把这场运动称为"文艺复兴"，并在口述自传中说"并不要打倒孔家店"，就已经表明了非全盘反传统的立场。民间文学的再发现，既是五四运动与传统的深刻联系的一个证明，也是它的一个动因。

那样批评当时的民俗学者们对两层文化（学）的划分过于僵化以至与实际情况不符，而是应该探讨他们这样做的主观根源。同样，我们也不能仅仅像国外学者那样，只是指出中国现代民间文学或民俗学研究在相当长一段时间里都缺乏学科意识和学科规范的建设，而更有必要追问：为什么会形成这样一种局面？换言之，我们在研究这段历史时，不能要求它与实际相符或者它应该向学科方向发展，因为中国现代民间文学或民俗学研究自一开始就不是作为一个学科，而主要是作为一种意识形态才发生和发展起来的。在“重估一切价值”的口号下，现代民间文学或民俗学研究者们大都有一个自觉或不自觉的“预设”：即无论他们研究的是歌谣、故事、童话、谚语、谜语还是方言土语，在他们的眼里，这些东西都不仅仅是它们本身，而是曾经受到压制和扭曲而急待被发现和解放的文化资源，它们不仅是反对上层封建文化的利器，更是建设新文化唯一可靠的基础或源泉。所以，周作人在《人的文学》一文中说，欧洲对于“人”的真理的发现，第一次是在 15 世纪，于是出现了宗教改革和文艺复兴；第二次是法国大革命，第三次大约是欧战以后，而女人和小儿的发现却迟至 19 世纪。“中国讲到这类问题，却须从头做起，人的问题，从来未经解决，女人小儿更不必说了。如今第一步先从人说起，生了四千余年，现在却还讲人的意义，从新要发见‘人’，去‘辟人荒’，也是可笑的事。但老了再学，总比不学该胜一筹吧。我们希望从文学上起首，提倡一点人道主义思想，便是这个意思。”① 周作人研究儿童文学、童话和妇女文学，实际上也是他追求人的文学、启迪民众觉悟、实现个性解放的理想的一部分，他眼中的这些对象是理念化的产物。同样，顾颉刚在五四运动一周年时就为《晨报》五四纪念号写了《我们最要紧着手的两种运动》一文，提出：要改造中国，一是要开展教育运动，“自己投入农工的社会”；二是开展学术运动，把当前世界上清楚明白有系统的知识传播到中国来，医治数千年的积疾，同时将本国的“性情、风俗、书籍、器物”等“一向没有拿学问的眼光斟酌的”东西，逐层整理出来，供社会应用，再可贡献于世界。②1928 年 3 月 20 日，顾颉刚在岭南

① 见《新青年》第五卷第六号，1918 年 12 月 15 日。
② 见《晨报》五四纪念增刊，1920 年 5 月 4 日。

大学学术研究会上演讲时，也表明了自己研究民众文化的初衷：既然中国古来的载籍差不多十有八九是有关圣贤文化的，所以研究民众文化，非自己下手收集不可。他认为：

> 我们研究历史的人，受着时势的激荡，建立明白的意志：要打破以贵族为中心的历史，打破以圣贤文化为固定的生活方式的历史，而要揭示全民众的历史。
>
> 但是我们并不愿呼“打倒圣贤文化，改用民众文化”的口号，因为民众文化虽是近于天真，但也有许多很粗劣许多不适于新时代的，我们并不要拥戴了谁去打倒谁，我们要喊的口号只是：
>
> 研究旧文化，
> 创造新文化。[①]
>
> 我们能搜集文化的材料，才能批评文化的价值；能批评文化的价值，才能创造出新文化的方式。
>
> 八年前的“五四”运动，大家称为新文化运动。但这是只有几个教员、学生（就是以前的士大夫阶级）做工作，这运动只是浮面。到现在，新文化运动并未成功，而呼声则早已沉寂了。我们的使命，就在继续声呼，在圣贤文化之外解放出民众文化；从民众文化的解放，使得民众觉悟到自身的地位，发生享受文化的要求，把以前不自觉的创造的文化更经一番自觉的修改与进展，向着新生活的目标而猛进。能够这样将来新文化运动就由全民众自己起来运动，自然蔚成极大的努力，而有彻

---

① 钟敬文:《圣贤文化与民众文化——1928 年 3 月 20 日顾颉刚先生在岭南大学学术研究会上演讲记录》，本记录经顾颉刚本人改定，见《钟敬文文集 · 民俗学卷》，安徽教育出版社，1999 年，第 630 页。

底成功的一天了。[①]

显然，顾颉刚在这里仍然认为，包括自己在内的大学教员和学生还相当于"以前的士大夫阶级"，而投身于民众文化的收集和研究，不仅有启蒙民众觉悟的作用，也暗含着从传统社会中脱胎而出的一代知识分子的自我改造和精神转变的功用。以顾颉刚、周作人为代表的"五四"时代的知识分子，在比较年轻的时候大都开始撰写自传或回忆录[②]，诉说自己的研究或写作与其个人经历的密切联系，这至少从一个侧面为他们的研究埋下了浪漫主义的情感伏笔。正是在这里，我们可以看到，"民"和"民俗"的概念在中国也是想象的产物，尽管它们受到欧洲和日本等外来的影响，但是，对于中国现代民间文学或民俗学研究者来说，它们有着与欧洲现代民间文学或民俗学研究者不同的意义。对多数欧洲学者来说，"民"是他们要摆脱的对象，是他们的对立面，而对中国现代学者来说，"民"是被认同和整合的对象。除了顾颉刚之外，胡适在论述"文学革命"时，也指斥传统士大夫在文学语言问题上明确区分"我们"和"他们"（即"齐氓细民"），从而使自己的身份与"平民"相一致。[③]

正因为对民间文学的肯定态度以及研究或走向民间的实际举动具有转变文人身份的作用和意义，中国现代民间文学或民俗学研究虽然也主要局限于知识分子和精英中间，但和欧美相比，却少了许多贵族气息和精英色彩。当然，这其中的另一个因素在于，中国的民间文学或民俗学研究从一开始就具有启蒙和教育民众

① 钟敬文：《圣贤文化与民众文化——1928年3月20日顾颉刚先生在岭南大学学术研究会上演讲记录》，本记录经顾颉刚本人改定，见《钟敬文文集·民俗学卷》，安徽教育出版社，1999年，第631—632页。

② 陈平原指出："本世纪初的中国学者，之所以二三十岁便写作并发表自传（如刘师培、梁启超），与社会转型期先觉者开天辟地的自我感觉有关。30年代的中国，撰写自传蔚然成风，除了胡适、林语堂等人的大力提倡，更因其时文人学者尚有充分的自信。"（《中国现代学术之建立——以章太炎、胡适之为中心》，北京大学出版社，1998年，第311页。）"……齐如山、鲁迅、周作人、赵元任、胡适、梁漱溟等之讲述童年故事，充满感性色彩，多细节描写，甚至平添几分小说意味。"（《中国现代学术之建立——以章太炎、胡适之为中心》，北京大学出版社，1998年，第338页。）

③ 胡适：《导言》，《新文学大系·建设理论卷》，上海良友图书印刷公司，1935年，第11—12页。

的初衷和愿望。早在 1919 年 2 月，李大钊在《青年与农村》一文中就写下了民粹主义式的箴言：“要想把现代的新文明，从根底输入到社会里面，非把知识阶级与劳工阶级打成一气不可。”① 他的理由是，“我们中国是一个农国，大多数的劳工阶级就是那些农民。他们若是不解放，就是我们国民全体不解放；他们的苦痛，就是我们国民全体的苦痛”②。他号召：

> 只要知识阶级加入了劳工团体，那劳工团体就有了光明；只要青年多多的还了农村，那农村的生活就有改进的希望；只要农村的生活有了改进的效果，那社会组织就有进步了，那些掠夺农工、欺骗农民的强盗，就该销声匿迹了。
>
> 青年呵！速向农村去吧！日出而作，日入而息，耕田而食，凿井而饮。那些终年在田野工作的父老妇孺，都是你们的同心伴侣，那炊烟锄影、鸡犬相闻的境界，才是你们安身立命的地方呵！③

1919 年 1 月，北京大学的青年学生响应李大钊的号召，组织了“平民教育讲演团”，这年的 4 月，《歌谣》周刊的编辑常惠加入演讲团。这项活动持续到 1925 年，“到民间去”成为 20 世纪 20 年代中国知识分子的一个响亮口号。应该说，中国现代民间文学运动既受到这一号召的极大激励，也和它保持着同样的对民间和乡村的浪漫主义想象的基调。如前所述，李大钊乃至中国现代民间文学运动的民粹思想，不仅受到俄国 19 世纪民粹思想的影响，也直接上承清末下层社会启蒙运动的民粹思想，并开启了后来半个多世纪的群众启蒙运动的先河。

美国学者列文森指出，反地主、反儒教的太平天国运动（1851—1864）曾经把自己所在的下层人民与他们反对的统治阶级区分开来，并且认为他们要抛弃

① 李大钊：《青年与农村》，《李大钊全集》（修订本）第二卷，人民出版社，2013 年，第 422 页。
② 李大钊：《青年与农村》，《李大钊全集》（修订本）第二卷，人民出版社，2013 年，第 422—423 页。
③ 李大钊：《青年与农村》，《李大钊全集》（修订本）第二卷，人民出版社，2013 年，第 426 页。

的儒家文化，并不是他们自己的文化。“当儒家传统（以及与它有关的一切）被认为只属于某一阶级时，那么，不是整个中国或民族，而只是一个阶级与它有必然的历史联系”[①]；“所以，人民的传统是能被重新解释的中国的过去，而以前一直作为中国的过去的儒家传统或地主传统则被完全地否定掉了。”[②] 他认为，自太平天国以来，中国文化变化的一个标志是知识分子接受并发展了太平天国的思想，使它变得更加明晰（包括后来的阶级论）。[③] 这不仅暗示了中国现代民间文学运动的社会分层观念可能与太平天国的“阶级观”有渊源关系，更表明这种上下分层的社会观之所以会产生，那就是因为：民是革命的想象资源和唯一能够被调动的社会积极因素。太平天国的“革命”之所以将社会想象为由地主和农民上下两个阶层构成，正是为了把农民转化为革命的同盟和有生力量。同样，在清末的救亡思想运动中，“群”“国民”和“社会”等概念也成为严复、梁启超等人重新界定和反复讨论的关键词[④]，这表明：在他们的意识中，“民”和“群”对革命和现代民族国家的兴起具有举足轻重的作用。“五四”时期的民俗学者也正是在中国历代农民或民间对抗官府的造反模式中来理解和想象“民”或“民间”的概念与内涵的，作为“国语”的白话文，被定位在“民间”，所以，从“民间”收集民歌、故事、传说和歌谣，就成为反对文言甚至是反封建、建立新文化的最有力的资源。如吕微所指出，中国现代民俗学者们倾向于认为，传统绝非不可分割的整体，而是有“民间”（凡官府代表的正式体制外的领域均可以“民间”视之）和“官方”之分，民间即生活于传统的下层的民众具有传统中最富有道德价

①[美]列文森:《儒教中国及其现代命运》，郑大华、任菁译，中国社会科学出版社，2000年，第122页。

②[美]列文森:《儒教中国及其现代命运》，郑大华、任菁译，中国社会科学出版社，2000年，第123页。

③参见[美]列文森:《儒教中国及其现代命运》，郑大华、任菁译，中国社会科学出版社，2000年，第122页。列文森还指出:“一个中国人只要把儒家称为阶级的传统而不是民族的传统，他就可以从这个命定的传统中摆脱出来。他可以把中华民族统一到‘人民中国’上来，从而不必为地主阶级的封建文化承担责任，而且也不会为封建传统的瓦解而伤感。”（第316页）这虽然是针对后来的阶级论而言，但对我们理解现代民间文学运动的分层论民众观的情感策略及其与阶级论思想的一脉相承关系，不无启示。

④王汎森:《中国近代思想与学术的系谱》，河北教育出版社，2001年，第180—181页；陈建华:《“革命”的现代性：中国革命话语考论》，上海古籍出版社,2000年，第260—265页。

值的那部分内容，这部分被压抑的传统（如胡适的“白话传统”）正是传统中可以转化或激活为现代性要素的内容，因此，持有这部分传统的下层民众自然成为“五四”学者所瞩目的走向现代而不是回到古代的现实力量。①

20世纪50年代之后，虽然还有少数学者把“民”或“民间”理解为农民②，但在意识形态的统摄下，阶级论以绝对优势成为“民”或“民间”的主导释义原则。吕微指出，中国现代民间文学学科对其核心理念——“民间”不断阐释的过

---

①吕微:《现代性论争中的民间文学》,《文学评论》2000年第2期。吕微在文中提出，“‘五四’学者用‘民间’迻译folk，目的在于借助对非正统文学中民间自我描述的发掘来启发下层民众的自我意识，从而达到消解正统文学制约下民间对官府依附性生存的启蒙效果。”但从严格的时间意义上说，中国学者对folk或folklore的翻译和讨论，不是在“五四”时期，而是在大约10年后的20世纪30年代。所以，与其说“‘五四’学者用‘民间’迻译folk”，不如说是他们为“民”赋予了“民间”的含义或语义。另外，该文将西方folk的边缘性与中国“民间”概念的下层性对举，似乎有些笼统和生硬。在欧洲，尤其是英国和爱尔兰这样的阶级分化明显的国家，同样强调folk的下层性和非官方特点，只不过目的不同。意大利学者科基利亚认为，当启蒙哲学家们所构成的中产阶级试图把自己和他们相信是下等的那些阶级明确区分开来时，他们就发明了“民”(the folk）这个概念。启蒙哲学家相信，他们试图摈弃的一切都被“民”信奉着，因此，启蒙把注意力放在了拥有自己的道德和思想遗产的“民”，即卑微的和下层的阶级身上（参见Giuseppe Cocchiara, *The History of Folklore in Europe*, translated from the Italian by John N. McDaniel, Philadelphia: Institute for the Study of Human Issues, Inc., 1981, pp.89-92）；美国学者丹·本—阿默斯认为，在古代、在中世纪的欧洲和目前的发展中社会，识字都是社会分化的一个因素，它区分了富人与穷人、统治者与被统治者，而且社会等级充当了评价其作品的一个隐喻，识字者与文盲的创造性与他们各自的社会地位变成相似之物（参见Dan Ben-Amos, The Context of Folklore: Implications and Prospects, in *Fronties of Folklore*, edited by William R. Bascom, Westview Press, Inc. 1977, p.38）；爱尔兰学者迪亚蒙德·奥吉里安指出，民俗学最重要的贡献就在于它对社会的文化分化的认识，民俗代表着常常与官方世界观对立的传统的非官方的世界观。这种官方的或霸权的文化是通过社会政体（如司法系统和教育系统）和市民社会（如教会和政治团体）的机构来传播的，而社会政体和市民社会一起构成了国家（参见Diarmuid Ó Giolláin, Folklore, History and the State, in *Scandinavian Yearbook of Folklore*, Vol.46, published by the Royal Gustavus Adolphus Academy, Uppsala, Sweden,1990）。奥吉里安当然主要是针对欧洲的情况来说的。吕微在文中正确地指出，中国现代民俗学者之所以强调“民间”的下层性而不是边缘性，是因为中国“在本土传统中从来就不曾存在过与近代西方市民社会形式类似的民间社会”，中国的现代性方案被认为只能靠下层的“民间”或者通过对“民间”的重新解释和改造来实现。

②例如，何其芳在1950年9月25日为《陕北民歌选》写的《序》中认为:“我们平常所说的民间文学，主要是农民的文学。它或者以口头的方式创作了出来，并以口头的方式流传和保存于农民中间——民歌，民间故事和一部分民间戏剧大概是这样”;“……产生在旧社会的民歌的确主要是农民的诗歌，而且主要是反映他们过去的悲惨生活以及对于那种生活的反抗”。[中国民间文艺研究会上海分会、上海文艺出版社编《中国民间文学论文选（1949—1979）》（中），上海文艺出版社，1980年，第4页，第20页。]

程，实际上是对民间社会予以结构性重组以使之成为真正的现代性力量这个现实改造过程的一个隐喻：

> 民间性之超越狭隘民族性对于现代多元民族、文化国家来说具有相当重要的意义，特别是在用阶级论进一步阐释了民间论之后，民间论由此获得的绝不仅仅是更为严格的理论形态。通过将各民族中的被剥削、被统治、被压迫阶级同质化，现代多元民族国家在象征层面就获得了空前的整合能力，于是“民间”一词也就整合了多元的而非单一的、包容的而非边缘的不同于近代西方 folk 的民族性意涵，作为整合多元民族文化、象征现代国家力量的民间文学由此也就获得了意识形态化的学科话语权力。
>
> “民间”一词因其社会性、现代性以及它的整合民族性取向逐渐成为本土化现代性诸方案中最有力量的话语形式。……“下层—民间”理念是中国现代学者从本土小传统中发掘出来并加以阐释、转换的现代权力话语，从传统文人的“俚俗”，到“五四”学者的“民间”，再到共产主义者的“人民”，正是一个本土的传统话语向着蕴涵民族、民主观念的现代话语的生成过程，在此过程中，“民间”理念曾发挥了重要的传导作用。中国共产主义者在利用民间文学方面曾经相当成功，在用“阶级”“人民”重新定义“民间”之后，民间文学成为中国现代多元民族共同体——中华民族文化同一性的象征符号，就此而言，现代汉语“人民”是一个具有内在深度的政治—文化民族主义概念，其文化的本质属性得到了各民族民间文学传统的有力支援。[①]

其次，与赫尔德和格林兄弟等欧洲浪漫主义者把民的集体性同他们本身的个体性截然对立起来不同，中国学者在对“民”或“民间”的想象中将个人性或

① 吕微：《现代性论争中的民间文学》，《文学评论》2000 年第 2 期。

个人主义（小我）融入“民”的集体性（大我）之中。换言之，在现代中国学者的想象和建构中，“民”或“民间”不仅是现代民族国家的形成基础，也是个人文化认同的源泉。罗素认为，“孤独本能对社会束缚的反抗，不仅是了解一般所谓的浪漫主义运动的哲学、政治和情操的关键，也是了解一直到如今这运动的后裔的哲学、政治和情操的关键”，“浪漫主义运动从本质上讲目的在于把人的人格从社会习俗和社会道德的束缚中解放出来”。[①] 尽管欧洲与中国的民间文学或民俗学话语的发生都受到浪漫主义和民族主义思想的推动和浸透，但其中的内容却不尽相同。正如爱尔兰学者迪亚蒙德·奥吉里安所指出，欧洲启蒙思想强调个体和群体的普遍性和平等性，并以此暗示它们是相同的。但是，民俗学研究的教父赫尔德最早打破了把文化看作一个统一或单一过程的启蒙观念。他反对笛卡尔的理性主义仅仅把普遍的、永恒的和不可改变的东西当作真正的知识这种看法，认为每一个文化都应该用它自己的关系（terms）来加以评价，他相信不同文化和社会的价值具有多元性和不可通约性，同时又担心文化多样性的丧失。同样，欧洲浪漫主义者也追随赫尔德的观点，强调个人和社会的单一性与特殊性。赫尔德所说的“Kultur des Volkes”（民众文化），具有民族文化（the national culture）和大众文化（popular culture）的双重含义。有关 Volksgeist（民众精神）的浪漫主义观念所具有的真实性含义，就和民众文化问题有关。“popular”（大众的）一词最初作为一个法律和政治用语意思是“属于人民的”，从 16 世纪开始才有了“下层”（low）或“底层”（base）的含义，自 18 世纪开始，才有了今天所谓的“广受喜爱的”（widely favoured）和“受人欢迎的”（well-liked）之义。因此，“大众文化”，可以既指人民创造的文化，又指文化工业为“公众”创造或者提供的文化。现代民族国家在发展过程中对民间文化的选择，有不同的目的。像英国、法国或瑞典这样的国家，在以前已有的高级民族文化的基础上发展出现代民族国家；那些被外国统治阶级主宰着又没有一种连续的高级文化的国家，如芬兰或爱沙尼亚，需要从现有的民间传统中创造出一种现代高级文化；那些有自己的统治

①［英］罗素：《西方哲学史》（下），马元德译，商务印书馆，1976 年，第 221—222 页，第 224 页。

阶级和文学传统但缺乏共同的国家的民族共同体，如德国和意大利，民间文化就被用来在政治多样性面前确证一种潜在的统一体。浪漫主义在后两种情况中具有重要的作用。它在修辞上反对现代性，但实际上却有助于将现代性民族化。[①]所以，赫尔德以来的欧洲浪漫的民族主义者，一方面把个人创作与民间创作（集体性）对立起来，另一方面又把民间文学或民俗看作像个人一样，是与普遍趋同的文明形成对照的独特的文化样式，它们相互之间具有不可通约性。这样，欧洲浪漫主义文学就在歌谣、故事、传说等民间文学样式中找到了个性解放和表达个性的资源。在整个 18 世纪，欧洲流行的观念是，人类的天性和各种产物中那些基本的、始终如一的——因而也是正常的——方面，不仅见于“纪年意义上的”原始人，也见于“文化意义上的”原始人，包括那些居住在文明国家但由于等级低下、住在乡下而与虚伪、复杂的文化隔绝的人。被称为“第一个伟大的浪漫主义诗人”的华兹华斯就认为，农民、孩童（实际上就是当时和后来的民俗学中所说的 folk）和白痴的“基本热情”和“未经夸张的表现方法”，不仅是诗歌的题材，也是诗人自身情感“自然流露”的榜样，这些下等人心中的情感和思想不仅是有修养的社会阶层的财产，而且是全人类的财产。赫尔德把天才人物看作一株在不知不觉地生长的植物。在《论认识及人类心灵之情感》（1778）一文中，他认为，“我们存在的最深基础在于个体性，个体的情感，个体的思想……一切动物种类也许都不如一个人有别于其他人那样各自不同”[②]。事实上，生物学在 19 世纪后半叶的发展为自然科学引入人的内在本性提供了中介，生物学的有机论是欧洲浪漫主义者把个人主义和民族主义、民与个体统一起来的一个关键和“秘诀”。正如冰岛学者弗拉基米尔·哈夫斯泰因所指出，欧洲启蒙哲学家在普通民众或大众中找到了他们的象征的他者，在他们看来，这些中产阶级是理性的捍卫者，民则是传统的所在；中产阶级是世界主义者，而民的眼界不可能延伸到村落之外；他们

---

①Diarmuid Ó Giolláin, Universalism, Particularism and the Identity of Folkloristics（2002 年 7 月 16 日在第 6 届国际民俗学暑期培训班上的讲稿），参见户晓辉：《第 6 届国际民俗学暑期培训班侧记》，《民族文学研究》2003 年第 2 期。

②[美]M. H. 艾布拉姆斯：《镜与灯：浪漫主义文论及批评传统》，郦稚牛、张照进、童庆生译，北京大学出版社，1989 年，第 160—165 页，第 320—323 页，第 374 页。

属于城市，民则属于农村。民被描述为未经启蒙而盲目遵循传统的人，通过批评民的习俗和民俗，并把这些传统描述为与启蒙和理性相反的谬误，启蒙作家们就使自己以及自己的读者与民划清了界限。赫尔德并不反对启蒙运动对一般文学与民间文学的划分，并且保留了民即一种混然未分的群众这个启蒙概念，但他把启蒙的价值观颠倒过来。他接受卢梭的影响，认为儿童和民是自然人，是人类最高贵的组成部分，并且把民想象为一个有机体。正是在这样一个概念中，他才能把民族和农村的下层阶级两个不同的语义场结合在一起，并且为民族国家的形成提供中心论据。德国的“民”（Volk）是一个有机体、一个不可分割的整体。它的组成部分，无论是个人还是小联邦，都没有独立的存在。他们和“民”的关系，就像一个细胞和一个有机体的关系一样。自然，这样的民族实体必须有一个灵魂，即“民众精神”（Volksgeist）。德国浪漫主义者认为，他们就是要发现、描述和庆祝这种精神。他们所见之处，例如，洪堡（Wilhelm von Humboldt，1767—1835）在语言中，萨维尼在习惯法中，赫尔德在民歌、土语和习俗中，都能发现这种精神。重要的是，在这些早期浪漫主义者的理论中，“民众精神”的载体也分享了“民”的有机体性质，并且被看作有机体。赫尔德把“自然诗”与“艺术诗”对立起来，因为自然诗是一个有机体的自然产物，用他本人的话来说，就是“野生的花朵”和“甜蜜的果实”。因此，与启蒙的机械论相反，浪漫主义话语中的有机论代表一切被肯定的事物，而机械论则代表一切被他们否定的事物。在浪漫主义对自然的普遍赞美中，有机论的出现是一个重要的因素。在德国浪漫主义者的有机论范式中，“民”是有机特征的终极表征。民众个体在其中并没有被给予任何角色，他们的创作是集体性的，而且是像有机体那样的自动创作（self-propelled creations），相反，个人作者的作品却并非生命固有原理的产物，除非他们分享了“民众精神”，否则，他们的作品就是做作的而非自发的，更像机械体而不是有机体。[①] 在这种观念的影响下，赫尔德和格林兄弟把“民众精神”看作人民在不知不觉中的天才创造的产物，并对之加以纯化和顶礼膜拜。在这个意义

① Valdimar Tr. Hafstein, Biological Metaphors in Folklore Theory: An Essay in the History of Ideas, in *Nordic Yearbook of Folklore,* Vol.57, 2001.

上，民众的群体创造力也获得了个体创造的天才性质。所以，他们表面上把个人的创作（艺术诗）与人民或民众的集体创造（自然诗）对立起来，但实际上，在天才创造的意义上又将二者统一起来。在赫尔德看来，民间文学使个体作者的个性与他的读者或民族环境的集体个性达到最高程度的和谐。根据英国哲学家以赛亚·柏林对赫尔德的研究①，在赫尔德看来，人类群体，无论大小，都是气候、地理、肉体的和生物的需要的产物，他们被共同的传统和记忆联系在一起，这其中的主要媒介就是语言。人类的每一个活动、情境、历史时期或文明，都具有自身独具的特点，所以他反对统一性，个性和多样性就是一切，他把“人民”等同于未受城市的生活和富裕腐蚀的穷人、农民、普通民众和下层民众，并且认为政治改革总是来自下层。归属的观念是赫尔德所有思想的核心。在他看来，成为一个群体的成员，就是以特定的方式并且根据特殊的目标、价值思考和行动，而这样思考和行动就属于这个群体。每个群体都有权拥有自己的快乐方式。一切群体最终是个人的集合，个人不可避免地成为某些群体的成员，因此他或她所做的一切，无论是否有意，都表达了他或她的群体的愿望和“集体个性”。艺术家是其时代、地点和社会的精神和神圣的容器。艺术家个人像植物那样生长在集体之中。但是，每个集体的个性都是独一无二的，都有自己的目标和标准，赫尔德反对启蒙时代把每个文明看作更高文明的阶石的教条。他认为，没有一个人、一个国家、一个民族和另一个人、国家和民族是相似的，我们不能用一个文化的标准来衡量另一个文化，不同的文明有不同的成长历程，体现了不同的生活方式，受不同的生活态度支配。这种思想对德国浪漫主义和法国的社会主义以及后来的民

①这里需要指出，以赛亚·柏林对赫尔德的理解是片面的。更加全面的理解，参见户晓辉：《赫尔德与“(人)民”概念的再认识》，载朝戈金主编《中国民俗学》第一辑，广西师范大学出版社，2012年，第254—302页。

族主义和个人主义都产生了深远的影响。[①]

正如吕微所指出，浪漫主义的现代性原则本身往往是相互矛盾的，民间文学首先以其抒情想象的叙事方式成为主观个性反抗普遍理性的有效武器，浪漫主义将个人自由落实为审美性的幻想、信仰和情感。欧洲浪漫主义者通过为民族赋予个性化的特征而整合了个人主义和民族主义之间的差异和对立；而"五四"时期的中国学者则倾向于将超验的神秘化本体（民众精神）作经验的现实的理解，否弃了欧洲浪漫主义者关于贵族式、天才式个人的思想。他们认为，唯一的、不可替代的感性存在是个人主义的基础，神圣的集体叙事本身已经洞悉和传达了世俗的个体叙事中最有价值的内容，个体无须建构自己的话语空间，而"五四"的这一模式与本土传统的非主体、无主名的个体对外在本体的依附性结构具有同构复制关系。因此，就现代性的追求主要体现为对何谓主体性问题的不断深化的阐释而言，中西方呈现出不同的向度：在西方，从启蒙的现代性到浪漫的现代性，再到所谓后现代性，始终没有放弃对个体主体性地位的追求；而在中国，至少在

① Isaiah Berlin, *Vico and Herder: Two Studies in the History of Ideas*, The Viking Press, 1976, pp.145-216；加拿大哲学家查尔斯·泰勒也指出，赫尔德的表现主义和把本性看作根源的观念，显然助长了极端的个体性。这直接导致了18世纪对艺术和美学的新的理解，即从模仿的模式转向创造性的模式（参见 Charles Taylor, *The Ethics of Authenticity*, Harvard University Press, 1991, p.64）；泰勒还认为，"这曾经是一个有巨大影响的思想。表现性个体遂成为现代文化的一个基石。它对我们是如此重要，以至我们发现难以接受它是人类历史中非常新近的、在早期难以理解的观念。此外，这种作为天命的独创性的观点并不仅仅在个体之间成立。赫德尔（即赫尔德——引注）也曾利用它阐述民族文化的概念。不同的民族（Volker，应该为 Völker——引注）有他们自己做人的方式，因而不应当背弃这种方式而模仿别人。（尤其是，德国人不应当模仿法国人。但是赫德尔也是一个早期热烈的反殖民主义者。）这是现代民族主义的初始观点之一"（《自我的根源：现代认同的形成》，韩震等译，译林出版社，2001年，第581页）。以赛亚·柏林也指出，在赫尔德及其追随者看来，如果一首民歌向你诉说着什么，那是因为创作它的人民是和你一样的德国人，他们向你诉说，而你和他们属于同一个社会。而且，由于他们是德国人，他们所使用的特殊的微言大义和发声次序，表达着别人难以领会的东西。因此，葡萄牙人无法像德国人那样理解一首德国歌谣的内在特性，一个德国人也不能领会一首葡萄牙歌谣的内在特性。因此，赫尔德是所有周游世界并寻求一切古怪、独特、本土或者未曾被人触摸之物的旅行家和爱好者的始祖。赫尔德表达的这种浪漫主义思想对西方人的价值观产生了深刻影响（参见 Isaiah Berlin, *The Roots of Romanticism*, Princeton University Press, 1999, pp.59-60, p.65）；英国学者申克认为，浪漫主义强调特殊性或特异性的观念与强调平等和可互换性的个人主义是根本不同的，浪漫主义的观念不仅可以用于个人，也可以用于集体，如省份和民族（参见 H. G. Schenk, *The Mind of the European Romantics*, Oxford University Press, 1979, p.15）。

20 世纪 80 年代以前，对现代性的追求主要体现为对群体主体性的确认，即发现真正的、纯粹的民众群体的过程。换言之，在现代中国，启蒙主义在政治上表现为政治人民主权的不间断的建构；与此相应，在知识和象征的层面则体现为对纯粹的民间文本和民众话语的刻意发掘。他认为，19 世纪欧洲浪漫主义者从抽象的集体走向具体的个人，而“五四”学者则从具体的个人走向抽象的集体。① 这些看法基本概括出中西方民间文学话语的现代性特征的总体走向。

不过，根据本迪克斯的研究，民间文学虽然为西方人提供了一个外在于上帝的本真性源头，但自浪漫主义时代以来，那种匿名的“民”的本真性与个人的、有作者的本真性是不同的，格林兄弟主张前者，而他们的朋友和同事卡尔·拉赫曼（Carl Lachmann，1793—1851）却主张后者。把本真性定位于个人天才还是定位于一个理想化的过去的匿名群体的民之中，资产阶级感到左右为难，因为他们既不想与高级文化的、封建的和个人的作者的遗产认同，也不想与更民主也更低下的民众遗产认同。格林兄弟从来没有寻求一种个人的、作者的本真性，他们致力于发现和理解一种匿名的或集体的本真性。但拉赫曼在印刷技术的影响下提出了个体真实性的观念，印刷的书籍不仅有利于个人思想的广泛传播，而且有助于显示个人的独创性。在一个新兴阶级不断涌现的工业化社会中，博雅好学的资产阶级逐渐把本真的“民”移入一个更加高贵的过去。②

如上所述，18 世纪的德国还不是一个民族国家，当时上层阶级的文学态度被法国宫廷支配着，与此同时，启蒙思想家们认为，只有希腊、罗马和法国的文化才具有历史重要性，因此，民族文化的根源只能导源于其中一个“高级”文明

---

①吕微：《民俗学：一门伟大的学科——从学术反思到实践科学的历史与逻辑研究》，中国社会科学出版社，2015 年，第 68—79 页；《论学科范畴与现代性价值观——从〈白话文学史〉到〈中国民间文学史〉》，《文学评论》2001 年第 4 期。

②Regina Bendix, *In Search of Authenticity: The Formation of Folklore Studies*, The University of Wisconsin Press, 1997, p.47, pp.54-55, pp.66-67；这里所说的“本真性”（authenticity）与我们所说的“真实性”不同。正如加拿大哲学家查尔斯·泰勒所指出，本真性的伦理产生于 18 世纪末，它以个人主义的一些早期形式为基础，赫尔德就是它的早期表述者。本真性是现代个人主义的一面，是不仅强调个人自由也提出社会模式的一切形式的个人主义的一个特点。它本身是一个自由的理想（参见 Charles Taylor, *The Ethics of Authenticity*, Harvard University Press, 1991, p.25, p.29, p.67）。

之中，或者来自沉湎于这些文学传统的知识分子。如果像赫尔德那样认为民族文化的建立要以那些处于高级文化之外的农民的成就为基础，那就会显得十分荒谬。以任何一种方式承认社会下层的文化成就，都是与启蒙思想家的主要预设相左的，因为启蒙者的文化进步观念旨在从农民的心目中清除神话和迷信，社会下层只有从过去的遗产中解放出来，才能达到受过教育的人和理性人的水准，在他们根除了野蛮的传统之前，启蒙就会把他们看作黑暗之子。[①] 赫尔德对民歌或民间文学的研究恰好与启蒙的观点相反，他的主导观念是为创造德国特有的文学传统寻求一个源泉，而这个源泉就被他确立在普通民众的民间传统之中。这一观念对后来两个世纪的社会、政治和民俗学思想有巨大影响。在赫尔德看来，德国正式的文学必须以民众的创造性成就为基础。他认为，在古希腊，“民”（Volk）这个名字是受人尊敬的，它包括除了僧侣之外的所有市民，在那里，所有市民都是平等的，而现在它却成了贱民和愚民的同义词。赫尔德认为，“民”的重要标准不是血缘而是语言，它被设想为一个民族的而非种族的共同体。德国自古以来就缺乏像树干上长出枝叶那样生长出新诗的活生生的诗歌，而其他民族数世纪以来一直以民的信仰和趣味为特有的基础创造了他们民族的作品，他们运用和珍视民的声音，因此，“如果我们没有民，我们就没有公众，没有民族，没有在我们中间存活和发挥作用的我们自己的文学，这仍然将是永远正确的”[②]。这实际上意味着，文学传统从文化的最低层次向最高层次生长，一个民族主要的文学价值是由最下层的文化决定的，这直接颠覆了文化由精英发展然后向其余人群传播的现成

① 霍克海默和阿尔多诺指出，启蒙通过分化自己的权力而许诺的逃离神话、迈向自主，实际上是一个虚假而难以维系的希望，启蒙过程中起用 myth（神话）这个术语以及神话在启蒙过程中的作用，包含着对进步的历史观的直接挑战。启蒙包含的神话不仅仅是一个遗迹或一个痕迹（trace），而是继续占据启蒙理性的先前认知方式的一个实例。“神话”代表通过技巧、模仿和类比而非通过“概念”来运作的世界秩序。被启蒙过程贬为“神话思维”的一切，即理性试图超越的一切——从迷信、疯癫到宗教、天才和艺术都被压抑了，但神话从未完全被启蒙过程抹去，而是被保存和封存起来。作为权力的霸权形式之后的驱动力量，神话也是启蒙本身的“后果”之一（参见[联邦德国]马克斯·霍克海默、特奥多·威·阿尔多诺：《启蒙辩证法》，洪佩郁、蔺月峰译，重庆出版社，1990 年，第 1 章“启蒙的概念”；Anthony J. Cascarci, *Consequences of Enlightenment*, Cambridge University Press, 1999, pp.30-33）。

② 引自 Gene Bluestein, *The Voice of the Folk: Folklore and American Literary Theory*, University of Massachusetts Press, 1972, p.6。

观念。显然，赫尔德并不把社会看作一个不可分化的整体，他认为民歌是与主导文化同时存在而非属于遥远的过去的一个亚文化的产物，他强调民间传统在当代社会的延续，并且认为民族文学只有在此基础上才能实现。换言之，在他看来，民歌不是古老的和过时的价值和表现系统的遗存，它直接表达当代环境中的人们的需求。赫尔德将“原始心理”与民间艺术置于和“复杂社会”的成就平等的地位上，甚至认为文化之间没有通约性，任何文化都不能用另一种文化来加以评判。这一思想开启了欧洲人对个性来源以及个人与民的关系的思考。美国的个人主义和无政府主义思想就与赫尔德的上述观点有特殊的关联。①

在历史现实的层面上，19 世纪德国的农民和工人还无法构成一支团结的革命力量，所以，浪漫主义者才不得不用艺术形式来澄清个人自由的社会局限，此时的民间故事被革命化，社会变革首先诉诸文学革命，而文学革命又首先诉诸民族方言，此时的民间文学同样充当了一种重要的道德和精神资源。在中国现代民间文学运动的浪漫主义基调中，傅斯年的“每一种文学都经过一种生、老、病、死的状态”② 的观点以及胡适的活的白话文传统和死的文言文传统等观点，都有受欧洲浪漫主义影响的痕迹。除了愈之在《论民间文学》一文中涉及民间文学与个人的关系之外③，似乎只有周作人还对文学或民间文学的个人性有所强调。1920 年 1 月 6 日，他在北平少年学会的演讲中指出，新文学是人生的文学，即：一、这文

---

①参见 Gene Bluestein, *The Voice of the Folk: Folklore and American Literary Theory*, University of Massachusetts Press, 1972, pp.1-15；加拿大哲学家查尔斯·泰勒也指出，个人主义观念是 17 世纪在受过教育的欧洲人的思想和感受中发展起来的，这种观念有助于挑战旧的等级制的新的政治形式和新的经济生活方式的成长（参见 Charles Taylor, *The Ethics of Authenticity,* Harvard University Press, 1991, p.58）。

②胡适：《傅孟真先生的思想》，《胡适作品集》第 25 卷，远流出版事业股份有限公司，1986 年，第 57 页。

③愈之认为，普通文学是个人创作出来的，民间文学是民族全体创作出来的，民间的故事、歌曲虽然形式很简陋，思想很单纯，但一样能够表现自然、抒写感情，而且许多歌谣的音律，绝非文学作家所能推敲出来，“再从心理上看来，民间文学是表现民族思想感情的东西，而且又是表现‘人的’思想、‘人的’情感的最好的东西。因为个人的文学作品，往往加入技巧的制作，和文字形式的拘束，所以不能把人的思想感情很确切很真率地表现出来。只有民间文学乃是思想感情的自然流露。而且流露出来的是民族共通的思想感情，不是个人的思想感情”（《论民间文学》，《妇女杂志》第 7 卷第 1 号，上海商务印书馆，1921 年 1 月）。这种观点显然受到欧洲浪漫主义的影响，表现出否认民间群体中的个人的浪漫主义认知倾向。

学是人生的，不是兽性的，也不是神性的；二、这文学是人类的，也是个人的，却不是种族的、国家的、乡土的和家族的。[1]他认为，古代的人类的文学，变为阶级的文学，又回到平民的全体的上面来，后来归结到个人的文学，也就是现代的人类的文学。

> 浅一点说，我是人类之一；我要幸福，须是先使人类幸福了，才有我的分；若更进一层，那就是说我即是人类。所以这个人与人类的两重的特色，不特不相冲突，而且反是相成的。古代的个人消纳在族类的里面，个人的简单的欲求都是同类所共具的，所以便将族类代表了个人。现在的个人虽然原也是族类的一个，但他的进步的欲求，常常超越族类之先，所以便由他代表了族类了。譬如怕死这一种心理，本是人类共通的本性：写这种心情的歌诗，无论出于群众，出于个人，都可互相了解，互相代表，可以称为人类的文学了。但如爱自由，求幸福，这虽然也是人类所共具的，但因为没有十分迫切，在群众每每忍耐过去了；先觉的人却叫了出来，在他自己虽然是发表个人的感情，个人的欲求，但他实在也替代了他以外的人类发表了他们自己暂时还未觉到，或没有才力能够明白说出的感情与欲求了。[2]

在这种理念的支配下，周作人对包括儿童文学、妇女文学在内的民间文学的“发现”和研究，就包含了个人独立和个性解放的意图或内容，不仅如此，他还受日本“新村主义”的影响，主张改造社会须从个人和自我的改造做起。他的这种观点遭到胡适的严厉批评。胡适认为，周作人的“改造社会，还要从改造个人做起”这种观点的“根本错误在于把‘改造个人’与‘改造社会’分作两截；在

---

①周作人:《新文学的要求》,《晨报》副刊，1920年1月8日；参见吴平、邱明一编《周作人民俗学论集》，上海文艺出版社，1999年，第283页。
②周作人:《新文学的要求》,《晨报》副刊，1920年1月8日；参见吴平、邱明一编《周作人民俗学论集》，上海文艺出版社，1999年，第285页。

于把个人看作一个可以提到社会外去改造的东西。要知道个人是社会上种种势力的结果”①，“我们的根本观点是：个人是社会上无数势力造成的。改造社会须从改造这些造成社会，造成个人的种种势力做起。改造社会即是改造个人”②。姑且不论胡适批评的对错，但至少表明他对个人主义是排斥的。在另一个层面上，我们也可以看到，胡适的观点不仅代表他本人，而且在象征层面上表达了主流意识形态的声音。这也不仅因为他本人的声望和主帅的地位，更是因为他说出了中国现代个人认同的一种主导性认识倾向。③在中国现代民间文学话语对“民”或“民间”的认识和界定中，并没有欧洲浪漫主义者对个体创造性特征的想象，而只有淹没了个人的集体性。

“五四”民间文学学者将群体性或集体性作为人的主体性存在的必要而充分的条件，既有中国传统重群体、轻个人的思想基础④，更是现代学者实现民族国家

① 胡适:《非个人主义的新生活》,《胡适全集》第 1 卷，安徽教育出版社，2003 年，第 713 页。
② 胡适:《非个人主义的新生活》,《胡适全集》第 1 卷，安徽教育出版社，2003 年，第 714 页。
③ 其实，胡适在《易卜生主义》一文中明确提出包括个性解放、个人独立、个性自由在内的“最健全的个人主义”，在当时引起强烈反响。胡适本人对个人主义的“矛盾”看法，颇具代表性，参见《胡适全集》第 1 卷，安徽教育出版社，2003 年，第 599—617 页。关于中国现代个人认同这个复杂问题的讨论，参见汪晖:《个人观念的起源与中国的现代认同》(《汪晖自选集》，广西师范大学出版社，1997 年，第 36—207 页)。
④ 例如，儒家道德思想的核心是以仁为枢纽的德性伦理，而后者有一个根深蒂固的社群取向，其终极标准是超乎个人的社会全体，中国近代知识分子就常常以这种社群取向为出发点来认识民主，他们把个人自由与人格独立、自尊、自任、自立这些观念混为一谈，并按照儒家双重自我（大我与小我）的观念，在落实精神自由时，让群体（大我）居第一位，个人（小我）居第二位（参见《张灏自选集》，上海教育出版社，2002 年，第 286 页，第 303 页)；钱满素指出，个人主义是直到近代才从西方文化中演进出来的一种现代观念；中国文化中并没有个人主义的成分，中国人有意无意地把个人主义等同于从人类可记忆的时代起就存在的“自我中心”或“自私自利”(参见她的《爱默生和中国：对个人主义的反思》，生活·读书·新知三联书店，1996 年，第 196—197 页，第 212 页)。杜维明认为，在基督教传统中，无论家庭、社会或国家，在上帝面前，其合法性和终极性都被减杀或否定了，所以，个人可以抛弃家庭、社会，直接和上帝沟通。在中国的社会中只有内在的超越对家庭和社会以及天人关系的理解都是给定的，是不可改变的建构（参见他的《现代精神与儒家传统》，联经出版事业公司，1996 年，第 83 页)。

的现代性方案所导致的结果。[①] 从“五四”时期胡适提出的“国语的文学和文学的国语”，到20世纪50年代以“劳动人民”为主体的阶级论民间文学，以致后来整合多民族的民间文学，“民”或“民间”的概念界定及其变化，一直处于民族国家的建构这一现代性语境之中，并且随这个语境的变化而变化。[②]

正如张灏所指出，“就思想而言，五四实在是一个矛盾的时代：表面上它是一个强调理想，推崇理性的时代，而实际上它却是一个热血沸腾，情绪激荡的时代；表面上五四是以西方启蒙运动重知主义为楷模，而骨子里它却带有强烈的浪漫主义色彩”。他同时认为，在中国近代思想史上，这种浪漫主义的情怀并不始于“五四”时代，而是始自近代转型时代（1895—1920）的初期。[③] 就中国现代民间文学或民俗学话语来说，我们可以补充说，启蒙式的浪漫主义情怀也并不以“五四”时代为终点，而是贯穿在中国现代民间文学或民俗学话语发展的始终。究其重要的原因之一，就在于中国现代民间文学或民俗学话语一直是现代性的宏大叙事的一部分，或者说，现代性对民间文学和民俗学的想象和利用为浪漫主义情怀提供了取之不尽又用之不竭的动力和源泉。如果说所有的民俗都是被造出来的而不是被发现的这种说法在民俗学作为一种文化生产方式（把特定的对象和行为确认和理解为民俗）的意义上是正确的，那么，我们也可以说，“真正的”民

①林毓生就指出，对于“五四”时期的自由知识分子而言，获得独立之自由的主要意义在于从传统中国的社会与文化束缚中求得解放，当时，抗议社会压抑个人的西方文学作品极受欢迎，却很少有人研究天赋人权观念的起源和发展。从思想史来看，个人主义的诸价值之所以未深植于五四知识分子的意识中，这是因为他们在根本上将个人主义诸价值与民族主义和反传统思想纠缠在一起了（参见他的《五四时代的激烈反传统思想与中国自由主义的前途》，见周阳山编《五四与中国》，时报文化出版企业有限公司，1979年，第326—328页）；周策纵也认为，“‘五四’时期虽然比任何时候都更重视个人价值和独立判断的意义，但又强调了个人对于社会和国家所负的责任。这种情况不同于现代西方社会中个人主义的诞生，因为面对着帝国主义的侵略，当时中国的问题还是民族国家的独立。因此中国对个人从传统中特别是封建大家族制度下解放出来的需求很快就被要有一个组织良好的社会与国家从而建立一个强大政府的要求给抵消了”（参见他的《五四运动史》，岳麓书社，1999年，第501—502页）。

②本书暂不涉及中国当代民间文学话语中的“民”“民间”或“人民”概念的现代性问题。关于“人民”这个概念如何以其抽象性和集体性遮蔽个人的具体性及其权利和利益的讨论，可参见钱满素：《爱默生和中国：对个人主义的反思》，生活·读书·新知三联书店，1996年，第232—234页。

③《张灏自选集》，上海教育出版社，2002年，第232页、254页。

从来就不是“民俗”所指的民。[①] 如果从认知角度来说，至少在某种程度上，“民”是与最新的科学真理相反的观点是一种神话式的建构（mythical construction）[②]，那么，本书对中外现代民间文学或民俗学话语中的“民”或“民间”概念的初步梳理已经可以进一步揭示现代民间文学或民俗学话语中的“民”作为想象的共同体以及俗作为“被发明的传统”（invented traditions）的性质。[③] 尽管如此，在所谓全球化时代，“民”或“民间”的概念是否会重新沦为地方文化的修辞策略和符号化手段从而继续“生活在别处”，民间文学研究是否仍然是把浪漫主义或民族主义高度私人化和经验性的话语变成外在的可操作性的话语的手段，仍然是我们必须时刻警惕的种种危险。

---

① Barbara Kirshenblatt-Gimblett, Foklore's Crisis, in *Journal of American Folklore*, Vol.111, No.441, 1998, p.305.

② Gregory Schrempp, Folklore and Science: Inflections of ‘Folk’ in Cognitive Research, in *Journal of Folklore Research*, Vol.33, No.3, 1996, p.199.

③ 文化批评家阿尔琼·阿帕杜莱（Arjun Appadurai）认为，我们所收集的“俗”以及产生和享受这些俗的“民”是远比这些术语允许我们想象的更为复杂的现实，“民”这个术语隐含的人为的同质性掩盖了阶级的、性别的、地区的、技术的、趣味的和性情的等诸多社会多样性（参见 Roger D. Abrahams, Phantoms of Romantic Nationalism in Folkloristics, in *Journal of American Folklore*, Vol.106, No.419, 1993）。

第六章

民间文学的方法论：与精神分析的比较

在一定意义上来看，现代民间文学或民俗学研究的对象是由其方法论建构出来的。通俗一些说，有了什么样的方法论，才能“看见”甚至“构造”出什么样的对象。我们可以通过精神分析与民间文学或民俗学在方法论层面上的比较来进一步阐明这种观点，并且对以往所认为的有了什么样的对象才能有什么样的方法论或者对象决定方法论的看法质疑。

现代民间文学或民俗学话语与弗洛伊德的精神分析学说大致在同一个时期产生于欧洲，而这个时期也是欧洲的现代性形成的时期。但是，弗洛伊德的精神分析话语与现代民间文学或民俗学话语不仅都与现代性有深刻的关联，而且它们相互之间还有一些“天然的”姻亲关系。这种关系使我们有理由把二者联系起来，进行比较，以发现它们的方法论是如何构造出各自的对象。

首先，我选择弗洛伊德作为精神分析的“代表”是因为我赞成邓迪斯的看法，即所有对弗洛伊德理论的“修正”虽然很时髦，但这些所谓的“修正”很难认识或拯救弗洛伊德独创的许多东西。[①] 事实上，除了在下文中将要讨论的弗洛伊德所遭遇的“翻译的政治”之外，我也一直认为，弗洛伊德的许多“弟子”对他的“修正”，在总体上是对弗洛伊德思想中的原创成分、复杂性和深度的消解，而多数对弗氏学说的通俗化和大众化，更是等而下之的阉割和曲解。面对众多对弗洛伊德的肤浅化的批评和歪曲的理解，我想重复的是利科在《弗洛伊德与哲学》一书中所表明的一种态度：“我必须承认，这种果断性和严密性使我喜欢弗洛

---

① Alan Dundes, *Parsing through Customs: Essays by a Freudian Folklorist*, The University of Wisconsin Press, 1987, Preface, p. xii.

伊德胜过荣格。在弗洛伊德那里，我还知道我在哪里和我将走向哪里，可是在荣格那里，一切都有被混淆的危险：心灵论，灵魂，原型，神圣之物。”①不过，本书之所以主要在弗洛伊德的意义上使用和理解精神分析学，也就是西方所谓“古典的精神分析”（classical psychoanalysis），并不仅仅出于对弗洛伊德的态度和“偏好”，而是因为在很大程度上，只有弗洛伊德这个人本身以及他创造和阐述的精神分析学，才与现代民间文学或民俗学话语甚至更广泛的现代性具有复杂而深刻的纠缠关系。或许正是在这个层面上，我们才能看出精神分析与民间文学研究在方法论上的“同构”关系。

一、弗洛伊德为什么要迷恋于民间文学和民俗

1856年5月6日，精神分析的创始人弗洛伊德在摩拉维亚（现属捷克）出生。此时距汤姆斯提出Folk-Lore这个术语刚好十年。从时间上说，弗洛伊德创立的精神分析学与现代民间文学和民俗学都是启蒙运动的产物。在很大程度上，它们又都是启蒙思想的“怪胎”，因为它们都不约而同地关注着被启蒙思想排斥的非理性和非科学的现象，而且从来没有一种理性的医学或心理学能够像精神分析学那样让民间文学或民俗学的材料成为一个不可或缺的组成部分。当弗洛伊德在19世纪90年代开始追寻神经病的起源时，他就对索福克勒斯的《俄狄浦斯王》非常感兴趣，而且在1896年写的一篇文章中宣布，所有的神经病都来源于

①[法]保罗·利科：《艺术与弗洛伊德的系统论》，户晓辉译，叶舒宪主编《文学与治疗》，社会科学文献出版社，1999年，第92页。弗洛伊德本人在1914年写的《精神分析运动史》中不无固执地说：“对于我打算在这里对精神分析运动史所做的具有主观特点的阐述，谁都无须惊奇；同样，对于我在运动史上所起的作用，也无须惊奇。因为精神分析乃是我的创造。十年来我是唯一独自关心它的人。我的同时代人对于这种新现象所提出的一切不满，统统以批评的形式倾注在我的头上。尽管长期以来我是唯一的精神分析学家，我却以为即使在今天，还没有人能比我再清楚地知道精神分析究竟是什么，它如何不同于研究心灵生活的其他方法，被称做精神分析的确切含意是什么，用什么名称才能更好地描述它”（车文博主编《弗洛伊德文集》第三卷，长春出版社，1998年，第48页）；“我已经得出结论，我必定是精神分析最具有独到特点的真正创立者”（车文博主编《弗洛伊德文集》第三卷，长春出版社，1998年，第49页）。英国学者斯蒂芬·弗洛施也认为，对绝大多数人来说，精神分析学始于弗洛伊德，也终于弗洛伊德（参见Stephen Frosh, *For and Against Psychoanalysis*, Routledge, 1997, Preface, p. ix）。

病人的性生活。当弗洛伊德在维也纳医学学会上公布这一理论时，当即被斥为一种“科学的童话”(scientific fairy-tale)。1897 年 9 月，弗洛伊德本人也接受了这种观点。[①] 在科学主义和理性主义的观点看来，“童话”是荒诞不经的东西，把弗洛伊德的神经病理论说成“科学的童话”，至少是对它采取了不信任和不能当真的态度。但在今天的我们看来，这一“戏言”却隐含着另一层含义，即弗洛伊德的精神分析从一开始就表现出与“童话”或民间文学的亲和力，从这个层面上望去，弗洛伊德终其一生都游移在科学主义阵营和民间文学或童话的阵营之间。换言之，弗洛伊德的精神分析在被科学主义阵营拒绝或半推半就的意义上，与民间文学或民俗处于大致相同的位置。从它们共同具有的向后看的姿态上说，精神分析和现代民间文学或民俗学话语又都与浪漫主义精神有或隐或显的联系。[②] 弗洛伊德的精神分析关注个人的过去，后来也推展到现代民间文学或民俗学所关注的那种群体的过去。在个人趣味方面，弗洛伊德堪称一位标准的古物学家。他反对自行车、无线电收音机和电话这些新发明，他从来不用打字机，除了一种宽头钢笔之外，不用其他类型的钢笔。他对过去文化的迷恋，可以通过他持续几十年收集艺术品的行为而极其生动地显现出来。他摆放收集物的指导原则是全凭个人的趣味，而不是对它们的系统关注，这些艺术品的共同点就在于年代久远。当然，弗洛伊德的这种收集活动，在当时维也纳的医生中间并非异乎寻常，因为当时这种风尚甚至在缺乏教育的中产阶级中也屡见不鲜，弗洛伊德的收集活动的引人注目之处在于其规模之大和质量之高。1931 年 2 月 7 日，在给斯蒂芬·茨威格的信中，弗洛伊德说：“尽管我生活节俭（这一点众所周知），我还是为搜集古代希

---

①Ritchie Robertson, Primitivism and Psychology: Nietzsche, Freud, Thomas Mann, in *Modernism and the European Unconscious*, edited by Peter Collier and Judy Davies, Polity Press, 1990, p.83.

②实际上，已经有一些学者研究并指出弗洛伊德与浪漫主义的关系。例如，利科认为，弗洛伊德把爱欲和死亡对立起来，由此获得德国浪漫主义传统所保存的神话基础，通过这个传统，他能够返回到柏拉图和恩培多克勒（参见 Paul Ricoeur, *Freud and Philosophy: An Essays on Interpretation*, translated by Denis Savage, Yale University Press, 1970, p.536）；英国学者申克指出，浪漫主义者的非理性倾向也使他们把无意识的心理领域神圣化并对之做出探讨。叔本华就预示了弗洛伊德的“id”理论，而哈曼（Hamann）和赫尔德等前浪漫主义思想家对梦的重视，也在某种程度上预示了弗洛伊德对梦的解释（参见 H. G. Schenk, *The Mind of the European Romantics*, Oxford University Press, 1979, pp.6-8）。

腊、罗马和埃及文物作出了巨大牺牲，我读的考古学方面的书实际上比心理学方面的书还要多，直到大战爆发，我都感到，我必须每年去罗马一次，在那儿待几天或几星期。甚至在战后，我还有过一次这样的想法。”① 除了收藏之外，弗洛伊德对艺术的主要兴趣在于它们的主题与梦、无意识、性和神经症的联系。② 正如法国学者克莱芒所指出，马克思所说的那种旧时代的亡灵，经过种种事变依然保存的文化，构成弗洛伊德很感兴趣的第二个舞台。③ 对弗洛伊德来说，“同时并存的有两种历史：一种是反映在有意识地经历过的生平事实中的历史，这是一种想象得出的、有浪漫色彩的历史；另一种是被置换了的东西的历史，它侵入现时生活舞台，就像过去了的历史事件的回声仍响在现代史舞台上一样”④。因此，在某种程度上说，正因为民间文学或民俗像古代艺术品一样，是过去历史的隐秘的体现物，所以，弗洛伊德在精神分析的发端期就对它们表现出古物学家和早期民俗学家那样的兴趣。当然，古代的文学和艺术以及民间文学或民俗不仅在功能上与弗洛伊德研究的无意识和梦相似，而且在他看来，它们的结构和“语法”也不无类似。民间文学或民俗作为过去时间的遗留物，注定要对以发掘人类个体心灵中被压抑和埋藏的历史经验或记忆为己任的精神分析具有首要的吸引力。

早在 1900 年出版的《释梦》中，弗洛伊德就开始把民间文学或民俗资料引入对梦的分析之中。他指出：“这种象征作用（Symbolik）并非梦所独有，而是无意识的表象活动，尤其是民众的无意识表象活动所具有的，而且在民俗中，在神话、传说、俗语中，在一个民族的至理名言和流传的笑话中，会发现这种象征手法比在梦中更加完备。”⑤ 例如，他认为，在神话和民间传说中作为生殖器象征的

---

①［美］杰克·斯佩克特：《艺术与精神分析》，高建平等译，文化艺术出版社，1990 年，第 19 页。

②参见［美］杰克·斯佩克特：《艺术与精神分析》，高建平等译，文化艺术出版社，1990 年，第 40—42 页。

③参见［法］C. 克莱芒、P. 布律诺、L. 塞弗：《马克思主义对心理分析学说的批评》，金初高译，商务印书馆，1985 年，第 67 页。

④［法］C. 克莱芒、P. 布律诺、L. 塞弗：《马克思主义对心理分析学说的批评》，金初高译，商务印书馆，1985 年，第 3 页。

⑤ Sigmund Freud, *Die Traumdeutung*, Studienausgabe Band II, Fischer Taschenbuch Verlag, 1982, S.346.

许多动物，如鱼、蜗牛、猫、耗子、蛇，在梦中起着同样的作用。[1]1901 年，在概括《释梦》核心思想的《论梦》一文中，弗洛伊德再次指出“我们就这个对象能够说出的最重要的一个洞见”，即：

> 梦象征作用远远超出了梦的范围；它不是梦所特有的，而是以同样的方式主宰着童话、神话和传说，笑话和民间传说中的描述。它允许我们能够追溯梦与这些作品之间的密切联系；但我们必须说，它不是由梦工作产生的，毋宁说它很可能是我们的潜意识思维的一种特性，正是这种潜意识思维为梦工作提供了凝缩作用、移置作用和戏剧化的材料。[2]

1908 年，弗洛伊德在《诗人与幻想活动》(*Der Dichter und das Phantasieren*)的演讲中认为，一篇创造性作品像一场白日梦一样，是诗人童年时代曾经做过的游戏的继续和代替物。

> 我们没有错过对那类文学作品的动用，我们在这类作品中瞥见的不是自由的创造，而是对现成的和熟悉的素材的加工。即使在这里，诗人也还保持着一点独立性，这种独立性可以表现在素材的选择上以及对素材的常常接连不断的改变之中。不过，就这些素材是给定的而言，它们取自神话、传说和童话的民间宝库。对这种民族心理学教养的研究现在还远未结束，但是，例如，对神话而言完全有可能的是，它们相当于整个民族愿望幻想的被扭曲的残留物，相当于年轻的人类的**世俗之梦**。[3]

---

① Sigmund Freud, *Die Traumdeutung*, Studienausgabe Band II, Fischer Taschenbuch Verlag, 1982, S.351.

② Sigmund Freud, Über den Traum, in Anna Freud und Ilse Grubrich-Simitis (Hrg.), *Sigmund Freud Werkausgabe in Zwei Bänden. Band 1: Elemente der Pschoanalyse,* S. Fischer Verlag, 1978, S.114.

③ Sigmund Freud, *Bildende Kunst und Literatur*, Studienausgabe Band X, Fischer Taschenbuch Verlag, 1969, S.178，重点原有。

弗洛伊德于1915—1917年两个冬季在维也纳大学的讲稿《精神分析引论讲演录》（*Vorlesungen zur Einführung in die Psychoanalyse*）中谈到梦的象征手法时提出：

> 梦者本人就此没有向我们提供或者仅仅向我们提供了不充分的答复，那么，我们究竟应该从哪里认识这种梦象征作用的意义呢？
>
> 我答复说：从全然不同的来源、从童话和神话、笑话和玩笑，从民俗、也就是各民族的习俗、习惯、格言和歌曲，从诗性的和惯用的俗语来认识。在此到处都发现同样的象征作用，而且在有些地方无须进一步引导，我们就理解了它们。如果我们逐一追查这些来源，便可发现与梦象征作用有许多相似之处，以至于我们必定将觉得我们的解释是可靠的。①

1925年，弗洛伊德在《自传》中回顾说，从精神分析在德国出现到露面于法国这段时间里，它被大量用于文学、美学、宗教、史前史、神话学、民俗学、教育学等各个领域。这些学科本来和医学没有多少关系，它们实际上只是通过

① Sigmund Freud, V*orlesungen zur Einführung in die Psychoanalyse. Neue Folge der Vorlesungen zur Einführung in die Psychoanalyse*, Studienausgabe Band I, Fischer Taschenbuch Verlag, 1982, S.168；［奥］弗洛伊德：《精神分析引论》（高觉敷译，商务印书馆，1984年，第119页）译为“梦者对于梦的象征既不提起半句，我们究竟如何揣知这些象征的意义呢？我的答复是，我们的知识来源广阔：有神仙故事和神话，有笑话和戏语，有民间故事，有给予各民族习惯、风俗、格言和歌曲的传闻，还有诗歌和惯用的俗语。这些方面到处都有相同的象征，其中有许多意义都可自然了解，不言而喻。假使我们将这些来源一一分开考察，便可见它与梦的象征作用有许多相同之点，使我们不得不相信我们解释的正确”。另一本书根据英文版《弗洛伊德心理学著作标准版全集》把这段文字译为：“我们究竟是如何知道这些梦所象征的含义的，因为梦者本人对此并不提供足够的信息，甚至根本不提供任何信息。我的回答是，我们通过各种不同的来源才了解到梦的象征意义。这些来源是童话、神话、滑稽、玩笑、民谣（即反映民俗风情的民间格言、民歌等）以及诗歌和口语中的惯用法。我们从这些来源中得到相同的象征，有些象征不经指点便能明白。如果我们细致地研究这些来源，就能发现许多类似的梦的象征。这样我们就会对梦的解析不再抱有怀疑。”（［英］大卫·斯特福—克拉克：《弗洛伊德究竟说了些什么？》，姚锦清、应亚平译，中国文联出版公司，1989年，第67—68页。）

精神分析学才和医学有了联系。他认为，从神经症患者的妄想到人们在神话、传奇、童话中表现的想象创造，其实只有一步之隔，而梦的象征并不是精神分析学最先发现的，因为在民间传说、传奇和神话等其他思维领域里，象征早已为人们所熟悉，而且象征在这些领域所起的作用，比它在“梦的语言”中起的作用还要大。①

1932年，弗洛伊德在《精神分析引论讲演录新系列》（*Neue Folge der Vorlesungen zur Einführung in die Psychoanalyse*）中的开篇即说：

> 分析用梦的学说完成了由某种心理治疗的程序到深层心理学的进展。从此之后梦的学说也就保持着这门年轻科学的最具特征的东西和最独特的东西，某种在我们通常的认识中没有对应物的东西，一块从民间信仰和玄想那里赢得的新领域。②

在具体的分析中，他认为，梦象征作用的特殊意义“在这种情况下，我们必定是尤其欢迎来自别处，来自语言学、民俗、神话、仪式的证明”③，“在梦的明显内容中相当常见的意象和情境，令人想起出自童话、传说和神话的众所周知的母题（Motive）。于是对这些梦的解释就向创造这种母题的原初兴趣投上了一束光，但我们自然不能忘记意义的转变。……恰恰神话的主题常常通过释梦而得到阐

①［奥］西格蒙德·弗洛伊德：《弗洛伊德自传》，顾闻译，上海人民出版社，1987年，第91页，第101页；法国哲学家保罗·利科尔（即利科——引注）认为，弗洛伊德把心理看作一个可以破译的本文，这种广泛的本文观念不仅包含梦和症状的深刻统一，也包括这两者同白日梦、神话、民间故事、俗语、谚语、双关语和笑话的深刻统一（参见他的《解释学与人文科学》，陶远华等译，河北人民出版社，1987年，第267页）。

② Sigmund Freud, V*orlesungen zur Einführung in die Psychoanalyse. Neue Folge der Vorlesungen zur Einführung in die Psychoanalyse*, Studienausgabe Band I, Fischer Taschenbuch Verlag, 1982, S.451.

③ Sigmund Freud, V*orlesungen zur Einführung in die Psychoanalyse. Neue Folge der Vorlesungen zur Einführung in die Psychoanalyse*, Studienausgabe Band I, Fischer Taschenbuch Verlag, 1982, S.466.

明”①。

但正如邓迪斯所指出的那样，民间文学或民俗对精神分析之所以显得重要，不仅仅在于它们之间具有一种平行关系，而且在于它们共同秉持了19世纪的时代精神。这当然是对我们做了一个重要提示。但我认为，只有把弗洛伊德的精神分析话语和现代民间文学话语还原到它们各自发生的时代和文化语境中，才能更深切地把握它们之间的深层联系。

（一）启蒙理性在精神分析和民间文学话语中的位置

如前所述，现代民间文学或民俗学话语是现代性宏大叙事的一部分，它是启蒙理性的产物，同时又是反启蒙的，或者说是具有浪漫主义倾向的。民间文学或民俗学要研究和处理的对象是现代性既恨又爱的对象，而民间文学或民俗学话语在抽象的意义上就是要用理性来研究、理解或驯服被界定为“非理性”的传统。正如美国学者希尔斯所指出：

> 当传统这一概念在18、19世纪里形成时，研究传统的人往往将其局限于特定传统：民俗、童话、神话、传说、口头文学、习惯法、农民生活中的风俗和服饰、宗教的和世俗的礼仪和仪式。传统只与那些尚未成为书面形式的表意作品的延传相关联。传统可以到这样的文化中去寻找：拥有这种文化的阶层所受正规教育甚少，无甚表达力，读写能力较差，缺乏推理能力。现代民俗学的创立者认为，在这些阶层中，有一些深刻的心理过程在起作用，但是，这种心理过程在理性文明的发展进程中丧失了；他们还认为，这些心理过程的作用所产生的结果由“传统传递”，这就是说，这种传递是口头的，不知其作者的，是利用实例的，而这种代代相传的东西变化甚微，实际上在相当长的时间内明显地保持着原样。

---

① Sigmund Freud, V*orlesungen zur Einführung in die Psychoanalyse. Neue Folge der Vorlesungen zur Einführung in die Psychoanalyse*, Studienausgabe Band I, Fischer Taschenbuch Verlag, 1982, S.466-467.

……按照民俗学对传统的解释，在延传和继承“传统的”作品、信仰、行为范型、制度规则和设制的过程中，理性推理能力只起了很小的作用。传统被说成是在绝对权威保护下进行延传的；人们把传统呈现出来时的教条方式说成是传统的典型特征。在此，民俗学关于传统的概念与启蒙运动时代对于传统的理性批评是一致的。……由传统延传下来的信仰被说成是没有理性内容或只有最低限度的理性内容。①

那么，精神分析又如何呢？作为在19世纪末所谓“高度现代性”（high modernity）时期诞生的精神分析话语，既是现代性的产物，同时又是对现代性的诊治。众所周知，弗洛伊德的精神分析始于对癔症和神经病的治疗突破。弗洛伊德曾经把神经病描述为精神分析的“祖国”（mother country）。“现代精神病学根本上是法国革命及其所持的美好的人类的启蒙理想的产物。”② 在弗洛伊德之前，神经病和疯癫的研究在欧洲已经有比较长的历史，福柯的《疯癫与文明》一书从一个重要的侧面揭示了现代性与欧洲的神经病以及疯癫的关系。在一定意义上说，神经病或精神疾病是现代性给人的心理和精神带来的一个后果，但几乎与此同时，对神经病或精神疾病的诊断、分类、管理和研究即神经病学又是现代性自我诊治和自我拯救的一种手段。弗洛伊德的精神分析在创立伊始，就密切关注着导致精神疾病的社会氛围和心理根源，弗洛伊德的重大发现在于：神经病的问题不是身体和生理性的，而是在心理之中。在1924年写的《神经症和精神病》一文中，他进一步指出，神经症是自我和本我之间冲突的产物，而精神病则是自我与外部世界关系失调的类似结果。所以，从研究被理性排斥和迫害的神经病开始，一直到对梦和无意识的研究，弗洛伊德精神分析的使命就是用理性来治疗、把握和理解非理性的现象（神经病、梦、无意识以及在弗洛伊德看来与它们类似的

①[美]E. 希尔斯：《论传统》，傅铿、吕乐译，上海人民出版社，1991年，第23—24页。

②[美]鲁本·弗恩：《精神分析学的过去和现在》，傅铿编译，学林出版社，1988年，第192页。弗洛伊德自己也说：“精神分析学的第一项、而且在相当长一段时间内唯一的一项研究课题，就是神经症。”（[奥]西格蒙德·弗洛伊德：《弗洛伊德自传》，顾闻译，上海人民出版社，1987年，第86页。）

民间文学和民俗）。或许正是在这个意义上，荣格才把詹姆斯·乔伊斯比作弗洛伊德的文学同盟，并且认为，弗洛伊德是对19世纪的病痛（sickness）的一个回答。①

在一定程度上说，弗洛伊德和英国性心理学家哈夫洛克·蔼理士一样，都是在学院规模和层面上对现代性理性精神压制下的性心理问题的发现和解决。但在我看来，要理解弗洛伊德精神分析的起源，还必须把马克思的政治经济学研究放入我们的视野之中。这不仅因为马克思的理论和弗洛伊德的理论大致产生在相同的时代和地理的文化语境中，而且更是因为，只有把它们联系起来看，才能看出它们是在不同层面上对现代性问题的回答。正如英国学者伊恩·帕克所指出，马克思提供的启蒙和自由，被认为和弗洛伊德的让歇斯底里病人回头看而且真正认识自己就能够减轻其病痛的承诺是一致的。德国历史学家把弗洛伊德看作启蒙的平行描述中的一个主要人物，因为精神分析是个人意义、文化进步和科学理性的价值的一种信仰形式。在19世纪的中欧，经济发展速度的加快，使时间本身的速率提高了，对进步的信仰、对未来的憧憬和对过去经验的留恋以及对现实的不满，时间和空间的不确定，使人们一方面希望一切会变得更好，另一方面又担心变化会毁掉一切。这些都有助于使经济人转化为心理人，而精神分析就“发现”了这种矛盾情感和焦虑。

> 资本主义为其主体提出了问题，即他们从哪里来，他们向哪里去，他们和他人的关系如何，他们作为个人如何思考和解决这些问题。这些问题结构了人们思考自身的方式，而且即使这些问题无法得到这样的回答，它们也会反复引起身份的困扰，然后让人们想方设法去解答。资本主义为人们构造了一个空间来把他们的经济上的困扰体验为一个**心理**问

① C. J. Jung, *The Spirit in Man, Art, and Literature*, translated by R. F. C. Hull, Princeton University Press, 1971, pp.37；美国学者内森·黑尔也指出，弗洛伊德的理论为应对20世纪最初十年同时出现的两个危机即性道德的危机和神经失调与精神失调的治疗危机提供了应急手段（参见 Nathan G. Hale, *The Rise and Crisis of Psychoanalysis in the United States: Freud and the Americans 1917-1985*, Oxford University Press, 1995, Introduction, p.4）。

> 题，并且对这些问题本身展开调查，好像它们就是社会病症的原因。
>
> 精神分析的努力是把公开的经济现象向个人心理的私有空间的一种完美的还原。[①]

精神分析就是要从理性上把握社会在个体身上、历史在人的心里所形成的私密性的“战争”，这种带有福柯所说的那种“医学的窥视”（medical gaze）性质的顽强意志集中体现在弗洛伊德本人的个性特征上，或者说，弗洛伊德为精神分析深深地打上了他本人的个性烙印。我们甚至可以说，理性在弗洛伊德的个性和性格中占据什么样的位置，它在精神分析中就有什么样的位置。正如弗洛姆所指出的，精神分析的伟大成就以及它的缺陷都要到它的创立者的个性特征中去寻找，但无论是中伤还是崇拜，多数人都没有抓住弗洛伊德复杂的个性，也不理解他的个性对创立精神分析话语的影响。

弗洛伊德身上最显著和最强烈的情感力量就是他热望真理、坚信理性。对弗洛伊德来说，理性是能够帮助人们解决生存问题，或者至少可以减轻人生固有痛苦的唯一的人性能力，他对理性的这种信念成为他不懈地追求真理的基础。正是在弗洛伊德坚信理性的力量这个意义上，我们可以说他是启蒙时代的后裔。启蒙时代的座右铭“Sapere aude”（敢于认识）深深地印在弗洛伊德的全部个性和著作中。弗洛姆认为，对理性的信念最初产生于西方中产阶级挣脱封建社会的桎梏和迷信的解放运动，体现在斯宾诺莎、康德、卢梭和伏尔泰的差异很大的哲学中，并且继续存在于19世纪西欧和中欧的中产阶级、特别是为自然科学的进步而献身的学者之中。弗洛伊德的犹太背景也使他有可能接受启蒙精神，因为犹太传统自身是一种理性的或颇具理智素养的传统。在解释了弗洛伊德的特殊境况使他更依赖于理性之后，弗洛姆还指出，启蒙哲学家一般都对激情和情绪表示轻蔑，它们认为思维是进步的唯一工具，只有通过思维才能发现理性。这些理性主义思想家相信，如果人从理智上理解其受苦的原因，理智的知识就将赋予他力

① Ian Parker, *Psychoanalytic Culture: Psychoanalytic Discourse in Western Society*, SAGE Publications, 1997, pp.22-27，重点原有。

量，改变使他受苦受难的环境。弗洛伊德深受这种观点的影响，对他来说，理性只限于思维，他用了多年时间才意识到，治愈精神病人仅仅从理智上认识病因是不够的。[①] 在《精神分析的危机》一书中，弗洛姆认为，弗洛伊德理论的最富创造性和最激进的成就是“非理性的科学”[②]，即无意识理论的创立，所以，精神分析起初是一种激进的、透彻的、有解放作用的理论，而精神分析后来的危机的主要原因就在于它从激进的理论变成了顺从的理论。作为启蒙思想家的继承人，弗洛伊德是一位相信理性的威力和人的意志力的理性主义者。弗洛伊德的无意识概念表现出理性主义的启蒙主义与20世纪怀疑主义的综合。弗洛伊德十分重视理性与非理性的辩证法：

> 弗洛伊德不是以静态的方式解决这个矛盾，简单地让双方中的一方占上风。如果他宣布理性是胜利者，那么，他将仍是启蒙哲学家；如果他把决定性作用给予非理性，那么，事实上就像19世纪许多重要思想家一样，是一个保守的、浪漫主义者。虽然人受非理性力量的驱使是正确无误的，即受里比多、尤其是在性器官发育成熟前阶段上里比多的非理性力量的驱使，但是，人的理性和意志也不是没有力量的。人运用理性能够理解人的非理性，这个事实本身首先就表现了理性的力量。这样，弗洛伊德就创立了｛关于｝人的非理性的科学——精神分析理论。

①［美］弗洛姆：《弗洛伊德的使命》，尚新建译，生活·读书·新知三联书店，1986年，第1—8页。虽然本书不准备全面讨论弗洛伊德思想和个性形成的背景，但有必要指出，他的犹太人身份对他形成战胜孤独和孤立的意志也有一定的作用，正如他自己所说：“因为我年纪轻轻［因为是犹太人而在大学中］便已处于反对派的地位，尝到了被‘紧密团结的大多数’压制的命运。这为我以后的独立判断力的形成，多少打下了一些基础。”（［奥］西格蒙德·弗洛伊德：《弗洛伊德自传》，顾闻译，上海人民出版社，1987年，第6页。）

②参见［美］埃里希·弗洛姆：《精神分析的危机——论弗洛伊德、马克思和社会心理学》，许俊达、许俊农译，国际文化出版公司，1988年，第7页；原文是 science of the irrational，为了避免歧义，严格地说，应该译为“关于非理性的科学”。美国学者彼得·盖伊甚至认为，弗洛伊德这位最有影响的现代主义大师用精神分析证明，用理性对待非理性不仅是可能的，也是必要的。这种证明是弗洛伊德最现代、最具革命性的举动（参见 Peter Gay, *Freud, Jews and Other Germans: Masters and Victims in Modernist Culture*, Oxford University Press, 1978, p.71.）。

但他并没有停留在理论上。因为一个人在分析过程中能够使他的无意识变成有意识，他也能够将自己从无意识抗争的统治中解放出来；他可以取消它们而不是压抑它们。就是说，他可以削弱它们的力量，用自己的意志控制它们。弗洛伊德认为，控制无意识是可能的，因为成年人有一个比孩提时更强大的自我作为助手。弗洛伊德精神分析疗法建立在战胜无意识冲动的希望上，至少也要抑制它们，这些冲动在暗中运作，以前一直在人的控制之外。历史地说，我们可以把弗洛伊德的理论看作是理性主义与浪漫主义富有成果的综合；这个综合的创造性力量也许就是弗洛伊德的思想在二十世纪起着决定性影响的原因之一。……弗洛伊德对文化有普遍影响的最重要原因，就在于这个综合，综合的丰硕成果在两次最重要的背叛中一目了然，一次是阿德勒的变节，一次是荣格与弗洛伊德分道扬镳。两人都推翻了弗洛伊德的综合，回到了起初两个对立面上去了。阿德勒植根于中下层阶级兴起的短命的乐观主义，他建立了一个单方面的理性主义的乐观主义理论。他相信，天生的无能正是力量的条件，因为明智地理解处境，人就能够解放自身，使生活的悲剧消失。

荣格则是个浪漫派，他在无意识中看到了一切人力量的来源。他认识到，象征和神话的富饶和深奥比弗洛伊德看到的要深厚得多，弗洛伊德的观点被性欲理论局限住了。然而，他俩的目的是正相反对的。弗洛伊德要理解无意识是为了弱化它、控制它；荣格则为了从中吸取无尽的活力。对无意识的共同兴趣在一段时间里使它们联袂并肩，不曾意识到它们正背道而驰。当他们中途驻足谈论无意识时，便沉湎于他们在向同一方向行进的幻想。①

我大段引述弗洛姆的这段话是因为他点明了弗洛伊德与其弟子的一个本质的区别。这种本质区别也可以用弗洛伊德自己的一段话来描述："在欧洲，一九一一

①[美]埃里希·弗洛姆:《精神分析的危机——论弗洛伊德、马克思和社会心理学》，许俊达、许俊农译，国际文化出版公司，1988年，第41—42页，重点原有。

年到一九一三年期间，发生了两次脱离精神分析学的运动，领头人物是以前曾在这门年轻学科中发挥过重要作用的阿尔弗雷德·阿德勒和C. G. 荣格。这两次脱离运动来势不小，一下子就有大批人马跟随而去。然而，他们的力量并不在于其本身的内容如何重要，而是因为他们对人们有一种吸引力：即使不拒绝精神分析所掌握的材料，也可以摆脱那些令人反感的发现。如荣格试图从抽象的、非个人的和非历史的角度，对精神分析学占有的材料重新解释，以期不必再去认识幼儿的性生活和俄狄浦斯情结的重要作用，不必对幼年阶段做任何分析。阿德勒似乎走得更远；他全盘否定了性的重要作用，认为性格的形成与神经症的形成，根源都在人们的权力欲，以及对补偿体质低下（constitutional inferiorities）的需求上，他把精神分析学在心理学方面的种种发现弃之一旁，不予理会。然而，那些被他所拒绝的东西，还是以别的名义闯到他那套封闭体系中去了；如他所谓的‘男性的抗议’，无非就是不正常的、带有性特征的压抑。这两位持不同观点者受到的批评还是比较轻微的；我只坚持一点，即他们的理论不应再冠以‘精神分析学’这个名称了。现在，十多年时间过去了，我可以明确相告，上述这些反对精神分析学的企图已经收场，它们没有给精神分析学造成任何损失”[1]。

应该说，尽管弗洛伊德把希望寄托在理性上，认为“知识——或者让我们用更为熟悉的名称来说，理性——是一种我们可以期待对人们行使统一影响的权力，影响那些如此难于团聚起来、几乎不能加以管制的人们。……我们对未来最美好的希望就是：知识——科学精神、理性——在时间的进程中得以对人的生活建立起一种独裁……这种理性统治所施加的共同强制将会是人们之间最强大的统一纽带，并导向更大的联合。不管怎么说，正像宗教禁止思想一样，反对这样一种发展对人类的未来又是一种危险”[2]，而且，“尽管他本人是一位理性主义的拥护者，通过把大量的意识思维贬低为欲望的合理化，弗洛伊德摧毁了理性主义的基

①［奥］西格蒙德·弗洛伊德：《弗洛伊德自传》，顾闻译，上海人民出版社，1987年，第74—75页，重点为引者所加。

②引自［美］鲁本·弗恩：《精神分析学的过去和现在》，傅铿编译，学林出版社，1988年，第237页。

根。由于他发现了思维与存在的不一致性，弗洛伊德不仅仅在哲学和大众观念中削弱了西方理性主义传统的基础，而且在伦理学领域也产生了深远的影响”①。但是，弗洛伊德的个性以及由他创立的精神分析中绝非只有理性至上的观念，更不是许多人所指责的推崇所谓的非理性或泛性主义。这其中被很多人忽视或者没有被识别的一个关键问题是：如果弗洛伊德是反理性的，他也是站在理性内部来反理性，他不仅始终没有离开自己的启蒙立场，而且在他的“二元论”②思维方式中，他也始终没有摆脱启蒙思想的前提。换言之，弗洛伊德的精神分析是在保留了启蒙思想的二元论前提下运作的。在他的精神分析中，理性与非理性、意识与无意识、理智与情感等等，无不处在对立的张力关系之中。在一定程度上，正是对这些张力关系的发现和深究才导致了弗洛伊德的新发现或自我发现。正如阿尔杜塞所指出，弗洛伊德并非徒然地把自己的发现比作哥白尼的革命，因为自哥白尼之后，我们知道地球不是宇宙的中心，自马克思之后，我们也已经知道，与启蒙哲学家和黑格尔的观点相反，人类主体，即经济的、政治的或哲学的自我并非历史的“中心”，而弗洛伊德向我们揭示出，真正的主体并不具有集中于“自我”(ego)、“意识”或“行为”中的一种自己的形式（the form of a self），人类主体被非中心化了，它是由一种结构构成的，而这种结构只是在有关“自我”的想象的误会中才具有一个“中心”。③

或许正是在使人类认识自身的意义上，哈贝马斯才认为，精神分析是启蒙内部建构批判运动的基石之一，它既是让人们“认识你自己”的启蒙思想的一个实例，又是启蒙工作如何从内部被扩展和转化的一个例子。因为精神分析作为临床实践就是反思性的，分析者的知识并不“带来”疗效，而是患者的自我认识和自

①[美]埃里希·弗洛姆:《弗洛伊德思想的贡献与局限》，申荷永译，湖南人民出版社，1986年，第28—29页。

②弗洛姆曾经指出:“弗洛伊德总是在二元论的方式中思考”(《弗洛伊德思想的贡献与局限》，申荷永译，湖南人民出版社，1986年，第128页)，但他没有指出这恰恰是弗洛伊德与启蒙思想的深刻联系的体现。

③Louis Althusser, *Writings on Psychoanalysis: Freud and Lacan*, translated and with a Preface by Jeffrey Mehlman, Columbia University Press, 1996, p.31.

我反思才是治疗。[①] 在哈贝马斯看来，心理分析的解释学进行的理解活动是自我反思。弗洛伊德实际上建立了一门新的人文科学（eine neue Humanwissenschaft），他始终把人文科学当作自然科学。[②] 在这里，

> **分析家**的工作最初似乎同史学家的工作是一致的，确切地说，同**考古学家**的工作相一致，因为他们的共同任务是再现病人早年的历史。分析的最终应该是用叙述的方法展现被遗忘了的岁月的、在分析开始时医生和病人都不了解的那些对疾病史来说至关重要的事情。医生和病人的思想分工是：医生从病人的有缺陷的原文中，从病人的梦幻、突然出现的思想和重复中**再现**被遗忘的事情；病人在医生的假想和建议的推动下进行**回忆**。分析家所作的构想，从方法上看同考古学家在挖掘中进行的再现工作，在很大程度上是一致的。[③]

当然，我们可以说，这种在个人层面上的自我反思，与现代民间文学或民俗学研究的立场是一致的。换句话说，现代民间文学或民俗学的研究对象是在理性与非理性、传统与现代、口头与书面、文明与野蛮等一系列二元对立的前提下出现的，它们的基本出发点就是站在理性的立场上来研究被划分为非理性的现象，或者是用理性的思维手段（分析概念和学术工具）来认识那些在现代性语境中显

---

①Ian Parker, *Psychoanalytic Culture: Psychoanalytic Discourse in Western Society*, SAGE Publications, 1997, pp.142.

②参见［德］哈贝马斯:《认识与兴趣》，郭官义、李黎译，学林出版社，1999 年，第 229 页，第 245—246 页。

③［德］哈贝马斯:《认识与兴趣》，郭官义、李黎译，学林出版社，1999 年，第 230—231 页，重点原有；英国学者斯蒂芬·弗洛施也认为，精神分析学的许多努力和许多思想工作整体上坚持着现代主义的传统，它是努力理解整个世界并且为它带来秩序的一项伦理计划（参见 Stephen Frosh, *For and Against Psychoanalysis*, Routledge, 1997, p.172）；加拿大哲学家查尔斯·泰勒认为:“启蒙运动馈赠给我们的一件礼品是，减轻人类痛苦的绝对道德命令。这不仅是对人类所遭受的痛苦的体验，不仅是对所受痛苦折磨或眼见别人所遭痛苦怨声载道。……但是，在此之外，我们感到了另一种召唤，让我们去减轻人们所遭受的痛苦，让我们去终止人类所遭受的痛苦。”(《自我的根源：现代认同的形成》，韩震等译，译林出版社，2001 年，第 609—610 页。）在这个意义上，弗洛伊德的精神分析正是启蒙运动的道德律令的一个产物。

得无法理喻的东西。而且，精神分析话语与现代民间文学或民俗学话语在具体的或学术层面上的反思活动所采取的姿态也是一致的：即返回过去。

（二）过去在精神分析和民间文学话语中的位置

一旦把弗洛伊德的精神分析话语与现代民间文学或民俗学话语同时还原到它们的发生语境中，我们不仅发现它们分别在个体和群体层面试图用理性把握和理解非理性的现象，而且发现，精神分析话语与现代民间文学或民俗学话语竟然以惊人相似的方式与现代性时间观发生了纠缠。我已经在分析现代民间文学或民俗学话语中的“民”概念时指出，在现代民间文学或民俗学的几乎整个研究史上，“否认同时性”成为研究者不证自明的一个潜在前提，其结果就是在民间文学或民俗学研究史上持续时间最长的“遗留物”学说或观念。在相当长的历史时间里，民间文学或民俗都被认为是过去在现在的孑遗，尽管用现在的理性观点或态度已经很难甚至无法认识它们的非理性的内容和意义，但在遥远的过去或产生它们的时代，它们曾经是合理的或符合当时的理性的。因此，现代民间文学或民俗学研究的一个重要任务就是像考古学家一样，把这些遗留物发掘出来，用经过还原的或新的理性之光烛照它们，使现代人理解它们，并以此明了自身的起源。① 恰恰在这个意义上，我们说精神分析话语与现代民间文学或民俗学话语具有相同或相通的一面。

精神分析与考古学的关联直接体现在弗洛伊德的兴趣和爱好之中。1900 年 2 月，弗洛伊德在给威廉·弗利斯的一封信中说，他实际上根本不是一位科学家，也不是一位观察家、实验家或思想家，而是一个随性所至的征服者和探险家。弗洛伊德收藏的大量古物来自埃及、塞浦路斯、庞培、希腊和罗马，这是他仅次于尼古丁的第二大嗜好。这些收藏品使他可以在精神上游历于西方文化的源头。弗洛伊德喜欢用考古学作比喻，在他看来，对史前遗址的科学发掘能够比其

①利科指出：“事实上，弗洛伊德本人正是以这种方式来构思他的论文的；这些论文类似于一种考古学上的重构，先从一些建筑学上的细节出发，并为这些细节找出一个大致的背景，然后勾勒出整块碑石。”（[法]保罗·利科：《艺术与弗洛伊德的系统论》，户晓辉译，叶舒宪主编《文学与治疗》，社会科学文献出版社，1999 年，第 84 页。）

他任何学科更准确地描述精神分析的程序。和考古学家一样，精神分析学家面临的是大有希望却又具有欺骗性的表象，这些表象暗示着下面可能被发现的新奇之物。他也要像考古学家那样小心谨慎，以免直接的探究毁坏了遗址。当然，所有的科学学科都承诺要寻求未知的事实或规律，但精神分析和考古学的真相是以特殊的方式隐藏起来的：要使可见的东西成为通向不可见的东西的可靠向导，就需要解释。对于二者来说，证据都是富有挑逗性的和片段性的，它们都发现：从现在回到过去再由过去回到现在，是大有收益的。正像考古学家从零散的遗物中复原出完整的塑像和神庙一样，精神分析学家从歪曲的记忆和无意的口误中重构出神经病的根源。① 在这里，考古学和精神分析所"发现"和"看到"的过去，并不是所谓纯而又纯的过去，而是站在现在才能"发现"和"看到"的过去，也就是必须带上现代性的知识透镜才能"构造"出来的过去。弗洛伊德在回顾精神分析的起源时说，他最初和布洛伊尔一起研究宣泄法时，经常把病人的注意直接引向产生病状的创伤情景，并力图发现创伤情景下的心理冲突，释放其中被压抑的情感。"在这一过程中，我们发现了这个后来我称之为'退行'（regression）的过程，这就是神经病的特征。病人的联想从我们试图阐述的这个情景中退回到早期的经历，并且被迫进行分析，而这种分析是想纠正现状，并专注于过去。这种退行经常引起退化；开始时似乎有规则地把我们带回到青春期；后来，仍然躲避解释的失败和要点把分析的工作更进一步带回到迄今仍然无法做任何探究的童年期。这种退行的方向成为分析的一个重要特征。看起来，精神分析如果不涉及过去就无法说明属于现在的任何东西；确实，任何致病的经历都包含有先前的经验，这种经验尽管不是病因本身，但已赋予后来的经验以病因的性质。但是，把人的注意限制到现在已知致病原因的意图是如此强烈，甚至使我在以后的分析中也要给它让路。"② 稍后，弗洛伊德接着说："因此可以认为，精神分析的理论是

①Peter Gay, *Freud, Jews and Other Germans: Masters and Victims in Modernist Culture*, Oxford University Press,1978, pp.36-37, pp.40-45.

②[奥]弗洛伊德：《精神分析运动史》，见车文博主编《弗洛伊德文集》第三卷，长春出版社，1998年，第50—51页。

试图说明两个惊人而又出人意料的观察事实，只要试图把神经症患者的症状追溯到他的过去生活中的起源，那么有两个事实就会出现：这就是移情和抵抗这两个事实。”[①]不仅精神病的治疗如此，而且弗洛伊德认为，精神分析在尝试研究的早期并没有考虑到幼儿性欲的问题，“最初观察到的仅仅是，当前经验的作用必须追溯到过去的事。但研究者们却往往发现他们所预料不到的东西。人们愈来愈被拖回到过去；人们最终希望能在青春期停止；在这一时期内性冲动传统上被假定是觉醒的。然而，这全都是徒劳；痕迹一直追溯到童年，乃至它的早期”[②]。1909 年 9 月，弗洛伊德在美国克拉克大学的演讲中回忆和布洛伊尔的研究时说，神经病的症状“情况的确如此，几乎所有的症状都是由带感情色彩的经验产生的，如果你们愿意，可以把它看成一种残余物、沉淀物。我们后来称之为‘心理创伤’。……只有一种例外的情况我们必须提及。引起这种症状的往往不是一种经验，而是几种经验，也许是现代类似的、重复的心理创伤的共同作用造成了这种后果。这就有必要按照时间的顺序再现记忆中发病的全部过程，当然是以相反的顺序，最初的成为最后的，最后的成为最初的。在没有清除那些后来的记忆之前，要想直接触及最主要最基本的创伤是不可能的……”[③]。

弗洛姆在对弗洛伊德的“释梦”做过进一步分析之后，指出了一个更有趣也更重要的现象：即弗洛伊德在分析自己的梦时，坚决否认成年之后的野心，并一再表明这种野心只是童年具有的，长大后便消失了。

> 我们在这里看到的，是弗洛伊德思想的一例先入之见。那些与像弗洛伊德这样受人尊敬的学者所不能相容的特征都被归之于童年，其中含义是，由于它们属于童年经历，所以不能代表成年的经验。那种所有的精神病倾向都起源于童年的假设，其实不过是将成人排除在被怀疑发

①[奥]弗洛伊德：《精神分析运动史》，见车文博主编《弗洛伊德文集》第三卷，长春出版社，1998 年，第 57 页。
②[奥]弗洛伊德：《精神分析运动史》，见车文博主编《弗洛伊德文集》第三卷，长春出版社，1998 年，第 57 页。
③约翰·里克曼选编《弗洛伊德著作选》，贺明明译，四川人民出版社，1986 年，第 7 页。

生精神病之外的借口，事实上弗洛伊德本人就是一个有严重精神病的人。但他不可能设想自己是这样的，同时还感到自己从事的是正常的受人尊敬的职业。因此，任何不符合正常人模式的东西都被认为是童年的材料，而这种童年的材料被认为在成年人身上已失去了活力与效用（当然，这种观点在最近五十年来已全然改观，因为精神病已受到尊敬，而理智、健康、正常的资产阶级成人范型曾已受到文化观点的冲击。不过弗洛伊德仍固守己见，所以，只有充分认识到这一点，才能理解弗洛伊德将所有非理性的东西都排除在成年生活之外的意向。这便是他所谓的自我分析失败的原因之一，因为他总是视而不见他之所不想见的事实——即那些与理智、尊贵的资产阶级形象相违背的东西）。①

可以说，弗洛伊德本人的“无意识”恰恰在于他没有意识到，在他的分析和理论模式中，非理性的东西在个人的意识中是属于过去的，这些过去的东西被封存和压抑在现在的意识或心理中，尽管现在的意识或心理与这些过去的东西有渊源或因果关系，但这些东西只能属于过去；它们与现在并存，但不属于现在。即使这一“逻辑”不是启蒙理性压制非理性的过程在个体心理中的积淀或反映，它至少也在个体心理的层面上象征地隐喻出这一历史的压制过程。在此，我们可以发现，精神分析所“发现”的过去并不是自然而然地或者原封不动地被保存在童年记忆或者过去历史之中的那些东西，而是一种被重新解释和重新构造出来的“过去”，这种“过去”被精神分析赋予特殊的意义和重要性，并且成为精神分析这个“学科”的一个对象。正是在这里，我们发现了精神分析话语在起源时就与现代民间文学或民俗学话语的深刻关联，而这种关联又是由它们共同与启蒙理性

①［美］埃里希·弗洛姆:《弗洛伊德思想的贡献与局限》，申荷永译，湖南人民出版社，1986年，第101页。在这本书里，弗洛姆还指出弗洛伊德的另一些“时代局限”，例如，弗洛伊德把资产阶级社会与文明的社会看作同义语，“一旦当他发现存在某些与资产阶级社会有差异的特殊文化时，他便断言这些文化是原始的，尚未开化的”（第30页）;“弗洛伊德把资产阶级家庭看作是所有家庭的范型，忽略了在其他文化中家庭结构形式的显著差异”（第71页）。

的联系所决定的。

我们已经看到，现代民间文学或民俗学话语从根本上是在一种集体回望的精神姿态下产生的一种现代性话语，这就决定了它们需要以“过去”为自己的研究对象。无论研究“民”还是研究“民”的神话、传说、歌谣、故事、谜语、谚语等等，这些“对象”大多要被确立在“过去”的时间维度之中，而且，只有在被赋予新的意义甚至是前所未有的重要性时，它们才能成为现代民间文学或民俗学研究视野中的“对象”。因此，即使精神分析话语与现代民间文学或民俗学话语在共同发现时间上的过去这个层面上没有历史的联系，我们也可以在逻辑上找到或者在这个层面上为它们建立一种相似的联系。

当然，这种联系不纯粹是逻辑上的，更不是我的“虚构”。因为邓迪斯在《民俗的精神分析学研究》一文中已经指出，19 世纪欧美许多学科（包括民间文学或民俗学）的方法论主要关注的就是对过去进行历史重构。显然，精神分析话语和民间文学或民俗学话语一样，都受到当时的时代精神（Zeitgeist）的影响。对当时的民间文学或民俗学话语来说，神话或习俗表面看起来是非理性或不合理的因素，可以通过考察野蛮民族中更完整的神话或习俗形式而获得理解，因为按照这些民族的逻辑和推理，这些因素是合理的，也是理性的，而在单线进化论的理论看来，文明民族中片段的神话或习俗是野蛮民族中更完整的神话或习俗在后来的衰败形式，在时间上有直接的演替关系。同样，精神分析话语与民俗学的上述话语有一些共同的潜在假设和基本前提。在成年人个体身上发现的神经病症状被理解为过去（在这里不是原始人而是儿童）的一种遗留物。邓迪斯认为，解释这些明显是非理性的神经病遗留物所用的方法基本上是对过去进行历史重构的一种形式。正像对野蛮人还在实行的最初的、更完整的习俗的了解在理论上可以解释农民中古怪的民众信仰的逻辑一样，对幼儿时期最初发生的、更完整的事件的了解也能够解释成年病人被迫实行的特癖性信仰或活动的逻辑。邓迪斯指出，民俗学与精神分析在理论和方法上的平行关系，已经被早期的精神分析学家注意到。我们必须记住 19 世纪的一个等式：儿童 = 原始人。正像野蛮演化为文明一样，儿童也演化为成年人。弗洛伊德就深受单线进化论和海克尔的个体发生史重演种系发生史的公式的影响。[1] 弗洛伊德在《图腾与禁忌》的开始就写道：

> 我们在远古时代的人所经历的发展阶段中，通过他留给我们的那些毫无生气的文物器具，通过我们直接地或者通过传说、神话、童话的传承而获得的有关其艺术、宗教和人生观的知识，通过其思维方式在我们自己的习俗和习惯中的残余物来了解远古时代的人。但除此之外，他在某种意义上仍然是我们同时代的人；我们相信，有些人仍然活得非常接近于原始人，比我们接近得多，因而我们把他们视为更早的人的直系后裔和代表。我们就是这样来评判所谓野蛮的和半野蛮的民族的，当我们可以在他们的灵魂生活中认识到我们自己的发展的一个保存完好的最初阶段时，这种灵魂生活就赢得我们非同寻常的兴趣。如果这个前提条件是正确的，那么，"自然民族的心理学"（如民族学所传授的那样）与神经症患者的心理学（正如它通过精神分析而为人们所熟知的那样）的比较，定能展示出许多一致性，并且将使我们能够对有些地方已经熟知的东西看出新意。[2]

显然，弗洛伊德在这里的陈述与19世纪民间文学或民俗学的"类比逻辑"如出一辙。正是海克尔的公式使弗洛伊德在个人过去的历史与文明（种族）的史前史之间建立了对等关系，并且在个人的梦与民间文学或民俗之间建立了联系：梦的潜伏内容是童年生活的重复，梦是流逝了的童年精神生活的一个片段，是个人的童话或民间文学，而民间文学是集体（民族或种族）的梦，它们都是无意识在不同层面上的表现形式，它们都使用相同或相似的象征"语言"。也正是在这

---

①参见［美］阿兰·邓迪斯:《民俗解析》，户晓辉编/译，广西师范大学出版社，2005年，第116—120页；马尔库塞甚至认为，"在弗洛伊德的心理学所涉及的心理机制领域中，个体也就是属，现在也就是过去。……由于这种属的概念，弗洛伊德的个体心理学本身就是属的心理学。而且他的这种属的心理学表明，本能的变迁也就是历史的变迁"（《爱欲与文明——对弗洛伊德思想的哲学探讨》，黄勇、薛民译，上海译文出版社，1987年，第75页）。

②Sigmund Freud, *Totem und Tabu. Einige Übereinstimmungen im Seelenleben der Wilden und der Neurotiker*, Fischer Taschenbuch Verlag GmbH, 1991, S.47.

个意义上，弗洛伊德才认为精神分析和民间文学研究可以相互启发和受益。1913年，弗洛伊德在给约翰·伯克（John G. Bourke）的一本书的德译本写的序中说："民俗学采用了完全不同的研究方法，但是，它和精神分析得出了相同的结论。它向我们显示出不同时代的不同民族压抑嗜粪癖的倾向是如何不彻底，而且在其他文化水平上，对排泄物的处理与儿童的做法是何等相似。"① 在1913年写的《梦中的童话素材》一文中，他说：

> 从精神分析得知，我们的民间童话为我们的儿童的灵魂生活赢得哪一种意义都不足为奇。在有些人那里，回忆自己最喜爱的童话取代了回忆自己的童年；他们已经把这些童话提升为掩护式的回忆。
>
> 来自这些童话的成分和情景这时也经常出现在梦中。被分析者为了解释相关场所就会想起对他们而言意味深长的童话。②

在弗洛伊德那里，不仅童年所代表的过去与个人的关系就相当于童话或民间文学所代表的过去与整个民族或文明的关系，而且在个人的童年与集体的童话或民间文学之间还具有一种平行关系。正是个体发生重复种系发生这个大前提使弗洛伊德在精神分析和民间文学之间建立了类比关系。但也就是在这里，弗洛伊德出自启蒙理性而又在一定程度上超越了它。当弗洛伊德不无谦虚地宣称是他前面的作家发现了无意识而他只是发现了研究无意识的方法时，这无疑暗示出他与浪漫主义精神或时代氛围的关系。英国学者伊恩·帕克指出，浪漫主义在当时的生物学理论中很流行，研究者们试图在自然中寻求神秘力量来解释发展并且为生物过程提供活力论的（vitalist）解释。弗洛伊德在1891年出版的第一本书《对失语

① 引自[美]阿兰·邓迪斯:《民俗解析》，户晓辉编/译，广西师范大学出版社，2005年，第118页。

② Sigmund Freud, "Märchenstoffe in Träumen," in Anna Freud und Ilse Grubrich-Simitis (Hrg.), *Sigmund Freud Werkausgabe in Zwei Bänden*. Band 2: *Anwendungen der Psychoanalyse*, S. Fischer Verlag, 1978, S.496.

症的理解：一个批判式的研究》[①]探讨的就是有机论问题。[②]只要我们回想一下欧洲浪漫主义作家和民俗学家大量使用的生物学比喻，就不难明白这种时代精神对当时不同学科的影响有多么深广。但我在此想强调的是，弗洛伊德之所以说自己从诗人和作家那里借用了无意识的语言，其更深刻的意思是：他和浪漫主义作家一起重新发现了被启蒙运动排斥的大量非理性现象：无意识、梦、神经病、童话乃至民间文学。在这一点上，弗洛伊德终于和现代民间文学或民俗学话语站在相同的立场上，不过，在他本人看来，他贡献出来的精神分析方法与民间文学或民俗学研究的方法是迥然不同的，果真如此吗？要理解这个问题，我们似乎有必要绕一点“弯路”，先从翻译问题谈起。

二、翻译的政治：弗洛伊德的“文学性”所遭遇的理解和接受及其意义

在现代心理学的科学主义阵营中，弗洛伊德的精神分析所具有的“怪诞性”和难以归类的特点，可以通过它在英语世界中一直被遮蔽的一种“翻译的政治”而戏剧性地显示出来。1909年，弗洛伊德唯一的美国之行，对精神分析学说地位的提高和声名的普及具有重要作用。他后来回忆：“我访问美国的时候才五十三岁，正是年富力强之时，对这个新世界的短暂访问，使我深深地受到鼓舞，信心倍增。我在欧洲的时候总觉得自己在受人轻视，可是到了美国，那里的名流显要却始终与我平等相待。当我登上伍斯特的讲坛，作《精神分析学五讲》之时，我仿佛感到一个难以相信的昼梦实现了：从此以后，精神分析学再也不是什么妄想的产物了，它已成为现实生活中的一个很有价值的组成部分。从我们访美以来，精神分析学在美国方兴未艾，它在群众中广为流传，官方有许多精神病学家也认为它是医疗培训中的一个重要环节。然而，遗憾的是，在那里精神分析学渗入了大量的水分。更有甚者，还有不少与精神分析学无关的东西，也打着精神分析的

---

①Sigmund Freud, *Zur Auffassung der Aphasien. Eine kritische Studie*, Franz Deuticke, 1891；英译名为 *On the Conception of the Aphasias: A Critical Study*。

②Ian Parker, *Psychoanalytic Culture: Psychoanalytic Discourse in Western Society*, SAGE Publications, 1997, p.10.

旗号招摇撞骗，到处滥用，而全面地从理论上技术上进行培训的机会却少得可怜。此外，精神分析学在美国还和行为主义发生过冲突，这一理论鼓吹什么不用考虑心理学方面的问题，实在是幼稚之极。”①

弗洛伊德的这种“矛盾情感”表明，精神分析的传播和流行，在一定意义上正是从人们对它的误解或误读开始的。美国学者布鲁诺·贝特尔海姆（1903 年出生于维也纳并在维也纳大学获得博士学位，1939 年去美国）于 1982 年就写有《弗洛伊德与人的灵魂》一书，系统地指出了英译文和《弗洛伊德标准版心理学著作全集》② 在很多重要方面的严重缺陷，以及由此造成的对弗洛伊德这个人以及精神分析的错误结论。例如，弗洛伊德最重要的精神分析著作《释梦》，德文题名为 *Die Traumdeutung*，而英译的题目 *The Interpretation of Dreams* 绝非德文意思的准确翻译。英文题目中的两个词在德文中都有确切对应的词。“Dream”和德文的 Traum 是对等的，“Interpretation”也是一个德文的词。贝特尔海姆认为，如果弗洛伊德想把这个词用在书名中，他早就用了，或者他还可以选择一个类似的德文词，如 Erklärung（解释）。他宁愿选择不同于“Interpretation”的词，是另有深意的。德文 Deutung 的意思是“试图把握某些东西的更深层的意义或意味”（Versuch den tieferen Sinn，die Bedeutung von etwas zu erfassen）。这实际上正是弗洛伊德在德文书名中希望表达的意思：即他提出的是对把握一种深层含义的尝试。弗洛伊德想用 *Die Traumdeutung* 这个题目表明，他试图指出梦的多层性质，通过揭示梦背后的东西来说明它们的意义。他并不想承诺能够“解释”（“弄得

①［奥］西格蒙德·弗洛伊德:《弗洛伊德自传》，顾闻译，上海人民出版社，1987 年，第 73—74 页。弗洛伊德本人似乎对精神分析在美国的准确翻译、理解和接受并不抱很大希望。当他的朋友和传记作者恩斯特·琼斯（Ernest Jones）告诉他，有些译文不仅严重失真，而且有损弗洛伊德的风格和个性时，弗洛伊德回答说:“我宁愿要一个好朋友而不是一个好译者。”他告诉琼斯说:“美国很庞大，但它是一个庞大的错误。”（Bruno Bettelheim, *Freud and Man's Soul*, Vintage Books, 1982, p.79.）

② *Standard Edition of the Complete Psychological Works of Sigmund Freud*，24 卷，由伦敦霍格思出版社 [the Hogarth Press] 在 1953 年到 1974 年间出版。由弗洛伊德过去的病人，后来成为他的学生、朋友和亲自认可的英译者之一詹姆斯·斯特雷奇 [James Strachey] 和弗洛伊德的女儿安娜·弗洛伊德 [Anna Freud] 共同主编，其中所有的译文或者是对旧译的改进，或者是重译，全部译文都经过安娜·弗洛伊德的认可，但是，弗洛伊德的绝大多数美国读者阅读的并非这个“标准版”，而是不断重印的更早也更糟糕的译本。

一清二楚”）梦的含义，因为那是不可能的。由于英文中没有相应的简洁而富有暗示性的译法，而暗含清楚明确的解释的“interpretation”又容易引起误导，贝特尔海姆认为，*A Search for the Meaning of Dreams*（《寻求梦的意义》）或者 *An Inquiry into the Meaning of Dreams*（《探询梦的意义》）这样的译法更符合弗洛伊德的原意。又比如，弗洛伊德的另一本题为 *Das Unbehagen in der Kultur* 的书被译成 *Civilization and Its Discontents*（《文明及其不满》）。实际上，德文中的 Kultur（文化）和 Zivilisation（文明）有重要的区别。Kultur 指道德价值体系以及思想的和美学的成就，而 Zivilisation 指物质的和技术的业绩。弗洛伊德用 Kultur 这个词表示我们的社会所珍视的东西，而他对物质和技术文明的许多方面是持批评态度的。更糟糕的是英文对 Unbehagen 和 in 的翻译。英文中没有与 Unbehagen 对应的词，但它的反义词是 Behagen，可以译成 comfort（舒适）或 ease（安逸）。弗洛伊德曾经建议把这个词译为 discomfort（不安）或 malaise（不适），但从来不是 discontent（不满）。在德文中与 discontent 对应的词是 Unzufriedenheit，如果接受英文的题目，那么，弗洛伊德就应该给这本书取名为 Zivilisation und Ihre Unzufriedenheit（按照英译的字面意思回译的德文题目）或 Die Unzufriedenheit mit der Kultur。所以，Unbehagen 可以译成 uneasiness（不适），因为弗洛伊德用这个词表达一种感觉（feeling），而 discontent 可以并且常常是理性思考的结果。英文的 and 可以而且经常连接的是完全不同的东西，但德文的 in，意思是“在其中”，弗洛伊德的德文题目的意思是，文化中必然固有或不可避免地拥有的一些不适，其准确的英译应该是 *The Uneasiness Inherent in Culture*（《文化中固有的不适》）。弗洛伊德用这样一个题目是想表明，这种不适和不适的感觉，是我们在享受文化所带来的巨大优越性时必须付出的代价。他试图阐明没有这种不适也就没有文化的心理学原因。但英译者完全否认了这一想法，并且使读者很容易相信文明和不满是两个互不相干的现象，而那些根据书名来判断的读者更会认为弗洛伊德在批判给生活带来不满的文明。他们也可能想象一种没有不满的文明，而且可能错误地相信精神分析会提议这是可能的和有望实现的事情。这样的一种观念是幼稚的和自恋的，与弗洛伊德的想法南辕北辙。[①]根据弗洛伊德这本书的英文版编辑的说法，“弗洛伊德最初把此书定名为 *Das Unglück in der Kultur*（《文明[②]中的不幸》），但是‘Unglück’（不幸）后来被改为‘Unbehagen’（不适），在英文中很难找到与它相当的词，不过法文的‘malaise’（不适）意思基本上与它相同。弗洛伊德在给他的译者瑞徽夫人的一封信中建议把题目改为‘*Man's Discomfort in Civilization*’（《文明中人类的不便》）。但是她自己圆满地解决了这个难题，确定了现在所采用的这个题目。”[③]看来，英译者自作主张地解决这个难题远非“圆满”，而中译者根据标准版英文本把 discontent 译为“缺憾”，还算差强人意。[④]

尽管贝特尔海姆指出的错误或误读还有不少，但在此和本书的论题更加有关的是他对英译的错误或误读之所以会发生的原因的分析。首先，他指出：在弗洛伊德所处的维也纳，心理学并非一门自然科学，而是哲学的一个分支；它主要是描述性的和思辨性的，其内容也是人文性质的。直到第二次世界大战后，维也纳的心理学才逐渐走出这个框架。因此，弗洛伊德在解释精神分析的性质时屡屡使用隐喻就出于几个原因。一是精神分析虽然面对僵硬、客观的事实，但它并不用僵硬和客观的方式来应对它们，而是致力于对潜在的原因做想象解释和说明。弗洛伊德试图用隐喻沟通精神分析指涉的硬性的事实与它处理这些事实所使用的想象性方式之间的裂隙。第二个原因更是与精神分析的性质有关。由于压抑、稽查、无意识都以象征或隐喻的方式显现出来，精神分析在处理这些东西时也试图

---

①Bruno Bettelheim, *Freud and Man's Soul*, Vintage Books, 1982, p.51, pp.65-70, pp.99-101.

②Kultur 应该译为“文化”。

③弗洛伊德:《文明及其缺憾》，傅雅芳、郝冬瑾译，英文版编辑导言，安徽文艺出版社，1987 年。

④迄今为止，弗洛伊德著作的中译本，几乎都是根据《弗洛伊德心理学著作标准版全集》或更早的英译本译出。长春出版社 1998 年出版的五卷本《弗洛伊德文集》在第一卷“编译说明”中说:“主要依据奥地利的《弗洛伊德全集》(G. S., 12 卷，维也纳版，1924—1934)，同时还参阅了伦敦霍格思出版公司的《弗洛伊德心理学著作标准版全集》(S. E., 24 卷，1953—1974)、英国和德国的《弗洛伊德全集》(G. W., 18 卷，伦敦版，1940；法兰克福版，1960)、英国的《弗洛伊德论文集》(C. P., 伦敦版，1924—1950)、美国的版本以及其他版本。”但是，译文中的专业术语所附的原文均为英文。中国对弗洛伊德的接受、理解和“翻译的政治”是一个需要另文探讨的复杂问题。我认为，缺乏从德语直接译出的弗洛伊德著作的中译本，远非仅仅因为缺乏专业德语人才。

以自己的隐喻语言来阐述这些东西。所以，隐喻就不止是纯粹的理智陈述，而是触动人们的心弦，唤起我们的情感，使我们对它们的意味有一种感觉，真正对精神分析的理解不仅需要理智，同时也需要情绪反应，二者缺一不可。因此，弗洛伊德很少引用自然科学家和医生的著作，但经常引用的却是歌德、莎士比亚、陀思妥耶夫斯基等人的文学作品。在弗洛伊德生活的德语文化中，有两种知识学科，它们都被称为 Wissenschaften（科学），虽然它们的方法几乎没有共同之处，但在其相应的领域都具有合法性。其中，一个叫 Naturwissenschaften（自然科学），另一个是植根于德国唯心主义哲学的 Geisteswissenschaften（精神科学）。在多数德语世界，尤其是在弗洛伊德生活的维也纳，心理学显然属于精神科学，而在讲英语的多数国家，心理学显然属于自然科学。精神分析关注的是发现个体以往生活的事件及其对个人造成的后果，这些事件和后果对不同的人意味着不同的东西。弗洛伊德经常把精神分析和考古学做比较，精神分析的工作就在于发掘被深埋起来的过去的残余，并与其他可以得到的片段合并起来，以解释个体精神的起源和性质。弗洛伊德的职业是精神分析，但他的爱好却是考古学。他广泛阅读的是考古学和历史，而不是自然科学。他贪婪地收集古希腊、古罗马和古埃及的古物，购买时不惜重金。他的治疗室和写字桌上摆满了这些古物。在治疗过程中，他有时会用其中的某件古物来帮助他的病人理解某个特殊的无意识观念。在确保这些收集品能够和他一起运走之前，他甚至不顾人身安危，拒绝离开被纳粹占领的维也纳。精神分析显然是一门研究独特性的科学（a idiographic science），它利用独一无二的历史事件对人的发展和行为提供一种解释。弗洛伊德对梦的分析、对病人过去历史的建构、对艺术作品的性质及其与艺术家的生活和个性之间的关系的讨论、对宗教或仪式的起源或群众心理的分析，都是在精神科学的框架中进行的。但是，当英语读者面对“科学”这个词时，会想到自然科学；当他或她面对“心理学”这个词时，可能把它当作试图成为一门精密科学的学科，也就是以能够重复和用统计法研究的可控实验为基础的科学。如果认为精神分析属于医学，而弗洛伊德的著作属于自然科学，那么，这样来翻译他的著作就是顺理成章的事情了。

> 在这样的心理框架中，弗洛伊德的某位译者将试图用确切的术语，使事情清楚而明白，但是，关注无意识的许多论文在其所有表现形式中都与这些努力相悖。如果译者遇到在英语中没有对应词的新创造出来的术语，他可能用自己新造出来的术语来翻译，以带来清晰的界定而不是引发含混的和具有情感负荷的含义，因为他相信弗洛伊德在创造他的新术语时一定想达到或者希望达到这种精确性。以这种方式准备的译文会给人增加一种印象，即弗洛伊德的体系是自然科学的一部分。
>
> 这样的翻译方法又被如下事实所强化：即英语的科学著作要求德语著作所没有的清晰和明确。在英语中被斥为头脑糊涂和混乱不堪的某种表述方式，在德文中却是完全可以接受的。英语作者，尤其是科学著作的作者避免含混，而德文著作却充满了含混。在如此大的程度上关注无意识——本身就充满了歧义和矛盾——的精神分析著作在德国人中会公平地对待这些含混，而优秀的英语文体却要求避免这些歧义。从理论上说，弗洛伊德涉及的很多话题都允许解释学——精神的和实证主义——实用主义的探讨。当情况确实如此时，英译者几乎总是选择后者，实证主义是最重要的英语哲学的传统。①

当然，贝特尔海姆也指出，弗洛伊德只是在40岁以后才成为精神分析学家，在此之前，他的著作属于生理学和医学。他的态度是逐渐转变的。他从弗利斯（Fliess）转向荣格，可以看作是他从生物学转向灵魂研究的内在发展的一个步骤。但是，英译者固守于弗洛伊德思想倾向于科学和医学的早期阶段，而不顾或者忽视了人文取向的、更加成熟的阶段，在这个阶段，弗洛伊德最关心的是人类和文化的问题以及灵魂的问题。弗洛伊德本人也曾表明自己认为精神分析的文化的和人类的意义比其医学的意义更重要。正是文化背景或文化语境的差异使弗

① Bruno Bettelheim, *Freud and Man's Soul*, Vintage Books, 1982, pp.37-47.

洛伊德包含自我分析的一些语句变成英语中的分析他人的语句，使德语中具有直接个人含义的 das Ich，das Über-Ich 和 das Es 被译成了冷冰冰的技术用语 ego（自我），super–ego（超我）和 id（本我）；在德语 Psychoanalyse 中，重音在前半部分 psyche（灵魂），到了英语 psychoanalysis 中，重音落在了后半部分 analysis（分析）上。这种颇具“戏剧色彩”的变化暗示出美国的心理学完全忽视了灵魂和内省，只剩下分析。弗洛伊德思想的误译是为了使之更好地适应一种行为主义的框架，而这种框架是完全外在于精神分析的，因为行为主义关注从外在能够看见的东西，能够被不动声色的观察者客观地研究的东西，而精神分析涉及的是人的生活中独有的东西，也就是使他不同于其他人的独特的生活史。①

这不仅仅是翻译的无法对位问题，而是在象征层面昭示出弗洛伊德及其理论在科学主义和唯理智主义知识框架中的难以定位和不好“就范”。另一方面，也显示出不同文化传统对弗洛伊德的理解和接受是受其自身文化语境和“前理解”制约的。正如研究这个问题的人类学家所指出，美国的精神分析大多致力于研究自我（ego）的性质和结构，英国的精神分析发展出包含在超我的创造中的道德意味，而法国的精神分析（以拉康的著作为代表）则把无意识当作精神分析研究

① Bruno Bettelheim, *Freud and Man's Soul*, Vintage Books, 1982, pp.11-12, pp.18-19, p.32, p.108；这里不是详细讨论翻译的政治的地方，但劳伦斯·韦努蒂的下列论述值得引述：“翻译以巨大的力量构建着对异域文化的再现。对异域文本的选择和翻译策略的制定，能为异域文学建立起独特的本土典律，这些典律遵从的是本土习见中的美学标准，因而展现出来的种种排斥与接纳、中心与边缘，都是与异域语言里的潮流相背离的。本土对于拟译文本的选择，使这些文本脱离了赋予它们以意义的异域文学传统，往往便使异域文学被非历史化，且异域文本通常被改写以符合本土文学中当下的主流风格和主题。这些影响有可能上升到民族的意义层面：翻译能够制造出异国他乡的固定形象，这些定式反映的是本土的政治和文化价值，从而把那些看上去无助于解决本土关怀的争论与分歧排斥出去。”（许宝强、袁伟选编《语言与翻译的政治》，中央编译出版社，2001 年，第 359—360 页。）关于美国和英国对精神分析的借鉴和接受情况的讨论，也可参见 Suzanne R. Kirschner, *The Religious and Romantic Origins of Psychoanalysis: Individuation and Integration in Post-Freudian Theory*, Cambridge University Press, 1996, chapter 2: The assenting echo: Anglo-American values in contemporary psychoanalysis developmental psychology。苏珊娜·基尔申娜特别指出，尽管弗洛伊德自称是“启蒙时代”的人，但他的精神分析著作充满了修正、内在的不一致甚至矛盾，它们由启蒙理性主义、进化论、19 世纪的神经病学和精神物理学、德国古典主义和浪漫主义等大量相互冲突的文化话语构成，在美国和英国，这些话语和主题却被“筛选”、润饰，有时被扩展或改变得超出了其原义（参见 Suzanne R. Kirschner 上引书，第 27—28 页和第 35 页注解 4）。

的真正领域。美国从一开始就表现出对精神分析观点的极为接受，这令弗洛伊德本人都很吃惊，但美国人对弗洛伊德的阅读所注重的完全与欧洲传统的某些侧重点相反。美国的弗洛伊德理论所具有的个人主义和享乐主义的色彩是美国资本主义意识形态的产物，它与美国文化的价值观和乐观主义及其对个人自由的强调是联系在一起的。① 对美国的精神分析做过专门研究的学者内森·黑尔指出，美国最初的精神分析学家多数思想开放，他们在接受各种理论时不大注意其内在的逻辑和一致性。而且，他们毕竟是实用主义者，主要关心实际的治疗以及把精神分析用于病理和社会问题。在美国精神分析史上一直争论不休的问题是：精神分析怎样才是科学的？弗洛伊德的性与性别理论如何有效？什么样的证据可以证明精神分析的解释？它们能够用实验证明吗？等等。② 在此背景中，我们似乎不仅可以理解弗洛伊德的一系列美国“弟子”对他的学说做出“修正”的方式，而且也可以理解为什么马尔库塞会从一个极端的方向来理解弗洛伊德，或者说他通过把弗洛伊德推向极端而“利用”弗洛伊德的理论来建构自己颇具美国乐观主义色彩的、取消了压抑的乌托邦王国。③ 正因如此，阿尔杜塞在讨论弗洛伊德和拉康的论文的开始就直截了当地说，无论是谁在今天要想单纯地理解弗洛伊德的革命性发现，不仅是认识它的存在，而且要明了它的意义，就必须跨越隔在我们与弗洛伊德之间的巨大跨度的意识形态偏见。因为不仅弗洛伊德的发现被简化为在本质上外在于它的学科（生物学、心理学、社会学、哲学）；也不仅是大量的精神分析（特别是美国学派）变成了修正主义的同谋，而且这种修正主义本身在客观上充当了荒谬的意识形态宣传，精神分析已经成了这种宣传的靶子和牺牲品。④

回到弗洛伊德的立场，我们可以看到，准确地说，他不是一个改革家或革命

① Suzette Heald and Ariane Deluz (ed.), *Anthropology and Psychoanalysis: An encounter through culture*, Routledge, 1994, Introduction, pp.3-4.

② Nathan G. Hale, *The Rise and Crisis of Psychoanalysis in the United States: Freud and the Americans 1917-1985*, Oxford University Press, 1995, Introduction, p.6-7.

③ 弗洛姆曾批评马尔库塞对弗洛伊德概念的严重曲解和利用，参见［美］埃里希·弗罗姆：《精神分析的危机——论弗洛伊德、马克思和社会心理学》，许俊达、许俊农译，国际文化出版公司，1988 年，第 18—23 页。

④ Louis Althusser, *Writings on Psychoanalysis: Freud and Lacan*, translated and with a Preface by Jeffrey Mehlman, Columbia University Press, 1996, p.13.

家，所以，尽管他的理论具有批判性，但他没有反对启蒙理性。他是站在启蒙理性的立场上瓦解启蒙理性，他的工作是阿多尔诺和霍克海默所说的启蒙的自我瓦解的一部分。换言之，弗洛伊德的精神分析代表着启蒙理性的自我解构和黑格尔意义上的自我否定。只有在这个层面上，哈贝马斯所说的精神分析的自我反思才能获得进一步的理解。弗洛伊德不仅把所谓的非理性当作研究的对象，而且在研究方法上甚至在研究的主体（他本人）上为非理性预留了相当大的空间。我们很难说这纯粹是弗洛伊德本人的一种“无意识”，因为尽管他一直想让精神分析跻身于科学之间，但他从来没有为了这个目的而放弃精神分析的核心原则。所以，当荣格 1912 年从美国给弗洛伊德写信说他对精神分析的改革已经克服了许多人的抵抗时，弗洛伊德回信说，这没有什么可夸耀的，他对精神分析辛辛苦苦获得的真理牺牲得越多，就越会发现抵抗消失。[①] 弗洛伊德不肯放弃的重要方面不仅是性理论，而且还应该包括作为精神分析的方法论构成（不仅是作为对象）的非理性成分——梦、疯癫、幻想、无意识、情感以及浓厚的文学精神。

弗洛伊德瓦解理性的武器之一就是情感。英国学者克里斯托弗·豪克指出，情感（affect）这个概念就和性欲、性别等“人性”的“本质属性”一样，是一个建构物（a construct）。直到作为启蒙运动的后裔的心理学和作为启蒙运动在现代晚期最具反思的表现形式的精神分析在 19 世纪末的来临，情感才被从存在的母体中提取出来。尽管不同时代不同地方的文化和历史对情感的塑造方式有所不同，但情感总是被描述和界定为理性的反面。对于洛克和笛卡尔这些启蒙思想家来说，有意识的理性高于其他的一切，情感对于寻求把世界或自然当作外在的物来考察的一种客观化的意识的要求来说，完全是多余的。所以，在现代性晚期的自我检视中，情感已经成为脱离人类理性的一种现象。情感在人类理性的心灵中变成了一种怪异，被当作一个“错误”。达尔文表达了 19 世纪对情感的认识，即情感是人和动物共同具有的“自然”属性，是人类心理的非理性方面。因此，启蒙运动通过把理性与情感、意识与无意识对立起来而拒绝了情感和无意识。但

① 参见弗洛伊德：《精神分析运动史》，见车文博主编《弗洛伊德文集》第三卷，长春出版社，1998 年，第 95—96 页。

是，弗洛伊德和荣格的理论和经验性发现在19世纪末又为情感和无意识赋予了重要性，并引起人们的关注。没有“情感”这个概念，精神分析的发生就是不可想象的，因为它是无意识心理、压抑机制和歇斯底里症状的基石。因此，割裂“情感”与“理性”并且把“情感”当作一个特别的“对象”，这本身就可以看作是现代性自身的情结（modernity's own complex）。弗洛伊德的精神分析理论，始于歇斯底里创伤和奇怪的压抑，进展到性欲理论和俄狄浦斯情结，最后是生本能和死本能的元理论。在此，弗洛伊德表现出一种努力，即重新构想一个较少依赖开始时的情感与理性的割裂状况的精神分析科学。在第一次世界大战这个脱离19世纪和维多利亚价值观而进入后现代的历史时刻，荣格与弗洛伊德的决裂不仅仅是观念的改变，而是与他的19世纪科学理性主义的根源保持距离，他试图从炼金术、东方神秘主义、美洲和非洲的土著仪式或信仰中提取非理性或另一种理性（多元理性）来表述现代意识。所以，豪克认为，弗洛伊德的无意识理论和荣格对心理学的发展都构成对现代性的一个回答，但荣格更具有反现代或后现代的倾向。①

在研究和表达所谓“非理性的”情感时，弗洛伊德使用的是颇具暧昧性、歧义性、隐喻特点和暗示性的德语。托马斯·曼称赞弗洛伊德写的是“一种极度直观的（höchst anschauliche）散文”，而且弗洛伊德曾于1930年获歌德奖。美国研究欧洲启蒙思想史的权威学者彼得·盖伊认为，弗洛伊德天生就是一个作家，他从一开始就自然而然地是一个文人，他的活力、机智和清晰并非努力所得，而是他的品性的一部分。弗洛伊德承认自己是在读了歌德有关自然的“美”文之后才走上医学之路，而且他认为，诗人和小说家在描写人类动机和人类行为时往往是正确的。不过，弗洛伊德一生中对别人把他描述为艺术家都很敏感，因为他把这种说法视为抵制精神分析的科学命题的另一种形式。只是后来他才把精神分析看

① Christopher Hauke, *Jung and the Postmodern: The Interpretation of Realities*, Routledge, 2000, pp.224-230, p.64, p.32；美国学者布鲁诺·贝特尔海姆在指出英译者把弗洛伊德所说的灵魂（soul）译成心理（mind）或智力（intellect）时认为，这种翻译违背了弗洛伊德的意思，因为精神分析的目标是把情感生活整合到智力生活中去（参见 Bruno Bettelheim, *Freud and Man's Soul*, Vintage Books, 1982, p.71）。

作一门需要借助文学手段来阐明自己的理论的独特的科学。精神分析的材料是私人性的、被隐藏起来的、难以界定和不可能量化的，它需要类比和心理图像。这些东西可能不够精确，但它们不可或缺。[①] 因此，弗洛伊德的精神分析与欧洲现代主义文学的深刻关联，绝不仅仅在于文学家们从精神分析中汲取了创作的灵感源泉，更在于弗洛伊德为精神分析赋予的深刻的文学特性。英国学者格雷厄姆·弗兰克兰指出，弗洛伊德的著作中经常提及欧洲古典文学和神话，但文学对他来说显然已经不仅仅是一个分析的对象，而是他的思维过程的一个主要特点。精神分析的影响之所以在文学领域最为强烈，正因为弗洛伊德的"科学"实践的根源本身就是一种特殊方式的文学。精神分析的解释学来自文学范式，因而它能够悬置科学实证主义与非理性主义的对立。所谓的"自由联想"就有文学的渊源。弗洛伊德强调的移情和训练分析，超越了主观和客观的粗暴划分。所以，美国批评家哈洛德·布鲁姆（Harold Bloom）甚至把弗洛伊德后期的著作当作有关文学创作的文学创作来阅读。[②] 加拿大哲学家查尔斯·泰勒写道：

> 弗洛伊德对这个内在世界采取了一个笛卡尔式的立场，而不是尝试采取介入的立场。目的在于，通过将这个内在的世界客观化，获得一

---

①Peter Gay, *Freud, Jews and Other Germans: Masters and Victims in Modernist Culture*, Oxford University Press,1978, pp.50-53.

②Graham Frankland, *Freud's Literary Culture*, Cambridge University Press, 2000, p.7, p.38, p.117, p.150, p.140, p.170, p.203；已有多位学者指出弗洛伊德的精神分析所受的文学影响以及所具有的文学性。例如，美国学者内森·黑尔指出，精神分析的文学性质确保它对知识分子的吸引力（参见 Nathan G. Hale, *The Rise and Crisis of Psychoanalysis in the United States: Freud and the Americans, 1917-1985*, Oxford University Press, 1995, p.380）；英国学者伊恩·帕克指出弗洛伊德受浪漫主义哥特小说的深刻影响（参见 Ian Parker, *Psychoanalytic Culture: Psychoanalytic Discourse in Western Society*, SAGE Publications, 1997, p.21）。汉斯·艾森克（Hans Eysenck）认为，弗洛伊德不是科学的天才，而是文学的天才。弗洛伊德的地位不是他自己宣称的和哥白尼与达尔文并列，而是和童话讲述者安徒生及格林兄弟并驾齐驱（参见 Stephen Frosh, *For and Against Psychoanalysis*, Routledge, 1997, Preface, p.30）；美国学者诺曼·霍兰德认为，弗洛伊德从诗人那里学会了他的语言，在弗洛伊德的全部发现和整个一生中，文学都发挥了重要作用。精神分析对弗洛伊德可能具有一种艺术的情感价值，弗洛伊德的艺术思想是和他的科学思想及心理分析思想携手并行的（参见他的《后现代精神分析》，潘国庆译，上海文艺出版社，1995 年，第 28—29 页，第 45 页，第 207 页）。

个分解式的理解，并且因而把我们从它的纠缠、恐惧和强制性中解放出来。

弗洛伊德的宏大的志向是让我们在面向内在深度时，再次获得自由和冷静，再次获得被分解的主体的尊严。这并不是说，弗洛伊德的工作与后叔本华的艺术家毫不重叠。弗洛伊德的科学术语和他的分析语言要求对这个深度进行表述。弗洛伊德的确意识到人类象征能力的巨大威力，甚至经常将它禁锢在本能的巨大冲突中，而且通过压缩和替代将之歪曲。它可能证明弗洛伊德的工作——一种心灵的自然科学——是不可能用他所构想的术语完成的。这个探究比弗洛伊德所情愿承认的更接近艺术和文学。[①]

精神分析的文学性的一个重要来源在于，它受到欧洲浪漫主义思想的深刻影响。正如美国学者苏珊娜·基尔申娜所指出，尽管浪漫主义并非一个统一的文学运动或哲学运动，但 18 世纪与 19 世纪英国和德国的浪漫主义的主题和情节结构具有“明显的相似性”（striking parallels）。浪漫主义的叙事模式是基督教神秘主义的世俗化，代表着超自然主义向自然主义的转化。上帝的力量在浪漫主义叙事中仍然起作用，但这种力量完全被放置在心里，而不是源于外在的超自然。人类生存状况的悲剧不再是灵魂和上帝的分裂，而是心灵和自然的疏离。对于浪漫主义者来说，所有的神灵都在人类的心中，救赎不再完全是此世的事情，也是一个内在化的、心理化的事情。在很多浪漫主义叙事中，个人心理的成长和人类历史是平行的。与本能的自我以及外在自然相疏远的文明人被认为在启蒙时代达到极致。在浪漫主义者看来，理性主义对主客体的划分以及社会经济秩序的零散化和专业化，是人类历史必要而不充分所以最终还是有问题的一个阶段。浪漫主义者用自我或心灵取代了上帝。这个自我必须承受由分化、冲突和异化带来的痛苦，这样才能让它认识到自己的身份以及和宇宙中的其余万物的关系。人类的生活就

①［加拿大］查尔斯·泰勒：《自我的根源：现代认同的形成》，韩震等译，译林出版社，2001年，第 697—698 页。

是爱与毁灭、善与恶、希望与失望的不断斗争。因此，浪漫主义者构想了一套新的精神的、哲学的和情感的词汇，并将它引入欧美文化。弗洛伊德正是19世纪晚期接受并使用浪漫主义母题和结构的一个文化人物。不仅如此，19世纪和20世纪早期所有受过教育的中欧人和英国人，都受到浪漫主义话语的影响，这种影响一直延续到今天。当代精神分析的发展叙事吸收的不仅有基督教神秘的神正论，而且有浪漫主义为这个神正论加入的反启蒙的含义和价值。精神分析体现了对经验、人类生存状况及其革新潜力的不同解释方式，它是对纯粹唯物主义的和理性经验的解释体系的挑战或补充。精神分析和浪漫主义运动可以被理解为给欧洲的教育文化输入了描述某些经验、意义和价值领域或方式的新词汇。正像浪漫主义思想家感觉到正在出现的现代性的狭隘和精神贫困一样，精神分析的发展理论体现的是有关现代性强调理性和自主的局限和兴衰的话语。[1] 因此，法国学者克莱芒认为：

> 烟雾笼罩的“黑暗力量”神话和浪漫主义作家的作品中已有表现的地下王国的模糊形象，被弗洛伊德用严整的规律和精确的结构——言语结构所取代了。[2]
>
> 弗洛伊德全部努力的目的在于，改变传统的关于无意识的东西是被地下王国又黑又深的奇形怪状包围着的、被“恶魔”呼出的气息笼罩着的和甚至发散着硫磺气味的那么一种东西的哲学文学观念。在弗洛伊德以前，无意识的东西在逻辑方面被解释为一肯定概念的反面：无意识就是一种没有意识的东西。而弗洛伊德则证明了无意识的东西作为一个具有本身特征的、可给以某种定义的肯定概念的存在。无意识的实在性的

①参见 Suzanne R. Kirschner, *The Religious and Romantic Origins of Psychoanalysis: Individuation and Integration in Post-Freudian Theory*, Cambridge University Press, 1996, pp.154-177, pp.197-199。

②[法]C. 克莱芒、P. 布律诺、L. 塞弗：《马克思主义对心理分析学说的批评》，金初高译，商务印书馆，1985年，第13页。

证明是梦、无意失言、俏皮话、所有可用一个使我们联想到临床分类的共同术语“症状”来代表的那些现象。[①]

正是在这个意义上，弗洛伊德与现代民间文学或民俗学研究者一起，“发现”了启蒙运动认为不可理喻、不合逻辑以及无意识的民间文学或民俗现象，把它们“构造”成为学科研究的对象，并且以这种研究或明或暗地、或有意或无意地构成了对现代性的工具理性的批判。从起源上说，弗洛伊德的精神分析话语和现代民间文学或民俗学话语都秉承了赫尔德浪漫主义的表现主义的余绪，“浪漫主义的表现主义诞生于对分解式工具理性以及从这个理性流出的道德和社会生活形式的抗议中，这些道德和社会生活形式是单向度的享乐主义和原子主义。这个抗议以不同的形式持续了整个 19 世纪，而且，随着社会被资本主义的工业主义按照越来越原子主义和工具主义的方向加以改变，这个抗议也变得更加贴切”。[②] 也正因为民间传说、神话故事以及文学艺术中保留着想象的、与理性不符的“陌生真理”，精神分析才找到了一个进入民间文学的途径或通道，弗洛伊德的精神分析话语和现代民间文学话语也在这个层面建立了相互受益的合作关系。

三、自反现代性：精神分析和民间文学话语的悖论

当邓迪斯说把精神分析方法用于民间文学或民俗学研究可以让双方都受益时[③]，他并没有提到甚至也可能没有意识到，精神分析研究无意识和梦的方法与现代民间文学或民俗学研究自身对象的方法论之间在发生学上具有的共生和同构关系，而这种关系使精神分析话语和现代民间文学或民俗学话语在同一个层面与现代性发生了关联。

①［法］C. 克莱芒、P. 布律诺、L. 塞弗：《马克思主义对心理分析学说的批评》，金初高译，商务印书馆，1985 年，第 44 页。
②［加拿大］查尔斯·泰勒：《自我的根源：现代认同的形成》，韩震等译，译林出版社，2001 年，第 641 页。
③参见［美］阿兰·邓迪斯：《民俗解析》，户晓辉编 / 译，广西师范大学出版社，2005 年，第 125 页。

首先，正如利科所指出，精神分析学是涉及替代对象与原始的（失去的）本能对象之间的意义关系的诠释科学，它更接近历史学而不是自然科学。利科把精神分析称为“主体考古学”（an archeology of the subject）或“欲望的语义学”（the semantics of desire）。因为精神分析学不是观察，而是解释，它处理的不是事实，而是意义或修辞。① 在这个意义上说，精神分析话语和民间文学或民俗学话语面临着共同的对象，即作为主体的人所理解的意义（meaning for the subject）。弗洛伊德和邓迪斯正是在意义和修辞层面上建立了梦的象征与民俗、神话、谚语等民间文学形式的联系。弗洛伊德本人对梦的解释以及拉康的“无意识是像语言那样构成的”② 这个著名断言，强调的都是无意识的压缩、移位与语言学的隐喻和换喻等修辞手法的相似，而在弗洛伊德看来，这些手法在梦中和在各种民间文学形式中得到了同样集中的体现。邓迪斯对民俗学或民间文学材料所做的精神分析研究，也同样是把“投射”或“逆向投射”的无意识“原理”用于各种民间文学形式之中，其理论前提与弗洛伊德是一样的，即“假定”各种民间文学形式和梦一样，都是无意识自我显现的种种形式或“征兆”，都是过去（在个人和群体层面）在现在的遗留物，或者是被现在压抑却不断地侵入和打扰现在并对现在造成影响的东西，它们与意识的表达方式是不同的，甚至是相反的。正是在这里，我们可以看到精神分析话语与现代民间文学话语的一个共同的启蒙主义式的“价值预设”：即无意识和各种民间文学或民俗体裁一样，是非理性的和非逻辑的，或者在很大程度上具有这些特征，它们和意识或理性思维截然不同，属于列维—布留尔所说的“前逻辑思维”、列维—施特劳斯所说的“野性思维”或卡西尔所说的“神话思维”。这实际上正是启蒙时代的认识论前提。美国学者彼得·盖伊指出，启蒙时代必须把宗教看作迷信和错误，以便认识自身。当时的人们用“神话思维”（mythical thinking）这个集合术语来描述各种迷信的和错误的心理运算。其纯粹形态可见于原始民族。创造神话的心理不能完成物性（Sachlichkeit），因

①Paul Ricoeur, *Freud and Philosophy: An Essays on Interpretation*, translated by Denis Savage, Yale University Press, 1970, p.420, p.359, p.362-365.

②[法]雅克·拉康:《〈被窃信件〉的讨论》，户晓辉译，《当代电影》1990 年第 2 期。

为它不能冷静地和量化地处理经验，也因为它不能把对象经验为对象。[①] 或许正是现代民间文学和民俗学话语与精神分析话语为传统的民间文学形式或无意识预留的这种边缘的、下层的位置才使我们明白：

> 我们建立“现代性”这一概念可以依赖的[②] 首要基础——也是最广泛的基础——是文化人类学，而不是历史。人类学研究揭示出了大部分古老文化所共有的一些基本特性，从而使我们得以从现代性的反面去理解现代性。由于通过一些有区别性的特征从正面对现代性的内容进行定义极不容易，所以一种“反面意义上的”定义便是第一种可能的界定方法，它也许是惟一不会引起争议的界定方法。事实上，人种学、文化及宗教历史所提供的信息资料可以使我们就我们所称的那些“传统”（或“传统意义上的”）社会所共有的一些特点达成一致的观点。一句话，现代性可以被定义为那种其主要特征与传统文化特征相对立的文化状态。
>
> 与传统价值的对立，而不是与古代价值的对立。即使传统看上去按部就班地在现代性面前不断后退（正如森林在牧场或田野面前，田野和村庄在大都市面前后退时的运动一样），但它并不因此而失去了它在现时和当代历史时期中的作用。传统并非某些保持着“古代特性”的民族（这些民族成为我们的同代人只不过是个偶然而已）所特有的东西。传统活跃在广袤无际的土地上，它在欧洲大陆的原野上一直延续到离现在很近的一个时代，它随时准备在人们意想不到的地方突然重现，首先是通过思想模式的渠道出现在我们每个人的身上，思想模式与我们的潜意识力保持着千丝万缕的联系。另一方面，现代性有时还会依靠最远古的思想模式来战胜最新或较新的思想模式……[③]

---

①参见 Peter Gay, *The Enlightenment: An Interpretation, Vol.1: The Rise of Modern Paganism*, Wildwood House, 1966, p. 37, pp. 90-91。

②原文此处多一个“要”字。

③[法]伊夫·瓦岱:《文学与现代性》，田庆生译，北京大学出版社，2001 年，第 24—25 页。

在这方面，精神分析、现代民间文学与人类学一样，都是一种反思的话语（至少在对待“非理性的”现象或学科对象的意义上是如此），都对现代性话语的形成起过独特的和不可替代的作用，同时，它们又都是这个话语的重要组成部分。

其次，精神分析话语和现代民间文学或民俗学话语都把各种民间文学或民俗形式想象为感性的、直观的和幻想的东西，并且在此基础上发掘其对现代性的理性偏至或种种“疾病”的疗救价值。① 例如，德国学者和精神分析治疗师佩塞施基安就在各种故事、神话、寓言和观念中发现了一种给幻想和直觉以更多地位的方法，以作为自我发现和治疗心理冲突的辅助方法。他认为，我们容易把故事、童话、神话、英雄传奇和寓言看成孩子们感兴趣的领域，好像这些对我们已经过时了。在西方，讲故事的老祖母似乎像东方的职业说书人一样是属于过去的人。这种情况可能与下列事实有关：故事和神话不大讲理性和清晰的逻辑，因此，也不大讲取得成就的进取原则，而更多地讲直觉和幻想。②

> 这些故事由于其戏谑的特点，近于幻想、直觉和某些不近情理的特点，而与现代工业社会的理性和技术型的故事显著不同。现代工业社会那种一心要取得成就的进取精神与我们故事的主旨是相抵触的。在现代

① 英国人类学家杰克·古迪指出：“在精神分析学中，‘谈疗法’要求分析者和被分析者从片断的谈话中构建出‘一种病史’（a case history）即类似于弗洛伊德的多拉（Dora）和狼人（the Wolfman）的‘历史’。这些病史从来不是自动出现的，而是被引出和被创造的；它是文字社会的一种创造，也是遵循文字程序的一种创造；大概正像美索不达米亚的吉尔伽美什史诗或当代芒戈人（Mungo）的史诗一样，它是由片段拼凑而成的一种连续的叙事……自然，我们应该为我们的生活创造一个概要的叙述，以写进个人简历，以呈现给分析者，以完成日记或自传中的润色。但是，这种叙事离纯粹的口头文化的要求有多远呢？我几乎无法想起这种叙事会在什么情况下发生。正是作为人类学家、心理学家或历史学家的我在试图从到手的片段或者通过艰苦的问询来建构生活史（其他史也一样），我让被问者为我回答和表述指定情境督促他或她去做的事情。生活史不是自动出现的；它们很大程度上是被建构起来的。”（[英]杰克·古迪：《从口头到书面：故事讲述中的人类学突破》，户晓辉译，《民族文学研究》2002年第3期。）

②参见[联邦德国]诺·佩塞施基安：《东方故事与心理治疗——〈商人与鹦鹉〉及其他》，明太、明谊译，国际文化出版公司，1989年，第4—5页，第12页。

工业社会里，人们最优先考虑的是成就，人际关系的性质降低到了只顾人的背景。比起幻想和直觉，人们更重视理性和理智。[①]

但是，精神分析话语和民间文学话语的本意不仅在于利用故事的治疗价值，其出发点是，先把无意识的东西（梦、神话、童话、传说等）看作非理性的和感性的寄居场所，然后用理性的和抽象的理论与方法来研究它们。这就造成精神分析话语和现代民间文学话语在方法和对象上的一个悖论：即它们必然是以理性的和逻辑的方法研究被它们界定为非理性和前逻辑的现象或对象，以专家的、学科性的知识面对非专家的和非学科性的“民间”知识。正像精神分析发明了种种特殊的理性化术语来将无意识的东西翻译为意识的语言或可以被逻辑思维认识的语言一样，现代民间文学或民俗学话语自产生以来也创造和“发明”了多种多样合乎理性的理论和方法，以便理解、解释和驯服它们的研究对象，甚至是使这些对象作为研究对象而出现。在一定程度上，我们甚至可以把它们的学科发展史看作一个用不断修正的抽象的和理性的理论范式来契合具体的和非理性的研究对象的过程。换言之，对象的轮廓和属性是由研究的前提和预设所勾画好的，因此，我们几乎不可能从研究对象那里看到比研究者希望看到或者想看到的更多的东西。在这个意义上，也注定了现代民间文学或民俗学研究不可能把其研究对象的意义“一网打尽”。

再次，方法论的一致性不仅使现代民间文学话语与精神分析话语“发现”并“看见”了相似的对象，而且使研究者在面对各自的对象时发生了相似的体验。精神分析学家在面对人类一去不返的童年以及意识的“暴君”对无意识的压制时所体验到的挽歌情绪在弗洛伊德的《文化中的不适》[②] 等书中可谓跃然纸上；而现代民间文学或民俗学研究者在研究自己的对象时不约而同地表达出来的共同情

①[联邦德国]诺·佩塞施基安:《东方故事与心理治疗——〈商人与鹦鹉〉及其他》，明太、明谊译，国际文化出版公司，1989年，第2页。

②Sigmund Freud, *Das Unbehagen in der Kultur*, Internationaler psychoanalytische Verlag, Wien, 1930.

绪，轻则可以说是怅然若失，重则可以用德国现象学家舍勒的一个用语来概括，那就是对现代性的“怨恨”。

尽管西方自 20 世纪 70 年代之后、中国自 20 世纪 90 年代之后，民间文学或民俗学主流话语已经发生了从过去向当代、从文本研究向语境研究、从群体研究向个体研究的转向，这似乎预示着它们将从现代性的悖论中解放出来，但是，当代民间文学或民俗学话语能否更好地理解自身与现代性的共生关系，从而使学科在新世纪获得新的发展契机和活力，是本书关注的一个基点。如何理解自身赖以生存和“安身立命”的理论前提，才能摆脱学科的生存危机，由此获得更大的生存空间和解释潜力，这仍然是需要我们继续深入思考的理论问题。

附录："现代性与民间文学"笔谈①

现代性之后的民间文学

◎户晓辉

民间文学或民俗学产生"宏大理论"的时代已经一去难返了。如果仍然有许多人对这一断语将信将疑，那么，大概没有多少人会否认：当代民间文学或民俗学学科已经步入一个反思的时代。以往的研究范式和理论方法出现了危机，新的范式和成熟的理论又一时难以成就。但要提出新的东西，首先需要对以往的研究有学理的反思和清晰的理解。基于这样的考虑，我提出了"现代性与民间文学"这个反思的问题或课题。

说起这个话题，我们自然首先要界定什么是"现代性"？什么是"民间文学"？不同学者对它们可能会有不同的理解或界定。在我看来，这里的"民间文学"主要是在学科和学者话语的意义上使用的一个名称，因此，当我在拙书《现代性与民间文学》中指出民间文学或民俗学研究是在现代性语境中诞生的学术体制现象时，主要指的就是作为学科和知识分子话语意义上的民间文学或民俗学而言的。与此同时，我把"现代性"之前或之外的民间文学现象（即我们通常所说的作为直接研究对象的"民间"或民俗现象）"悬置"了起来，对它们的存在采取不设定和"存而不论"的态度。这就意味着，"现代性之前或之外难道就没有民间文学创作吗"或"中国民众中的现代性"这样的问题不属于拙书讨论的问题

① 这组笔谈文章原载《民间文化论坛》2005 年第 1 期，第 1—12 页。

范围。但在知识分子（民间文学或民俗学学者）话语或学科之外的所谓“民间”或民众中是否有“现代性”？如果有，这种“现代性”是民众自发产生的还是学者们为他们赋予的？或者民众的“现代性”与学者的“现代性”是一个还是两个？如果是两个，它们之间有没有关系或者有什么样的互动关系？这些问题当然也完全可以在“现代性与民间文学”这个话题之下来讨论。参加本栏目讨论的有些学者就已经涉及这些问题。接下来的一个问题是：现代性之后的民间文学是什么？这至少有两层意思，一是自有现代性以来的民间文学是什么，或者处于现代性之中的民间文学是什么？二是现代性终结之后的民间文学应该或将会如何？换言之，我们怎样想象或设想超越现代性的民间文学？参加本专栏讨论的几位学者已经对这些问题做了有益的思考。

相比之下，“现代性”这个概念要复杂得多。它本身是一个反思的概念，哲学上称之为第一次反思。也就是说，这个概念是经过“反思”之后才出现的，否则，就不会有所谓“现代性”的问题。有反思就会有疑问，所以有人认为，我们还需要对“现代性”做第二次反思，也就是对它的提问方式再提出疑问。本栏目的篇幅不允许我们展开讨论这个概念，但有必要表明，无论人们怎么界定它，“现代性”在哲学上主要指主体性或理性，一般被用来描述18世纪以来不同社会和文化迈向一系列“现代”特征并与自己的过去产生“决裂”的历史过程。只有在历史的行程走到某个危机的关头或者出现一些明显的迹象时，人们才会反身回看这段历史，并用“现代性”这样一个概念来概括它的特征。在本栏目中，金惠敏先生把现代性划分为“外向现代性”和“内向现代性”，就对我们理解现代性颇具启发。

当我们把思考的目光朝向外界的研究对象，一心一意地仅仅关注我们之外的民间文学或民俗现象时，我们大概很难提出并意识到“现代性”与民间文学有没有关系或者有什么样的关系这样的问题。只有当我们在思想上往后退一步，假设自己能够暂时跳出历史来回顾作为现代学科而产生的民间文学研究时，我们才可能认识到：现代民间文学或民俗学研究并不是古已有之的学科，而是在现代性语境中产生的文化体制现象。在很大程度上，现代民间文学话语及其主要的范畴、概念和研究的理念都是现代性意向的建构之物。所以，虽然从“现代性”视野看民间文学学科不是我们反思的唯一视角，更不可能把学科问题包揽无遗，但我相信，这是通向学科自我理解之路的一个不错的“入口”。只是我必须马上补充说明，我们不可能真的跳出历史。正是在后一种意义上，我才说“现代性与民间文学”这样一个话题是一个经过反思才能呈现的问题。因为严格地说，“反思”是思维在个体或个人的意义上对其自身的反身思考，我们对其他人的思考不能形成一种回返性的“反思”。这就意味着，作为现代民间文学研究的学者，我们提出“现代性与民间文学”这样的反思性课题，所要反思的并非处于我们自身之外的一个学科，而是要反思作为这个学科理念的化身和实现者的我们自己。因为如果民间文学这个学科和“现代性”有关系，无论这些关系是什么，那么，作为处身这个学科之内的学者，无论是否愿意，我们都不可能处在这些关系之外，而是必然在这些关系之内，甚至我们本身就是这些错综复杂的历史关系的产物。因此，这个话题才把我们的反思引向民间文学这个学科，引向我们自己。当我说这个问题是一个反思的问题时，我要强调我们的反思不仅不是站在学科之外，而是要站在学科之内，更要指出：在反思的意义上，学科的“我”和学者的“我”应该是同一个“我”，对学科的反思应该就是对我们自己的反思。因为虽然民间文学或民俗学学科的知识不可能离开我们的经验，但学科的知识并非仅仅由经验构成。作为该学科的研究者，“我”必须置身于学科传统之中，接受或选择学科自身（对“我”来说）先验的理论、范畴等等。在很大程度上，这些先验的学科理论和范畴正是“现代性”赋予民间文学或民俗学学科的。我们的研究不是要完全抛弃这些理论和范畴或者要追求一种所谓“无前提”“无偏见”和“纯客观”的研究，而是要对这些理论和范畴做出区分、反思甚至（康德意义上的）批判，澄清它们的来源和出处。实际上，对“现代性与民间文学”的关系的揭示，在一定程度上就是对现代民间文学研究的先验前提的揭示或还原。用哲学的术语说，我们的民间文学或民俗学研究不能仅仅停留在经验的“我”的层面上，而必须经过一个先验的“我”的批判，经验的“我”的研究才能具有客观性和普遍必然性。因为从根本上说，经验的“我”所提供的认识是偶然的、多变的，而且不同经验的"我"得出的认识，很难彼此说服，甚至根本不能相互驳难。更重要的是，经验的"我"不是反思的"我"，只有先验的"我"才能给自我提供这样一个超出经验的反思维度。一个学科的客观有效性必须建立在经过先验的"我"的反思基础上，而不能建立在纯粹经验的"我"的实证归纳的基础之上。过去的经验和教训提示我们，那种未经先验的反思和批判而匆匆建立起来的民间文学或民俗学体系往往是"危险的"。

在此，我可以举日本学者子安宣邦对柳田国男的一项研究为例。众所周知，柳田国男（1875—1962）是日本现代民俗学或民间文学研究的开创者，他提出的"一国民俗学"和乡土研究方法为日本学界树立了研究的范式。直向的或外向的研究可能会关心柳田国男说了什么，他的观点或主张是什么，而从"现代性与民间文学"这个角度来研究柳田，可能更要提出的问题是他是怎么说的以及为什么要这样说。子安宣邦在《一国民俗学的成立》一文中正是从这样一个批判的角度指出，柳田国男强调，构筑民俗学知识的人或民俗学上的资料收集者不能成为与该土地异质的"旅人"，因为后者作为民族学调查者的角色，只具有外在于调查对象的视线。柳田认为，民俗学的调查者应该深入"细微的内部之心理现象"，因此，每一国别的民俗学（一国民俗学）才优越于根据"旅人"所进行的不同人种的调查之学（民族学）。所以，柳田甚至说自己提倡的"一国民俗学"是近代日本"认识自我的学问"，是新的"国学"。这在我们看来的确是一种卓见。但子安宣邦指出，柳田的模式并非一个历史的存在物，而是一个观念性的东西。他对"内部"观察者（民俗学和民间文学学者）的特权的强调，不仅要消灭与对象的距离，而且会遮蔽被观察到的事物——强调"内部"视线之特权性的人，其实只是看到了自己要看的东西。柳田国男的民俗学强调以"认识平民的过去"为第一要义。他的"平民"指被官方史学所遗忘而作为"史外史"存在着的"常民大众"。"一国民俗学"的新鲜之处就在于向这些以往历史不曾记录的"常民"投去的那种"全新而亲密的视线"。子安宣邦认为，"柳田投以亲密目光的平民的日常，永远是在他的叙事语境中被捕捉到的东西"，这种目光仿佛是站在历史的外部即"平民"这一视野上的，但实际上这不过是民众主义者任意的期待而已。柳田一方面说自己是平民的一员，另一方面又说需要对平民的日常投以亲密的目光。他的目的构成其学问的逻辑，即“国民”是将个别的乡土研究成果和各地平民生活的记录综合为“一国民俗学”的逻辑基础。柳田国男这些有关平民的话语正是强有力的日本国家近代化（即现代性）话语的一部分。①

沿着这条思路，我们可以比较与柳田国男的主张异曲同工的顾颉刚，我一直相信顾氏是我们反思“现代性”与中国民间文学的一个极好个案，是有待我们“发掘”的一个好课题。以顾颉刚为代表的中国现代民间文学或民俗学研究者与民众究竟处于什么样的学术伦理关系之中？这种关系与中国的“现代性”又有什么关系？它对我们认识和反思中国现代民间文学学科与研究对象的关系有哪些启示？我相信，深入研究这样一些问题，对我们思考中国民间文学或民俗学学科未来的研究理念和方法论模式，将是颇有裨益的，甚至是十分必要的。②

无论如何，在“现代性与民间文学”这个题目下，我们可以讨论很多具体的问题，比如，“现代性”有没有给我们的学科甚至学者个人赋予一种与生俱来的“原罪”？它如何制约了我们对学科对象的界定？启蒙和浪漫的冲动如何在我们的学术研究中成为无形的情感辖制力量而起作用？“现代性”为我们的学科赋予的学术伦理是什么以及是否有问题？“现代性”是否存在于“民间”以及它如何存在于“民间”？“现代性”与所谓的“民众”以及研究民众的学者究竟处于什么样的关系之中？作为学科存在的“民间文学”和作为现象存在的“民间文学”是一种什么关系？它们分别或者共同与“现代性”构成什么关系？研究和反思诸如此类的问题，本身不是目的，而是为了在清理学科历史和资源的基础上，明确学科的发展方向。我们需要做的，就是从现代性角度考察民间文学与现代性问题的各种关联，解读民间文学学科基本问题在现代性视野中呈现的复杂理论内涵，并以此促进学科的自我反思和自我理解，廓清学科的问题意识，使其在新世纪获得

---

①参见［日］子安宣邦：《东亚论：日本现代思想批判》，赵京华编/译，吉林人民出版社，2004年，第133—165页。

②参见吕微：《顾颉刚：作为现象学者的神话学家》，《民间文化论坛》2005年第2期；户晓辉：《论顾颉刚研究孟姜女故事的科学方法》，《民族艺术》2003年第4期。

新的发展契机。我在拙书《现代性与民间文学》中所做的，主要是"解构"而非"建构"的工作，而且只是引发和讨论了其中的一部分问题，而远非全部。

当然，学科反思的途径远非只有一种。既然我们没有上帝式的全知视角，那么，我们的每一个所见，就必然以不见或者遮蔽另一些视野为代价。我组织本专栏的主要动机，也正在于邀请不同学科的学者从不同侧面和角度来讨论现代民间文学学科（甚至包括所谓的民间文学创作和"现象"）与现代性乃至"超"现代性之间复杂的纠缠关系，从而在一定程度上弥补个人认识的局限，开启多方位的思考空间。例如，金惠敏先生和孙歌先生就对我在《现代性与民间文学》中的讨论提出了不同的看法甚至质疑，这是我尤其要表示感谢的，因为他们的思考至少启发了从不同角度讨论"现代性与民间文学"的可能性。

需要说明的是，我在事前向各位参加笔谈的学者说明：本栏目的宗旨是讨论问题，而不是讨论我那本小书（我当然真诚地期待和欢迎对拙书的批评，因为我认为，成绩即使有，不说也跑不了；但如果有缺点、错误或思维的盲点，不指出来就可能被忽略过去或者成为漏网之鱼），但或许因为讨论的是相关的问题，几位学者还是或多或少地涉及了拙书。为了尊重作者的原意，我不对他们的文字做任何改动。不过，我相信，明眼的读者早已看出：几位学者在表扬拙书时往往不遗余力，在批评时总要极尽委婉和"同情"。但无论赞成还是批评，我都视之为启发我们进一步思考问题的难得契机。

我很荣幸地邀请到了五位在相关问题的研究方面颇有造诣的学者——吕微、孙歌、金惠敏、赵京华、赵稀方。感谢他们拨冗参加这个笔谈，他们的参与不仅是对主持人工作的支持，也说明本栏目讨论的问题，值得大家来共同关注和深入思考。

从现代性的角度看民间文学

◎吕微

从民间文艺学、民俗学的学科立场来说，20世纪80年代以来，学科反思经历了前后两个阶段。第一个阶段我称之为“回归五四”的阶段，这个阶段的学术口号是“拨乱反正”，强调学术摆脱对意识形态的依附，认为80年代以前学术的失误就在于偏离了“五四”开创的中国现代民俗学、民间文艺学传统。由于“五四”学术传统既是民主论的更是民族论的，因此纠正极端民主论的阶级论，重新强调民族论就成为这一阶段学者共同体的学术共识。高丙中《民俗文化与民俗生活》[①]的前半部分就描述、分析了这一阶段“回归五四”的学术历程。

第二个阶段，我称之为“超越五四”的阶段。这一阶段的关键词则是“现代性”。翻阅严家炎主编、李扬执行主编、温奉桥编《现代性与20世纪中国文学》[②]所收录的20余篇论文，涉及20世纪中国文学和文艺学的现代性总体特征、价值规范、文学思潮、文类形态、文学史写作和作家研究，大部分文章发表于21世纪以来的最近五年，可见从现代性的角度反思20世纪中国文学和文艺学（包括民间文学研究）近年已成气候。户晓辉新著《现代性与民间文学》表达了这一阶段民间文艺学、民俗学的反思性主题。

“超越五四”的现代性反思暗含了如下思考：“回归五四”是把“五四”所开创的现代中国民间文艺学、民俗学传统视为经典范式，从而认为20世纪50年代以来学术的失误就在于偏离了“五四”的正确轨道，因此，只要回到“五四”的旗帜之下，我们就能够重建“五四”学术的新传统并将这一新传统继续推向前进。但是，从现代性反思的角度看，失误并不在于对“五四”学术轨道的偏离，不在于对政治意识形态的过分依附，失误恰恰在于对“五四”新传统不加反思

①高丙中：《民俗文化与民俗生活》，中国社会科学出版社，1994年。
②温奉桥编《现代性与20世纪中国文学》，中国海洋大学出版社，2004年。

地极端化发展的结果，因此，"回归五四"把失误看作是外在于"五四"传统之"乱"，也就是把作为学者的反思者自己排除在了应被反思的对象之外。

而"超越五四"的命题是把"五四"也视为应当被反思的对象，进而把反思者自己的从业学者也列入了被反思的行列，因为反思者自己也正是一个继承了"五四"新传统的学术中人。现代中国的"五四"民间文艺学、民俗学新传统的知识论从价值论来说是民主论加民族论意识形态（德先生）的，从方法论来说则是科学主义（赛先生）的。"五四"民间文艺学、民俗学站在民主论、民族论价值观的立场上，使用科学主义的方法，一方面批判传统，一方面建构现代社会和现代国家，履行了现代性自我表达的学术—政治使命。而现代性对传统的批判和现代性的自我建构都是通过对现代性"他者"——在民间文艺学和民俗学中就是作为研究对象的民俗、民间文学及其主体——的表述、界定来实现的，于是现代性视野中的"他者"就呈现出一种十分复杂的样态。

从现代性时间观的角度看，现代性对"他者"——民俗、民间文学及其主体的表述之所以呈现出十分矛盾的情况（类似弗洛伊德所云原始人类认为图腾既是神圣的又是不洁的矛盾情感），是因为"他者"所代表的"过去"既是应当否定的自我的旧影，同时也是应当肯定的自我的来源。套用王国维的一句话说，从自我来源的价值角度说，传统的"他者"是可爱的（具有高尚的道德），但是，从自我旧影的知识立场看，传统的"他者"又是不可信的（非科学的）。于是在线性时间框架的进化论现代性表述中，"他者"就呈现为一种无法解决的二元悖论的表述关系。从一定意义上说，20 世纪 50 年代以来学术的失误就在于延续了"五四"悖论的表述传统并企图用一种更加简单化的处理办法——即所谓精华与糟粕的二分法——来解决现代自我对传统他者的表述悖论。但殊不知，"他者"是一个整体，一损俱损一荣俱荣，因之不加反思地回到"五四"也仍然不能克服民俗学、民间文艺学的现代性表述危机。就此而言，从现代性的角度反思中国现代民俗学和民间文艺学的现代性表述究竟"如何可能"的确是值得一做的工作。

把 20 世纪 50 年代以来的学术视为"五四"现代性学术的极端化发展并非"诬陷""五四"的不实之词，洪长泰已经梳理了从"五四"先驱到中国共产主义者的学术—思想脉络[①]，而被“放大”了的“五四”悖论才为我们更清楚地认识“五四”式悖论的现代性内涵提供了理论反思的可能性机遇和现实性的契机。在一定意义上说，没有学术之理论—实践性的失败，也就不会有今天从现代性的角度对“五四”学术—政治意识形态的知识论反思。如果说，我们今天仍然沿着现代性所指引的思路继续我们的学术之知和学术之行，那么现代性学术的表述悖论就仍然是我们头上始终挥之不去的阴影，我们只有在超越“五四”、超越现代性的思考维度中，才可能克服“后——”学术所继承的“五四”现代性学统的表述危机。而为了克服这一现代性悖论的表述危机，我们只有首先回到现代性表述的学术“事情”本身进行自我反思，因为表述危机并非源于被表述的对象，像现代性学术所断言的那样属于被表述客体的客观性质，正如康德的知识论所指明的那样，二元悖论乃是内在于表述主体之先天判断的。就此而言，户晓辉的著作从现代性时间观的角度考察对“民间—他者”的表述悖论，算是抓住了现代性反思的枢纽。正是在现代性时间观的观照下，“民间”对象才呈现为悖论的表述形态，而如何克服这种表述悖论的困境，正是“超越五四”的题中应有之义。

民间文学：另一些思路和可能性

◎孙歌

我自己在做思想史研究的过程中也碰到了广义的“民间”问题。因为思想史中一直有一个知识分子和民众的关系问题。我在日本二战以后的思想史里看这个问题，它和中国“五四”时期的问题很像。一般来说，知识分子想到他对这个世界负有责任，他要去做一点事情，就会想到要到民众中间去。在每个社会中，到民众中间去这个活动的形式不一样，但方向是一样的。那里面总会有一些启蒙的问题，还有一个知识民众化的问题。其实这是一个往复运动，即知识分子去启

① 参见［美］洪长泰：《到民间去：中国知识分子与民间文学，1918—1937》（新译本），董晓萍译，中国人民大学出版社，2015 年。

蒙，是对所谓的“民间”灌一些东西进去，而知识的民众化是反过来要改造你自己的知识结构。我觉得这个往复运动在现代史里都发生过，而接下来的一个问题就是和户晓辉《现代性与民间文学》这本书里讨论的问题相关，即这个运动发生以后，我们用什么样的方式来呈现它？因为呈现它是和“民间”没有关系的，呈现它是知识分子的工作。知识分子在做这个工作的时候有一个问题，通常都被忽略了，就是说你谈到了“民间”，就好像你就在“民间”或者代表了“民间”。我在日本思想史里看到了一些论争，主要是谈这个问题：当有些知识分子在启蒙的时候，另一些知识分子会指责说你是精英，你没有代表民众的声音。那么，另一些知识分子会说，其实你也是精英，你在民众中但你不是民众。所以，20 世纪 50 年代末日本知识界有一个说法叫“知识分子总辞职”，因为你要真实地代表民众，最后走极端，你就不能做知识分子了。后来这个讨论不了了之，因为没有人真正辞职。当然，也有人提出不同的观点，即我可以辞掉知识分子的身份，但不能辞掉知识分子的工作。我们把这样的问题放到民间文学的学科中来，把它变成一个学科化的问题，就是：民间文学学科的存在理由是什么？是不是我们其他的学科太精英了，它需要把民间的东西带进来？其实，我相信，这并非民间文学学科最初的设计，因为这个设计不包含这个东西，其实那是一个很精英、很启蒙的东西。可是，这个设计推进以后，就推出了《现代性与民间文学》中提出的问题，作者是把民间文学里涵盖的最基本的对象试图放在精英的叙事里去，试图把中国和西方的民间文学的脉络打通，从里面找到精英叙述的一个另类的可能。这样的一种做法，作为尝试是可以的，但我个人不支持这样的做法（虽然我不反对）。我觉得这样做会有一个问题，即我们已经有一个很精英的现代性叙事了，而且在西方的现代性叙事中，“民间”被利用来解构其精英结构，最成功的是施特劳斯。当然，《现代性与民间文学》处理的是另外一个脉络。可是，作者的解构是在一个严格的精英话语内部的解构，所以，是知识分子自家消费的一个东西。我觉得这样的前提梳理了之后，可能有一些问题要讨论。首先，我个人不赞成把精英和民间对立起来然后说谁的更有政治正确性和道德优越性，我认为他们是一样的，问题不在这里。当然，这和《现代性与民间文学》这本书已经没有关系了，它不需要讨论这些问题。作者也没有主张民间优先，他完全不是这套思路。我要说的是另外一个问题。现在在思想史这个学科里，我们套用西方的模式太久了，而且造就了很多很优秀的学生。那么，民间文学这一块有没有可能不走这样的路？因为民间文学本土资源最大的特点就是它不需要先天地受制于西方的那一套理论，它比别的学科离西方理论更远一些，而且更有自由度。像“田野呼唤理论”这样一个说法，其中就包含一个危机，即你有一些中国本土的经验，那么，你依靠什么东西来整理它们？这个整理的过程其实是一个发现问题的过程。问题其实是不能从经验里出来的，问题都是从理论感觉里面出来的。我觉得，理论感觉和理论的结论是两回事情。理论感觉是一个发现问题的机能，但它不是一个问题的结论。

我特别想知道，民间文学得到了如此丰厚的资料和这样特别的对象，假如在不受制于西方理论预设的情况下，你们有可能在里面发现什么样的问题？比如我最关心的问题——当然这可能和民间文学有些远，因为这是一个思想史的问题——就是我们怎么样来讨论“中国”？近几年我在东亚的哪个部分遇到的状况都是，中国是一个在周边几个国家中很难处理的对象，因为中国是一个大国，它有太多的民族。前些年有些人用美国的标准说中国不够民主，我觉得这个分析很皮毛。因为中国社会的政治问题不能拿美国的模式来套，其中的一个问题是民族问题，这可能是中国社会政治过程中最大的问题。各民族之间如何保持一个动态的平衡，我们没有一个现成的西方模式去分析。此外还有东北亚国际关系问题。西方理论里没有处理大国和小国之间关系的模式，它只能搞出一个抽象的“帝国”模式来。我觉得像这样的一些问题，如果民间文学研究能够提供出一些契机和线索来，那可能会对其他学科的中国研究有一个更大的推动。因为从全球学术发展的趋势来看，东亚越来越进入全球学术的视野，西方的学者在面对中国或东亚的国际关系时有许多困惑，在我接触到的那一部分里面，我发现其实最大的一个问题是西方学者走不出他们自己的理论框架或预设来，而东亚的学者是被吸纳到他们描述和思考的框架里，并把这个当成一个出发点，那么，如何来看我们本土的这样一个历史经验？

当然，我不是在和西方对立的意义上来谈这个问题。在某种意义上，《现代性与民间文学》是在整理民间文学这个学科的合理性或者基本轮廓。这种工作是必须要有人来做的。我在看到它的题目时的第一印象是有没有可能换一个题目——即不把“现代性”拿出来？因为对学科的前提有各种各样的梳理方式，有些方式只有在梳理之后才会微妙地呈现出来，各种梳理之间的方向会是不同的。有一种梳理可能是在你整理了这个学科的理论脉络之后大家看出来了，这个学科是这样的，还有一种方式是你整理这个学科之后会把人导向和这个学科的合理性不直接相关的一些问题。其实我很希望后一种思路在民间文学接下来的研究中继续下去。因为在整理了之后，一方面是学科得到了整理，另一方面由于这种整理，它也被合理化了。这两种功能是同时的。然后，大家看了之后会觉得原来民间文学学科也是反现代性的，是对现代性的一个质疑。这样的学科有它自身的力量。那么，接下去的问题是，你下一步的问题是什么？你可能遇到的问题是，这个学科不在于它是中国的学科还是西方的学科，它的工具是否西方的，也不在于这个学科的学者是否真变成了民间的一分子。再一个是它怎么推进我们对本土的历史和传统的认识？现在，不仅是民间文学，也包括思想史研究，都有人在研究小传统，但不够成功，因为他们的研究最后都导致了和西方现成的结论差不多的那样一些结论。如果那样，本土的材料就是浪费，没有意义。或者用本土的材料修正西方的结论，那也有些浪费。这个工作可以做，但它不会太重要。重要的是，我们要知道中国到底和西方有什么不同的原理。现在的状况是中国的历史完全可以折合成西方的理论，只是说折合之后对西方理论有修正的，我们说它有贡献；没有修正的，我们说它模仿。可是，我们知道中国不应该仅仅是这样。我们作为知识分子受过西方理论的训练，甚至是西方式的感觉训练，这个训练之后我们能够表述的这个中国和走到老百姓中间去能够感受的那个中国，中间的差异是很大的，而且是一个错综复杂的差异，而不是一个简单的差异。中国思想界目前的美国式叙述实在是太主流了，因为美国的批判理论很发达，大家觉得批判是个好东西。结果会遮蔽掉我们这一代人应该面对的那样一些问题。比如，中国的市场经济是怎么一回事儿？中国政治制度究竟要如何认识？我个人希望民间文学里面会有一些可能性和另外一些思路能够出来。

我的很多对话者在读我的《主体弥散的空间》一书时都卡在了“弥散”这个说法上。他们说“你一点都不弥散，你很有主体性”。我说，你没有看懂，我是有主体，但我的主体很“弥散”，否则我不会讨论这些问题，因为这些问题严格地说不是实体意义上的“中国人”面对的问题，他们不面对这些问题，这也不是中国的问题。可是，当你有了这种感觉之后，这些问题会成为你的问题。我觉得中国知识分子和西方的关系也是一样的，即西方的问题必须成为我们的问题。这有一个标准，即这些问题必须在我们的脉络里面。接下来有一个复杂的操作程序——我们不能把人家的问题简单地拿来，人家的问题还得在人家的脉络里。所以最困难的是我们在自己的脉络里面讨论人家的脉络里面的一个问题。这样，你就必须造出一些想象的空间。我觉得，民间文学刚好就是这样一个想象的空间，可是这个空间不能靠一个直观的经验去制造。为什么我要强调理论感觉？因为其实理论感觉是一种想象力，让你把不同脉络里的问题很有说服力地组合起来，可是组合以后的这个脉络应该是你的，而不是别人的。那么，这个组合是什么？如果我有能力，我想拿民间文学来说可能会说得比较清楚。可是我只能举几个例子。比如说，我国有信访制度，有工作组。这两个东西是西方人没有办法理解的。我们都知道，日本江户时代有信访，但没有钦差。这是政治制度之外的一种非常规的辅助手段，但它现在变成了常规。报纸上讲，信访的成功率只有百分之二，可是人们总是在信访。政治学可能不做这样的问题，因为它成功率很低，可是成功率很低本身就是一个重要的问题。这不意味着信访制度要改善，而是意味着在这样一个社会里，成功率很低的形式越来越被依赖和强调，它和这个制度之间的互动关系是什么？这就要有人去做。做这个的时候就要有自己的脉络。你可以借用西方政治学的概念，但所有这些概念你必须洗刷一遍才能用，因为你面对的对象不一样。中国有自己的民主，这个东西不是一个价值判断，而是一个活的运作，这个东西没有被发现。我不知道民间文学是否也会遇到这样的问题。“现代性”的讨论在西方的脉络里有严格的方向规定性，伴随了一系列的价值判断，而这个东西在我们这里怎么看？比如，晏阳初、梁漱溟做的那些工作，放在现代史中怎么看？全家都搬到乡下去，这不能简单地理解为知识分子的改造，也不能理解为启蒙。好像都有，但都不是。像这样一些社会现象，民间文学里肯定有，那么你怎么去发现它？我在做思想史时面对的就是没有现成的术语，我就得自己去找，用一种比较贴近的方式来表述它，这当然非常困难。如果你借用西方现成的术语会方便得多，可是借用以后你发现有许多问题就不见了。这个是我要说的问题，所以，这里不存在和西方对立的问题。西方的脉络不可以砍掉。民间文学有一个最大的优势，因为研究精英话语比较容易统合，而民间文学很难统合。我期待民间文学对我们自己的脉络的研究，甚至我们的脉络有时候可能不太需要和西方的做比较，有些问题是太紧迫了。我们中国人不了解自己，我们借着别人的眼镜来看自己，我们看到的不够完整。结果就是许多精英来指责中国落后，我觉得这个是因为你没有能力看到真正的中国是什么，你也不知道历史会往哪走，你才会这样。只有站在历史之外的人才会指手画脚，在历史之内的人会去找这个结构关系是什么。任何批判必须是对现实有效的才能成立，否则，无论我们的批判或论争多么漂亮，它都是观念化的，中国的现实不按照它来发展。这个是我自己的总问题。

在我们的语境里面，"现代性"的讨论必须通向另外的问题，如果讨论完了还是"现代性"的话，我就认为它没有价值或者说价值不大。《现代性与民间文学》对"现代性"的讨论就通向了民间文学的学科整理，这是另外一个问题，那作者的讨论就站得住，否则，只是用大量的材料去论证"现代性"的问题，那就意思不是很大了。当然，概念梳理也可以做。接下来的问题是怎样推动民间文学研究才能更有生产性？然后，该书提出的问题才更有冲击力。假如所有的问题都依靠西方已有的观念去发现的话，那我们走不远。不依靠西方现成的概念在思想史里是可能的，我觉得在民间文学里也应该是可能的。只要从你的书中把这些概念抹掉，你的脉络还在就好。这个脉络应该既是经验的，又是非直观的。真正的经验应该是理论的，但也必须是具体的。比如，现在的田野为什么要呼唤理论？一个对象摆在那里，我们怎么分析？这需要理论。这件事情是一次性的、直观的，除了自己它不是别的。理论是理论感觉生产出来的产品，靠理论这个产品去发现问题是不可能的。所以，必须用理论的想象力去发现问题。这是我个人给这几种要素派定的位置。所以，我觉得“田野呼唤理论”是比较危险的，它应该呼唤的是一种理论感觉，而不是理论，否则，就会有人把理论结论拿来套，套出来的其实就不再是田野了。这是有了理论的一些先验的预设，然后扣在经验上。我们不能把“理论”和“现象”对立起来。

所谓“文学”就是“民间文学”

◎金惠敏

我一直以来抱有一个不成熟的想法，就是文学没有历史，流行的各种文学史不过是用非文学的绳子将文学穿缀起来。“历史”就像康德所说的“时空”，是我们用来整合客体的主体形式。

如果说这个观点还不太牢靠的话，那么民间文学则可能是它最坚定的支持者。民间文学具有野生性、自发性、原创性，换言之，这就是它的反文化传承性；一旦它借鉴了先前的文学，或者被提升、改写，它就不再是“民间文学”，而成了“文人创作”。

由于持有此一信念，当户晓辉先生以其《现代性与民间文学》见赠时，看见这个书名心里就犯起嘀咕来：这莫非又是一本赶时髦的货色？拜读之后才恍然大悟：原来他所谓的“民间文学”不是指作为我们研究对象的民间创作，而是指我们对民间文学的研究以及在这研究中所形成的理论和方法，即作为一门学科的“民间文学”，在这一意义上，“民间文学”当然与充分历史性的“现代性”有关，这种关联甚至可以说，如作者所证明的，真的达到了是“现代性”意向性地发明了“民间文学”的程度。

这是一次或许有些意义的误会，它尖锐化了作为“自在之物”的民间文学与作为“显现”或“现象”的民间文学之间的不同和对立。户著的价值在于描述了中西方民间文学或民俗学（户著将二者等视）如何自觉或不自觉地在现代性语境中建构出其研究对象的过程，并因而将话题引向民间文学学科自身的反思和拷问，最终且有意图达及人类对自身文明的回望与批判。这无疑是一部"小门脸、大厅堂"式的佳构。有兴趣的读者自可"转朱阁、低绮户"以窥堂奥，不必我来饶舌复述其富丽卓绝之处。我要做的是现象学地讲述它对我的触动、启发和因而产生的浮想。自然，我对它的这一现象学阅读，既是它的，也是我的。

不错，从起源上说，民间文学确就是"现代性"的发明。但是为了充分揭示现代性与民间文学的复杂关系，我们就需要对似乎是单一性的、一以贯之的现代性进行区分。在此我想将现代性划分为两种：一是"外向现代性"（outward modernity），一是"内向现代性"（inward modernity）。

所谓"外向现代性"是指现代性对其自身的积极建构，它是目光向外、向前的，态度是积极的、乐观的，形式上是理性与情感、现实与想象的互动，总之是自信的主体的自我张扬。这样的现代性表现于西方是那奠定了现代西方文明基础的文艺复兴和启蒙运动，而在中国则是尚未被重视的戊戌维新和过高地意识形态地估价了的五四运动。过去通常以为文艺复兴的"外向现代性"建构主要是向古代借取资源，但另外或许同样重要的是就近、就便在民间汲取灵感和力量。薄伽丘、乔叟、拉伯雷，甚至但丁、莎士比亚以及歌德等，不仅直接引用或二度加工来自民间的故事、意象、趣味和各种观念，而且更从中阐发出那多半属于他们自己的反宗教的活泼泼的人性精神来。中国"五四"前后的白话文运动，以及刘半农、沈尹默等自觉的诉诸体制的歌谣征集活动，不用说都是以"民主""科学"为旗帜的现代启蒙大业的一个构成部分。

启蒙知识分子虽然并非不知道创造了"民间文学"的"民"是相对于主流社会如僧侣、官绅的另一类人群，这些人被统治、被挤压、被固定在下层和边缘，但坚持只有他们才代表了人类的真谛、历史的未来，只有他们才配得人的称号，他们是所谓人的普遍性。这可以解释何以周作人、胡愈之也包括顾颉刚等人能够轻易地就从"民间"之"民"跳向"民族""国民""全民众"。在西方的赫尔德那里，它不仅"是一个民族最真实和最不受污损的部分，因此应该是本民族精神的本真的解释者"（户著第 61 页），而且还可以被超越性地视为人类全体或就是真正的人性。边缘的“民”涵有普遍的价值，它甚至就是普遍价值，就是普遍价值的唯一的化身。至于这普遍性是在“民族”的抑或在“民族”而“人性”的层次上并不十分地紧要：从“民”到“民族”是可能需要一个质的“飞跃”，而从“民族”到“人民性”再到“人性”则就是往前挪动挪动而已。

“民”被用来论证现代性以及现代性的合法性，而它之所以能够被用于此一目的，源自启蒙知识分子的一个根本信念：“民”的价值就是现代性的价值，或言之，“现代性”植根于“民间”，植根于“人性”，因而它就是普遍的。

“外向现代性”在其外向推进过程中自会显出其不尽如人意的方面，这是最轻描淡写的说法了。在激进的批判看来，“现代性”就是殖民主义、帝国主义、霸权、对他者的奴役、整个人类的劫难，一个经典的观点说，它“从头到脚，每个毛孔都滴着血和肮脏的东西”，等等。现代性最终走向了它的反面，是所谓“启蒙的辩证法”。“现代性”换用哲学的术语就是主体性或理性。现代主义者相信，理性的错误必须由理性而不是由他者来克服（黑格尔）。理性对自身的纠正依靠的是反思，这就是我们所说的“内向现代性”。它是理性主体的收心内视，是其对自我的反省和拷问。结果就是哈贝马斯的“现代性——一个未完成的计划”的现代性自信：既然“现代性”处在一种未完成态，那么第一，它终将被完成，第二，“现代性”计划因而其蓝图从根本上就仍然是确当的，尽管另一方面也可以说，由于“现代性”的未完成性，我们还不能忽视其“不完满性”。应该注意哈贝马斯措辞的一语双关：“未完成”的德语词是“unvollendet”，其表面意思是一项工作的尚未完成，英语翻译为“unfinished”；但德语的“完成”（vollen-det）同时就是尽善尽美，英语却未必，“未完成”因而可以理解为“未达到尽善尽美”。哈贝马斯是个乐观主义者，他相信，“现代性”只要完成其“计划”，它就可以臻于完美。套用一句俗话，“现代性”的道路是曲折的，但前途却是光明的。

“后现代性”与“现代性”绝非永远地不可调和，当“现代性”能够正视其“不完满性”，而当“后现代性”并不完全否定“现代性”时，它们就在我们所谓的“内向现代性”上握手言和。“现代性”与“后现代性”当然有许多针锋相对之处，如果“内向现代性”不能将“后现代性”包容进来，它们就仍然可能是对立的，但至少在一点上它们是共同的："现代性”无论其来源、其将来走向如何，在目前它就是“不完满”，因而就需要对它进行批判，无论是站在其内的反思性批判，还是可能在其外的批判。

如果说在“外向现代性”中，民间文学被用作反教会、反封建的批判武器的话，那么在“内向现代性”中，批判的矛头则指向了“现代性”自身。“后现代性”无论是否可以被归于“内向现代性”，但它的的确确促进了“现代性”的自我反省。

对“民间文学”的发现、“民间文学”意识的觉醒以及理论上相对次要的“民间文学”作为一门学科的诞生，在中国至少在20世纪80年代中期以前，由于不充分的现代性或者现代化作为一个民族集体计划所具有的巨大号召力，都不是“内向现代性”自我反思的积极成果。经过当代文学中的“文化寻根热”“新儒家”对传统文化价值的现代性转换、后现代主义思潮的引入和研究，以及另一方面在现代化进程中所实际遇到的资源问题、生态问题、社会政治问题，主流的民间文学观才有了一些较大的变化，例如在原文化部长孙家正先生的一个讲话里所体现的，“民间文化”被作为对现代文明、科技进步使人类所付代价的精神补偿，作为被疏远、被遗忘了的我们自己的历史由来；因而保护“民间文化”也就是守护和光大我们民族的文化传统。“后现代性”的“民间文化”观，最终又被“现代性”所收编。孙文指出，民间文学的价值在于它“往往带有更多的民主性的精华”；“中华民族之所以能够独立于世界民族之林，就在于拥有了真正体现鲜活民族精神的、在人民群众生产生活实践之中创造的文化”[①]。在此显然的是，“民间”的就是“民主”的、“人民性”的，具体地说也就是“民族”的。“民间文学”的当代命运就是“民族文化”传统的命运。这种观点隐约透露出："现代性”在中国甚至还不能说是“一个未完成的计划”，而是“一个刚刚启动的计划”。因而“民间文学”在中国相当一个时期还将被用于启蒙、用于“外向现代性”的建构。

① 孙家正：《在中国民族民间文化保护工程试点工作会议上的讲话》，2003年10月30日。

“民间文学”尽管在西方例如在赫尔德那里也是被作为“民族的信仰、情感、感觉和力量”（户著第 61 页），因为唤醒德意志民族意识是德国启蒙运动的一大任务，但是就其主要情形而言，由于对人性以及人性之普遍性的偏好，“民间文学”对“民族”愿望的表达，一开始就是以人性及其普遍性为支撑的。“民族”的要求唯其有此普遍性的支撑才显得“义”正而“辞”严。因此，西方的“民间文学”更多的是对“现代性”的批判性回应，对“现代性”所摧折了的、所排挤了的健全人性的呼唤和抢救。由始以来的人类学，英国伯明翰学派的文化研究，美国学界对少数族裔文化的突显，女权主义对男性编码的抗拒，目前方兴未艾的“全球文化”理论，等等，实际上同“民间文学”一样都承担着“现代性”反思的使命。可以预言，随着“现代性”在中国的迅疾展开，我们的“民间文学”也将在所谓的“内向现代性”中找到现实感和用武之地。

许多后现代思想家都论证过文学本质上就是后现代性的，或者变换为更尖锐的说法，就是女性，就是他者，就是社会无意识，就是永远的边缘和被抑制。我们可以由此而进一步断定说，所谓“文学”就是“民间文学”。今天假如我们还能谈论文学的本质的话，那么它一定就是“民间”。在“内向现代性”这里，文学是民间的，而在“外向现代性”那里，相对于其时居于支配地位的教会文化、庙堂文化，文学也同样是民间的。文学或者就是民间文学，是可以与“外向现代性”、与“民族”身份或“国族”意识结盟的，但这种联盟是暂时的、不稳固的，一当“现代性”争取到统治地位，文学或民间文学就将即刻转变成它的敌人。

其间“民间文学”自身并无多大变化，它依然是其自身，所变化者只是它与“现代性”的意向性关系，如我们已经勾勒的，先是被“外向现代性”、后是被“内向现代性”所意向地建构。

问题于是就回到了我们开始时所提出的作为“自在之物”的民间文学与作为其“显现”的民间文学的对立。当然可以像户著那样将“自在”的民间文学依据胡塞尔的现象学作为“超越性”的客体悬置不顾，而专注于其在意识中的“呈现”。但是显现从来就是显现者的显现，显现者总是通过显现而显示其“自在”。如果从“自在之物”这个角度说，显现就是它的“事功”，而“事功”也就是其自身，它在“事功”中存在。说到“人事”，我们总是在有所作为中证明我们自己的存在。我们是什么？我们就是我们的作为。撇开我们的作为而追究我们的“自在”如何是没有意义的。一个浅显的道理，法律不可能只是惩罚恶行而赦免作恶者。所谓“人犯”是该人之“自在”与其“显现”的统一体。在这一意义上，当尼采宣称“没有事实，只有阐释”时，他说的就是“事实”在“阐释”中的“呈现”，即“事实”的“自在”与“阐释”的“呈现”的统一。

由此说来，在哲学上可能根本就不存在“自在”的民间文学与“显现”的民间文学的对立。“民间文学”已经在与“外向现代性”和“内向现代性”的先后结盟中呈现了它的“自在”性，即总是异质，总是他者，总是增补。

感谢户著，我们已经知道了民间文学的“自在”。

民间文学的现代性起源

◎赵京华

“五四”以来我们在民俗学方面的理论建树，和日本比，似乎是差一些。比如，柳田国男，早在20世纪初他就提出“凡人”“常民”及其“固有信仰”的概念，以此为民俗学的核心而提出建立“一国民俗学”的构想，不说在国际上怎么样，至少在日本国内是可以立得住的，然后，他创立研究所，培养了众多弟子，分布在全国；到后来，虽然他所说的乡土研究或民间承传论在模仿西欧而建立起来的大学学科里还没有占据正当的地位，但实际上作为日本大学的社会学系或人类学系，讲日本的民俗学都不能不涉及柳田国男。当然，日本的民俗学还包括坪井正五郎、石田英一郎等，他们是学院派的民俗学，走的是文化人类学那一路，还有南方熊楠、柳宗悦等，属于旧派民俗志一路。各路从事民俗研究的流派都有自己的理论建树和学问上的继承人。直到目前他们仍然在不断反省的基础上对一百年来的民俗学、人类文化学尝试着发展和创造性转化。我觉得，“五四”以来，我们本身的理论建设就不够，包括20世纪30年代在中山大学那边，江绍原他们做过不少努力，还有杭州的“民俗学会”的工作，当然80年代做的也比较多，但理论上的建树仍是把西方从泰勒、弗雷泽下来的这一路做了一个概述和介绍，没有形成自己的比较成系统的东西。早期的歌谣研究，最后也不了了之。我国台湾在50年代好像有一些东西，但也是资料的归整。而大陆到了1949年后，整个民俗学被打散了，变成了民间文学。民俗学的脉络在北师大和中大虽说有默默地延续和传承，但整个理论建树没有大的清晰轮廓。所以，我觉得户晓辉的《现代性与民间文学》这本书出了以后，特别是把现代以来的一些理论都吸纳进来，从中外民间文学话语的现代性特征入手，追溯其起源和构建过程，重视理论反思，是一个非常好的尝试。他不仅分析西方民俗学理论，也参照中国“五四”以来的民俗实践。这是一个很开放的东西，我觉得很好。当然，日本方面涉及得少一些。要是和日本比较一下，中国的问题就会马上显示出来的。如果打破以往的日本研究或中日文化比较的方法，不要硬去比较谁高谁低，或者谁受谁的影响——不是这个问题！——而是两个知识领域相互之间衔接起来，把互相的语境和问题放在一个现代性的思想平台上来，以实现交锋和对话，好多问题就会凸现出来的。80年代以来，我们也有日本研究，但实际上都是日语系的人用日语去和日本的专家学者先生们对话，根本和中国的现实语境不搭界，也就解读不出思想史的资源来。孙歌在90年代比较早地把日本和东亚作为一个邻接的思想资源，然后把问题引到中国的语境中来，实际上为中国的知识生产提供了新的问题意识和思考空间。

柄谷行人引用过柳田国男关于“山民”传说的资料来谈“儿童”问题，他的《日本现代文学的起源》中有一章专门谈“儿童的发现”，内容写得很精彩。柳田那一代人，是从江户末期到明治时代过渡的一代，有一些感觉和经验是现代的制度文化确立起来以后的人所不曾体验到的，就是说，到了明治时代文学制度彻底确立起来以后，人们已经感觉不到的一些东西，还储存在柳田那一代人的记忆里。他曾回忆说，我们过去没有儿童与成年人的区别。小时候没有一定要经过小学、中学、高中这么一个阶段，最后走向成熟。他就是在私塾里学习，大人也不把他当个孩子看待，这是一个自然成长的过程。那么，到了现代教育制度确立以后，它要求分成小学、中学、高中，而且在小学里划分一年级到五年级或六年级的等级制度。而柄谷行人回过头来看柳田国男所记录的故事传说，其中有许多“昔话”（故事），比如讲到秋收的时候拔河，是将一种农闲时的娱乐游戏和农业生产的传习结合在一起。其中的儿童和大人没有太大的区分。大人带着小孩子参加秋收祝贺这种仪式。在这个过程中，小孩子跟着大人去玩，就渐渐熟悉了农业的生产过程——当然不是我说的这么简单了。然后，边玩边学习，就过渡为成年的劳动生产力了。他还引用明治时代以前的关于儿童的记载，那时候都是大孩子带小孩子，然后大人做工的时候让孩子在旁边看，也不是教，用身体演示就把好多知识传授了，而不是按照儿童心理学的划分，按照教育制度一步一步地走。他引用柳田的资料来说明，我们现在的教育学所划分的儿童、青春期到成人这三个清晰的界限，在过去是没有的。从这里我们可以在柄谷行人“现象学还原”式的阐释中看到文学和现代教育制度的起源过程。至于柄谷行人对柳田国男的评价，不是很高的，因为柄谷行人是一个批判型的知识分子。柳田国男后来以“布衣”学者的身份组织起庞大的民俗调查和研究的队伍，他有时候是比较保守的，强调日本民俗和历史传承的特殊性，把自己的民俗研究称为“新国学”，实际上是要建立一种从文化上支撑现代民族国家的独特的日本历史叙事。而且他否定民俗学上的比较研究，提出“一国民俗学”的口号，认为日本人的“心意世界”或固有的宗教信仰乃至心口传承的文化，别的国家或民族是理解不了的，必须由日本人自己来做。当然，这里柳田国男有一种与西方民俗学抗争的挑战意识。可是，到了战争时期，他直接呼应军国主义东亚殖民策略，而提出“五族和亲”的“大东亚民俗学”概念，成了今天人们批判的把柄。那他为什么会走到这一步来？因为其民俗学在切断或者说在迎拒西方民俗学的同时，有一种把民俗学作为建立在民族国家同一性和一国文化本质论上去的偏颇，成了一个自我封闭的体系。但是，我觉得，批评归批评，柳田国男的理论建树和庞大的资料建设，都是相当可观的，中国学者无法比拟。那么，在中国，主要是周作人于30年代对他的民俗学有一些引介。而钟敬文先生当年在早稻田大学那边主要接收了学院派的民俗学教育，属于文化人类学那一路。相对来说，我们到了40年代，对柳田国男的介绍几乎就没有了。柄谷行人受现象学和解构主义（胡塞尔、福柯、德·曼）的影响，他抓住明治20年这一段，从中观察现代性起源的过程。许多现代性的东西一旦成熟以后，我们就忘了它们的起源。阿伦特曾批评尼采把对西方现代性和形而上学的起源追溯到古希腊，而看不到晚近的直接源起。所以，詹姆逊（詹明信）在这一点上对柄谷行人评价比较高。也就是说，你要追溯起源，不能走得太远，搞到古希腊那里去，结果眼前有许多东西就看不清晰了。比如，柄谷行人所讲现代儿童文学的诞生过程，就非常明显。如果按照他这个“现象学还原”的方法来看民俗学，无论是中国的还是日本的，都会从起源上看到民俗学与现代性的潜在的共谋关系。我们的民俗学是在怎样一个背景下诞生的？它与现代性运动有什么关联？这在今天已经看得比较清楚了，即作为一种现代知识制度的民俗学是和民族国家伴随而生、互为表里的。从方法上讲，我觉得，户晓辉的《现代性与民间文学》与柄谷行人的《日本现代文学的起源》有许多不谋而合的地方。我希望他沿着这样的方法论走向，进一步针对“五四”以来的中国民俗学起源和发展过程，做更深入的理论反思，从而谋求新世纪中国民俗学新的发展可能性。

殖民性与跨语际实践

◎赵稀方

与柄谷行人从现代“风景之发现”论述日本现代文学起源相类，户晓辉认为民俗学、民间文学的学科起源与西方现代性构建过程是一种共生关系。这种谈法让人耳目一新。

“风景之发现”，并非原来的风景不存在，只不过随着“认识装置”的变化，原来的东西以不同的面目呈现了出来。在西方，随着启蒙主义及其由之而来的资本主义的发展，“现代性”的视野逐渐产生，它正提供了一种较从前不同的“认识装置”。“现代性”的确立有赖于对于“过去性”的区分，于是从前习以为常的场面便成为历史和风俗，民俗学于焉产生。“一方面，现代性必须挣脱过去；另一方面，它又需要把过去、传统或非现代性的东西确立为自己的来源和出处，并且在这个‘他者’的镜像中来比较和认识他者。”由此，民俗学、民间文学本身是西方现代性话语的一个部分，它从现代性话语中获得了来源和形式。当然，户晓辉的认识角度是现象学，在现象学看来，对象原来并不存在，而在我们有特定的对象的理念，对象才会在我的意识和直观中出现。现象学是户晓辉《现代性与民间文学》一书的理论方法，应该说，它与柄谷行人的“风景”论有异曲同工之处。

由此看来，民俗学、民间文学是作为现代性的“他者”身份而出现的。我初读此书的最初感觉是，户晓辉基本上只是在西方内部的现代/传统的框架中谈论民俗学、民间文学的起源，却将西方现代性的另一面——殖民性置之不理，也就是说，他没有牵涉当今后殖民批评热衷于讨论的西方人类学、民俗学等与殖民主义、帝国主义的关联。哈贝马斯之所以认为西方现代性尚未完成，是因为他认为现代性尚未竭尽潜能创造一个更理性、公正的世界。在后殖民批评家如霍米巴巴看来，西方现代性之所以没有完成，是因为西方现代性是不完整的，它完全忽略了非西方世界。在萨义德看来，人类学本身就是东方学的一部分，它其实是西方现代性殖民主义大业的构成部分。本世纪初，英国的人类学和民俗学完全是“为了帝国的最高利益”，为了殖民地官员“能够获得一种东方的和隶属于国——皇帝陛下的非欧洲民族习惯、风俗、社会及宗教观念和理想的、坚定而精确的知识”。1968年，美国人类学家凯瑟琳·高夫将文化人类学称为“帝国主义之子”[①]。

后来我发现，户晓辉其实将民俗学和人类学作了区别，并赋予其不同功能，“现代民俗学或民间文学话语中作为‘本土的或内部的他者’的‘民’，与人类学话语中作为异域的和远方的他者的原始人或异民族，在现代性宏大叙事中所发挥的功能是相似的”。也就是说，民俗学、民间文学担任的是“内部他者”，人类学担当的是“外部他者”。在我看来，界线有时候其实也并不那么清楚，民俗学其实常常是作为人类学的附属出现的。姑举一例：户晓辉在书中曾提到，英国

①德佳斯威尼·尼朗佳纳：《表述文本和文化：翻译研究和人类学》。

的 Charlotte Sophia Burne 撰写的一本民俗学手册 *The Handbook of Folklore*，曾在20世纪20年代对中国的民俗学研究产生过广泛的影响。Burne 对于民俗学的介绍，即着眼于“内部”和“外部”两个方面。她认为：英国从产业革命以后，一方面是本国工商业都市的发展，另一方面是殖民地版图的扩大，这两方面的突飞猛进，造成了本国的都会和乡村之间、殖民地的支配者和被支配者之间产生道德上、信仰上、思想上、感情上的冲突，在这种情况下，民俗学应运而生，目的是了解所谓土著民和外族蛮人的思想，从他们的风俗传说中掌握他们的心理。[①] 由此来看，民俗学、民间文学与殖民主义、帝国主义“外部他者”联系，其实还可以作进一步的论述。有此补充，对于民俗、民间文学学科的现代性起源的阐述或许会更加全面。

《现代性与民间文学》一方面分析西方民俗学、民间文学的现代性建构过程，另一方面又梳理了这一学科在中国的兴起与中国现代性的关系。在后一方面，作者不自觉地采用了以翻译为视角的“理论旅行”分析方法，相当精彩，结论也很新颖。

“理论旅行”的术语出自萨义德，将“理论旅行”与翻译研究结合起来，形成“跨语际实践”研究，较引人注目的，是华裔美国学者刘禾。刘禾对于“个人主义”个案的清理，应该说相当精彩。巧合的是，刘禾也注意到了民俗学旅行中国的现象。她谈到，“民俗学研究的对象，是针对所谓未开化、半开化民族及缺乏教育的（uncivilized，semi-civilized，uneducated）人们的传统信仰、风俗、习惯、故事、神话、传说、歌谣、谚语、歌诀、谜语、童谣、儿歌等。英国民俗学者把欧洲的民俗残存物与未开化部族之民俗现存物，都同样作为人类文明发展早期的原始材料进行研究。……中国民俗学则从一开始就在修辞、图像和理论概念上，在少数民族文化与原始野蛮部落之间画了一个等号。”[②] 刘禾认为中国民俗学一开始就受到了西方的影响，将民俗学的对象视为原始野蛮之人。户晓辉的《现代性与民间文学》一书并没有标榜“理论旅行”的研究方法，但他对于“民俗

①何思敬:《民俗学的问题》,《民俗》周刊 1928 年第 1 期。
②刘禾:《理论与历史 东方与西方》,《读书》1996 年第 8 期。

学"和"民间文学"之"民"的关键词梳理，其实正是一种以翻译为中介的跨语际实践。户晓辉的分析，应该说更为细致，结论也与刘禾的大相径庭。作为现代中国起点的"五四"新文化，在外部以西方人文主义和启蒙主义为思想资源，在内部挖掘中国文化的民间活力对抗封建贵族传统，以平民文学反对古典主义。周作人写《平民文学》，胡适之精心构筑《白话文学史》，都缘于此。"五四"新文化这种平民主义精神，制约了中国现代民俗学对于"民"的理解使其与西方民俗学之"民"的概念截然不同。如前所述，西方民俗学之"民"乃下等或野蛮之民，是"现代性"的对立面；中国现代民俗学之"民"，则是中国现代性之认同所在。譬如在胡适看来，文化和文学的动力自古以来就存在于民间，而文人则每每将其凝固化和形式化。这一论调，一直延续到中国当代文学的观念之中。这就是说，在民俗学、民间文学自西方至中国的"理论旅行"中，它的内涵其实因为中国的特定历史语境而产生了巨大的变化。从"五四"时期的"平民"，直到后来的"人民"，"民"与中国独特的现代性叙事的建构关系实值得我们细细考量。

参考书目

（按作者姓名或文献名称的首字母顺序排列）

一、中文论著和译著

［美］阿兰·邓迪斯编《世界民俗学》，陈建宪、彭海斌译，上海文艺出版社，1990年。

［美］阿兰·邓迪斯编《西方神话学论文选》，朝戈金、尹伊、金泽、蒙梓译，上海文艺出版社，1994年。

［美］阿兰·邓迪斯：《民俗解析》，户晓辉编/译，广西师范大学出版社，2005年。

［苏］阿·符·古留加：《赫尔德》，侯鸿勋译，上海人民出版社，1985年。

［美］M. H. 艾布拉姆斯：《镜与灯：浪漫主义文论及批评传统》，郦稚牛、张照进、童庆生译，北京大学出版社，1989年。

［德］埃德蒙德·胡塞尔：《现象学的观念》，倪梁康译，上海译文出版社，1986年。

［德］埃德蒙德·胡塞尔：《现象学的方法》，倪梁康译，上海译文出版社，1994年。

［德］埃德蒙德·胡塞尔：《逻辑研究》第一卷，倪梁康译，上海译文出版社，1994年。

［美］埃里克·霍布斯鲍姆：《民族与民族主义》，李金梅译，上海人民出版社，2000年。

［美］埃里希·弗洛姆：《弗洛伊德思想的贡献与局限》，申荷永译，湖南人民出版社，1986年。

［美］埃里希·弗洛姆：《精神分析的危机——论弗洛伊德、马克思和社会心理学》，许俊达、许俊农译，国际文化出版公司，1988年。

［美］埃伦·迪萨纳亚克:《审美的人——艺术来自何处及原因何在》，户晓辉译，商务印书馆，2004 年。

［英］奥兹本:《弗洛伊德和马克思》，董秋斯译，生活·读书·新知三联书店，1986 年。

［英］白德库克:《人类文明演进之谜——文化的精神分析》，顾蓓华、林在勇译，浙江人民出版社，1992 年。

［法国］保罗·利科尔:《解释学与人文科学》，陶远华等译，河北人民出版社，1987 年。

［英］毕普塞维克:《胡赛尔与现象学》，廖仁义译，桂冠图书股份有限公司，1986 年。

［日］柄谷行人:《日本现代文学的起源》，赵京华译，生活·读书·新知三联书店，2003 年。

［加拿大］查尔斯·泰勒:《自我的根源：现代认同的形成》，韩震等译，译林出版社，2001 年。

［英］查·索·博尔尼:《民俗学手册》，程德祺等译，上海文艺出版社，1995 年。

陈嘉明等:《现代性与后现代性》，人民出版社，2001 年。

陈建华:《“革命”的现代性：中国革命话语考论》，上海古籍出版社，2000 年。

陈平原:《中国现代学术之建立——以章太炎、胡适之为中心》，北京大学出版社，1998 年。

陈万雄:《五四新文化的源流》，生活·读书·新知三联书店，1997 年。

戴燕:《文学史的权力》，北京大学出版社，2002 年。

丁晓强、徐梓编《五四与现代中国——五四新论》，山西人民出版社，1989 年。

杜维明:《现代精神与儒家传统》，联经出版事业公司，1996 年。

［美］杜赞奇:《从民族国家拯救历史：民族主义话语与中国现代史研究》，王宪明等译，社会科学文献出版社，2003 年。

［奥］西格蒙德·弗洛伊德:《弗洛伊德自传》，顾闻译，上海人民出版社，1987 年。

钱小柏编《顾颉刚民俗学论集》，上海文艺出版社，1998 年。

［美］弗洛姆:《弗洛伊德的使命》，尚新建译，生活・读书・新知三联书店，1986 年。

顾潮编《顾颉刚年谱》，中国社会科学出版社，1993 年。

［德］哈贝马斯:《认识与兴趣》，郭官义、李黎译，学林出版社，1999 年。

高丙中:《民俗文化与民俗生活》，中国社会科学出版社，1994 年。

［美］赫伯特・马尔库塞:《爱欲与文明——对弗洛伊德思想的哲学探讨》，黄勇、薛民译，上海译文出版社，1987 年。

［美］赫伯特・马尔库塞:《单向度的人——发达工业上海意识形态研究》，刘继译，上海译文出版社，1989 年。

［美］赫伯特・施皮格伯格:《现象学运动》，王炳文、张金言译，商务印书馆，1995 年。

［德］赫・格斯特纳:《格林兄弟传》，顾正祥译，浙江文艺出版社，1986 年。

［美］洪长泰:《到民间去：中国知识分子与民间文学，1918—1937》（新译本），董晓萍译，中国人民大学出版社，2015 年。

洪汉鼎:《诠释学——它的历史和当代发展》，人民出版社，2001 年。

［德］胡塞尔:《纯粹现象学通论》，李幼蒸译，商务印书馆，1992 年。

［德］胡塞尔:《欧洲科学的危机与超越论的现象学》，王炳文译，商务印书馆，2001 年。

胡适:《胡适全集》第 1 卷，安徽教育出版社，2003 年。

胡适:《胡适作品集》第 25 卷，远流出版事业股份有限公司，1986 年。

胡适:《四十自述》,《胡适全集》第 18 卷，安徽教育出版社，2003 年。

［美］杰克・斯佩克特:《艺术与精神分析》，高建平等译，文化艺术出版社，1990 年。

［德］康德:《历史理性批判文集》，何兆武译，商务印书馆，1990 年。

［美］杰罗姆・B. 格里德尔:《知识分子与现代中国》，单正平译，南开大学出版社，2002 年。

［法］C. 克莱芒、P. 布律诺、L. 塞弗:《马克思主义对心理分析学说的批评》，金初高译，商务印书馆，1985 年。

柯克士:《民俗学浅说》，郑振铎译，上海商务印书馆，1934 年。

李孝悌:《清末的下层社会启蒙运动：1901—1911》，河北教育出版社，2001 年。

林惠祥:《民俗学》，上海商务印书馆，1934 年。

［美］列文森:《儒教中国及其现代命运》，郑大华、任菁译，中国社会科学出版社，2000 年。

刘禾:《跨语际实践——文学，民族文化与被译介的现代性（中国，1900—37）》，宋伟杰等译，生活・读书・新知三联书店，2002 年。

吕微:《神话何为——神圣叙事的传承与阐释》，社会科学文献出版社，2001 年。

［美］鲁本・弗恩:《精神分析学的过去和现在》，傅铿编译，学林出版社，1988 年。

［德］马克斯・韦伯:《社会科学方法论》，韩水法、莫茜译，中央编译出版社，1999 年。

［美］马泰・卡林内斯库:《现代性的五副面孔：现代主义、先锋派、颓废、媚俗艺术、后现代主义》，顾爱彬、李瑞华译，商务印书馆，2002 年。

［法］米歇尔・福柯:《知识考古学》，谢强、马月译，生活・读书・新知三联书店，1998 年。

倪梁康:《现象学及其效应：胡塞尔与当代德国哲学》，生活・读书・新知三联书店，1994 年。

倪梁康选编:《胡塞尔选集》（上、下），上海三联书店，1997 年。

倪梁康:《胡塞尔现象学概念通释》，生活・读书・新知三联书店，1999 年。

倪梁康主编《面对实事本身：现象学经典文选》，东方出版社，2000 年。

［联邦德国］诺・佩塞施基安:《东方故事与心理治疗——〈商人与鹦鹉〉及其他》，明太、明谊译，国际文化出版公司，1989 年。

［美］诺曼・N. 霍兰德:《后现代精神分析》，潘国庆译，上海文艺出版社，1995 年。

［美］欧文・斯通:《心灵的激情：西格蒙德・弗洛伊德传记小说》（上、下），朱安等译，中国文联出版公司，1986 年。

祁连休、程蔷主编:《中华民间文学史》，河北教育出版社，1999 年。

[联邦德国] 马克斯 · 霍克海默、特奥多 · 威 · 阿尔多诺:《启蒙辩证法》，洪佩郁、蔺月峰译，重庆出版社，1990 年。

[英] R. R. 马雷特:《心理学与民俗学》，张颖凡、汪宁红译，山东人民出版社，1988 年。

[美] 乔治 · E. 马尔库斯、米开尔 · M. J. 费彻尔:《作为文化批评的人类学：一个人文学科的实验时代》，王铭铭、蓝达居译，生活 · 读书 · 新知三联书店，1998 年。

[美] 欧达伟:《中国民众思想史论——20 世纪初期 ~1949 年华北地区的民间文献及其思想观念研究》，董晓萍译，中央民族大学出版社，1995 年。

钱满素:《爱默生和中国：对个人主义的反思》，生活 · 读书 · 新知三联书店，1996 年。

[法] 让－弗朗索瓦 · 利奥塔尔:《后现代状态：关于知识的报告》，车槿山译，生活 · 读书 · 新知三联书店，1997 年。

[荷] 泰奥多 · 德布尔:《胡塞尔思想的发展》，李河译，生活 · 读书 · 新知三联书店，1995 年。

唐德刚译注:《胡适口述自传》，华东师范大学出版社，1993 年。

涂成林:《现象学的使命》，广东人民出版社，1998 年，第 2 版。

[美] 托马斯 · 库恩:《科学革命的结构》，金吾伦、胡新和译，北京大学出版社，2003 年。

萧延中、朱艺编《启蒙的价值与局限——台港学者论五四》，山西人民出版社，1989 年。

[美] E. 希尔斯:《论传统》，傅铿、吕乐译，上海人民出版社，1991 年。

汪晖:《汪晖自选集》，广西师范大学出版社，1997 年。

[美] 维克多 · 维拉德—梅欧:《胡塞尔》，杨富斌译，中华书局，2002 年。

俞吾金等:《现代性现象学与西方马克思主义者的对话》，上海社会科学院出版社，2002 年。

约翰·里克曼编《弗洛伊德著作选》，贺明明译，四川人民出版社，1986年。

王汎森：《中国近代思想与学术的系谱》，河北教育出版社，2001年。

王文宝编《中国民俗学论文选》，中国民间文艺出版社，1986年。

王跃、高力克编《五四：文化的阐释与评价》，山西人民出版社，1989年。

[德]乌尔里希·贝克、[英]安东尼·吉登斯、[英]斯科特·拉什：《自反性现代化：现代社会秩序中的政治、传统和美学》，赵文书译，商务印书馆，2001年。

许宝强、袁伟选编：《语言与翻译的政治》，中央编译出版社，2001年。

[法]伊夫·瓦岱：《文学与现代性》，田庆生译，北京大学出版社，2001年。

[美]约翰·迈尔斯·弗里：《口头诗学：帕里－洛德理论》，朝戈金译，社会科学文献出版社，2000年。

张灏：《张灏自选集》，上海教育出版社，2002年。

张宝明：《启蒙与革命——“五四”激进派的两难》，学林出版社，1998年。

赵稀方：《翻译与新时期话语实践》，中国社会科学出版社，2003年。

[美]R. D. 詹姆森：《一个外国人眼中的中国民俗》，田小杭、阎苹译，上海文艺出版社，1995年。

钟敬文：《新的驿程》，中国民间文艺出版社，1987年。

钟敬文：《钟敬文文集·民俗学卷》，安徽教育出版社，1999年。

[美]周策纵：《五四运动史》，岳麓书社，1999年。

周策纵等：《胡适与近代中国》，时报文化出版企业有限公司，1991年。

吴平、邱明一编《周作人民俗学论集》，上海文艺出版社，1999年。

二、英文论著

Alan Dundes, *Analytic Essays in Folklore*, Mouton Publishers, 1975.

Alan Dundes, *Parsing though Customs: Essays by a Freudian Folklorist*, The University of Wisconsin Press, 1987.

Alan Dundes, *Interpreting Folklore*, Indiana University Press, 1980.

Alan Dundes, *Folklore Matters*, The University of Tennessee Press, 1989.

Alan Dundes, *Two Tales of Crow and Sparrow: A Freudian Folkloristic Essay on Caste and Untouchability*, Rowman & Littlefieldd Publishers, Inc., 1997.

Alan Dundes, *From Game to War and Other Psychoanalytic Essays on Folklore*, The University Press of Kentucy, 1997.

Alan Dundes, *Holy Writ as Oral Lit: The Bible as Folklore*, Rowman & Littlefield Publishers, Inc., 1999.

Alan Dundes (ed.), *Little Red Riding Hood: A Casebook*, The University of Wisconsin Press, 1989.

Alan Dundes (ed.), *International Folkloristics: Classic Contributions by the Founders of Folklore*, Rowman & Littlefield Publishers, Inc., 1999.

Alan Dundes and Cari R. Pagter (ed.), *Sometimes the Dragon Wins: Yet More Urban Folklore from the Paperwork Empire*, Syracuse University Press, 1996.

Alan Dundes and Cari R. Pagter (ed.), *Why Don't Sheep Shrink when It Rains? A Further Collection of Photocopier Folklore*, Syracuse University Press, 2000.

Anna–Leena Siikala, *Interpreting Oral Narrative*, Academia Scientiarum Fennica, 1990.

Anthony J. Cascardi, *Consequences of Enlightenment,* Cambridge University Press, 1999.

Barry Smith and David Woodruff Smith (ed.), *The Cambridge Companion to Husserl*, Cambridge University Press, 1995.

Benedict Anderson, *Imagined Communities: Reflections on the Origin and Spread of Nationalism*, The Thetford Press, Ltd., 1983.

Bruce A. Rosenberg, *Folklore and Literature: Rival Siblings*, The University of Tennessee Press, 1991.

Bruno Bettelheim, *Freud and Man's Soul*, New York: Simon and Schuster, Inc., 1982.

Bruno Bettelheim, *The Uses of Enchantment: The Meaning and Importance of Fairy*

Tales, Vintage Books, 1989.

Cathy Lynn Preston (ed.), *Folklore, Literature, and Cultural Theory: Collected Essays*, Garland Publishing, Inc., 1995.

Charles Taylor, *The Ethics of Authenticity*, Cambridge: Harvard University Press, 1991.

Christopher Hauke, *Jung and the Postmodern: The Interpretation of Realities*, London and Philadelphia: Routledge, 2000.

Dan Ben–Amos , *Folklore in Context: Essays,* South Asian Publishers, 1982.

Dan Ben–Amos (ed.), *Folklore Genres*, University of Texas Press, 1976.

Danna Prescott Howell, *The Development of Soviet Folkloristics*, Garland Publishing, Inc., 1992.

Diarmuid Ó Giolláin, *Locating Irish Folklore: Tradition, Modernity, Identity*, Cork University Press,2000.

Donn Welton (ed.), *The Phenomenology of Edmund Husserl: Six Essays by Ludwig Landgrebe,* Cornell University Press,1981.

Edmund Husserl, *Logical Investigations, Vols.1-2*, translated by J. N. Findlay, Routledge & Kegan Paul Ltd., 1970.

Edmund Husserl, *Experience and Judgment: Investigation in a Genealogy of Logic*, Revised and edited by Ludwig Landgrebe, Translated by James S. Churchill and Karl Ameriks, Routledge & Kegan Paul, 1973.

Felix J. Oinas (ed.), *Folklore, Nationalism, and Politics*, Slavica Publishers, Inc., 1978.

Felix J. Oinas, *Essays on Russian Folklore and Mythology,* Slavica Publishers, Inc., 1984.

Gene Bluestein, *The Voice of the Folk: Folklore and American Literary Theory*, University of Massachusetts Press, 1972.

Giuseppe Cocchiara, *The History of Folklore in Europe*, translated from the Italian by John N. McDaniel, Institute for the study of human Issues, Inc., 1981.

Graham Frankland, *Freud's Literary Culture*, Cambridge University Press, 2000.

Hermann Bausinger, *Folk Culture in a World of Technology,* translated by Elke Dettmer, Indiana University Press, 1990.

H. G. Schenk, *The Mind of the European Romantics: An Essay in Cultural History*, Oxford University Press, 1979.

Howard Mumford Jones, *Revolution & Romanticism*, Harvard University Press, 1974.

Ian Parker, *Psychoanalytic Culture: Psychoanalytic Discourse in Western Society*, SAGE Publications,1997.

Immanuel Kant, *Critique of Pure Reason*, translated and Edited by Paul Guyer & Allen W. Wood, Cambridge University Press, 1997.

Isaiah Berlin, *Vico and Herder:Two Studies in the History of Ideas*, The Viking Press, 1976.

Isaiah Berlin, *The Roots of Romanticism*, edited by Henry Hardy, Princeton University Press, 1999.

Jack Goody, *Literacy in Traditional Societies*, Cambridge University Press, 1968.

Jack Zipes, *Breaking the Magic Spell: Radical Theories of Folk and Fairy Tales*, The University of Texas Press, 1979.

Jack Zipes, *The Brothers Grimm: From Enchanted Forests to the Modern World*, Routledge, 1988.

James Clifford and George E. Marcus (ed.), *Writing Culture: the Poetics and Politics of Ethnography,* University of California Press, 1986.

James Engell, *The Creative Imagination: Enlightenment to Romanticism*, Harvard University University, 1981.

James M. McGlathery, etc. (ed.), *The Brothers Grimm and Folktale*, University of Illinois Press, 1988.

Joel Weinsheimer, *Philosophical Hermeneutics and Literary Theory*, Yale University Press, 1991.

Johannes Fabian, *Time and the Other: How Anthropology Makes Its Object*, Columbia

University Press, 1983.

Joseph J. Kockelmans, *Edmund Husserl's Phenomenology,* Purdue University Press,1994.

Jouko Hautala, *Finnish Folklore Research 1828-1918*, Helsinki, 1969.

Jung, C. J., *The Spirit in Man, Art, and Literature,* Translated by R. F. C. Hull, Princeton University Press, 1971.

Jürgen Habermas, *The Philosophical Discourse of Modernity*, translated by Frederick Lawrence, Polity Press, 1987.

Justin Stagl, *A History of Curiosity: The Theory of Travel 1550-1800*, Harwood Academic Publishers, 1995.

Kaarle Krohn, *Folklore Methodology,* Formulated by Julius Krohn and expanded by Nordic Researchers, Translated by Roger L. Welsch, The University of Texas Press, 1971.

Louis Althusser, *Writings on Psychoanalysis: Freud and Lacan*, Translated and with a Preface by Jeffrey Mehlman, Columbia University Press, 1996.

Malcolm Waters (ed.), *Modernity: Critical Concepts*, Vols.3, Routledge, 1999.

Martin Jay, *Cultural Semantic: Keywords of Our Time*, The Athlone Press, 1998.

Nathan G. Hale, Jr., *The Rise and Crisis of Psychoanalysis in the United States: Freud and the Americans, 1917-1985*, Oxford University Press, 1995.

Paul S. Macdonald, *Descartes and Husserl: The Philosophical Project of Radical Beginnings,* State University of New York Press, 2000.

Paulo de Carvalho–Neto, *Folklore and Psychoanalysis*, translated by Jacques M. P. Wilson, University of Miami Press, 1972.

Pertti J. Anttonen and Reimund Kvideland (ed.), *Nordic Frontiers: Recent Issues in the Study of Modern Traditional Culture in the Nordic Countries*, Nordic Institute of Folklore, 1993.

Peter Gay, *The Enlightenment: An Interpretation, Vol.1: The Rise of Modern Paganism,*

Wildwood House, 1966.

Peter Gay, *The Enlightenment: An Interpretation, Vol.2: The Science of Freedom*, Wildwood House, 1969.

Peter Gay, *Freud, Jews and Other Germans: Masters and Victims in Modernist Culture,* Oxford University Press, 1978.

Raymond Williams, *Keywords: A Vocabulary of Culture and Society*, Revised Edition, Oxford University Press, 1985.

Regina Bendix, *In Search of Authenticity: The Formation of Folklore Studies*, The University of Wisconsin Press, 1997.

Regina Bendix and Rosemary Lévy Zumwalt (ed.), *Folklore Interpreted: Essays in Honor of Alan Dundes*, Garland Publishing, Inc., 1995.

Reuben Fine, *The Development of Freud's Thought: From the Beginnings (1886-1900) through Id Psychology (1900-1914) to Ego Psychology (1914-19329)*, Jason Aronson, Inc.,1973.

Richard M. Dorson, *History of British Folklore*, Volume I: The British Folklorists: A History, Routledge & Kegan Paul Limited, 1968.

Richard M. Dorson (ed.), *History of British Folklore*, Volume II: Peasant Customs and Savage Myths, Part One, Routledge & Kegan Paul Limited, 1968.

Richard M. Dorson (ed.), *History of British Folklore*, Volume II: Peasant Customs and Savage Myths, Part Two, Routledge & Kegan Paul Limited, 1968.

Richard M. Dorson, *American Folklore and the Historian*, The University of Chicago Press, 1971.

Richard M. Dorson , *Folklore in Modern World*, Mouton Publishers, 1978.

Richard M. Dorson (ed.), *Handbook of American Folklore*, Indiana University Press, 1983.

Robert J. Smith and Jerry Stannard (ed.), *The Folk: Identity, Landscapes and Lores*, University of Kansas, The Department of Anthropology, 1989.

Robert Sokolowski (ed.), *Edmund Husserl and the Phenomenological Tradition: Essays in Phenomenology,* The Catholic University of America Press,1988.

Rosemary Lévy Zumwalt, *American Folklore Scholarship: A Dialogue of Dissent*, Indiana University Press, 1988.

Simon J. Bronner, *American Folklore Studies: An Intellectual History*, University Press of Kansas, 1986.

Stephen Frosh, *The Politics of Psychoanalysis: An Introduction to Freudian and Post-Freudian Theory*, Macmillan Education , Ltd., 1987.

Stephen Frosh, *For and Against Psychoanalysis*, Routledge, 1997.

Suzanne R. Kirschner, *The Religious and Romantic Origins of Psychoanalysis: Individuation and Integration in Post-Freudian Theory*, Cambridge University Press, 1996.

Suzette Heald and Ariane Deluz (ed.), *Anthropology and Psychoanalysis: An encounter through culture,* Routledge, 1994.

Venetia J. Newall (ed.), *Folklore in the Twentieth Century: Proceedings of the Century Conference of the Folklore Society,* D. S. Brewer · Rowman · and Littlefield, 1978.

Vladimir Propp, *Theory and History of Folklore*, translated by Ariadna Y. Martin and Richard P. Martin and Several Others, Manchester University Press, 1984.

William R. Bascom, *Frontiers of Folklore*, Westview Press, Inc. 1977.

三、中文论文和译文

[美]阿兰·邓迪斯:《潜水创世者：神话时代男性的创造》，兰克译，《民间文学论坛》1990年第4期。

[美]阿兰·邓迪斯:《街头谄媚语：对女人的美誉与诋毁》，户晓辉译，《民间文学论坛》1998年第3期。

[美]阿伦·邓迪斯:《结构主义与民俗学》，吴绵译，张紫晨编《民俗学讲演集》，

书目文献出版社，1986 年。

[法] 保罗・利科:《艺术与弗洛伊德的系统论》，户晓辉译，叶舒宪主编《文学与治疗》，社会科学文献出版社，1999 年。

陈泳超:《从白话文运动到〈白话文学史〉——胡适与民间文学》,《现代中国》第一辑，湖北教育出版社，2001 年。

董晓萍:《现代民间文艺学的形成史》,《北方论丛》1999 年第 3 期。

户晓辉:《民间文学的学科自觉与规范化追求——读吕微〈神话何为〉》,《民俗研究》2002 年第 1 期。

户晓辉:《民间文学本土化研究的限度问题》,《民族文学研究》2003 年第 1 期。

户晓辉:《第 6 届国际民俗学暑期培训班侧记》,《民族文学研究》2003 年第 2 期。

户晓辉:《论顾颉刚研究孟姜女故事的科学方法》,《民族艺术》2003 年 4 期。

户晓辉:《童话的生产：对格林兄弟的一个知识社会学研究》，吕微、安德明编《民间叙事的多样性》，学苑出版社，2006 年。

户晓辉:《赫尔德与“(人)民”概念的再认识》，载朝戈金主编《中国民俗学》第一辑，广西师范大学出版社，2012 年。

[英] 杰克・古迪:《从口头到书面：故事讲述中的人类学突破》，户晓辉译,《民族文学研究》2002 年第 3 期。

[法] 列维—施特劳斯:《神话的结构研究》，户晓辉译，叶舒宪编选《结构主义神话学》(增订版)，陕西师范大学出版总社有限公司，2011 年。

吕微:《现代性论争中的民间文学》,《文学评论》2000 年第 2 期。

吕微:《论学科范畴与现代性价值观——从〈白话文学史〉到〈中国民间文学史〉》,《文学评论》2001 年第 4 期。

吕微:《“内在的”和“外在的”民间文学》,《文学评论》2003 年第 3 期。

吕微:《顾颉刚：作为现象学者的神话学家》,《民间文化论坛》2005 年第 2 期。

[法] 雅克・拉康:《〈被窃信件〉的讨论》，户晓辉译,《当代电影》1990 年第 2 期。

王娟:《新形势下的新定位——关于民俗学的“民”与“俗”的新思考》,《民俗研究》2002 年第 1 期。

四、英语论文

Alan Dundes, Bruno Bettelheim's Uses of Enchantment and Abuses of Scholarship, in *Journal of American Folklore*, Vol.104, No.411, 1991.

Barbara Kirshenblatt–Gimblett, Folklore's Crisis, in *Journal of American Folklore*, Vol.111, No.441, 1998.

Bryce Boyer, Mythology, Folklore, and Psychoanalysis, in *Theories of Myth, Vol.1: Psychology and Myth*, edited with introductions by Robert A. Segal, Garland Publishing, Inc., 1996.

Brynjulf Alver, Foklore and National Identity, in *Nordic Folklore: Recent Studies*, edited by Reimund Kvideland & Henning K. Sehmsdorf, Indiana University Press, 1989.

Charles L. Briggs, Metadiscursive Practices and Scholarly Authority in Folkloristics, in *Journal of American Folklore*, Vol.106, No.422, 1993.

Diarmuid Ó Giolláin, Folklore, History and the State, in *Scandinavian Yearbook of Folklore*, Vol.46, Published by the Royal Gustavus Adolphus Academy, Uppsala, Sweden,1990.

Diarmuid Ó Giolláin, Universalism, Particularism and the Identity of Folkloristics.（2002 年 7 月 16 日在第 6 届国际民俗学暑期培训班上的讲稿）

Ernst Bloch, The Fairy Tale Moves on Its Own in Time, in *The Utopian Function of Art and Literature: Selected Essays*, translated by Jack Zipes and Frank Mecklenburg, The MIT Press, 1988.

Ernst S. Dick, The Folk and Their Culture: The Formative Concept and the Beginnings of Folklore, in Robert J. Smith and Jerry Stannard (ed.), *The Folk: Identity, Landscapes and Lores*, University of Kansas, The Department of Anthropology, 1989.

Gary Alan Fine, Evaluating Psychoanalytic Folklore: Are Freudians Ever Right?, in *Manufacturing Tales: Sex and Money in Contemporary Legends*, The University of Tennessee Press, 1992.

Gillian Bennett, The Thomsian Heritage in the Folklore Society (London) , in *Journal of Folklore Research*, Vol.33, No.3, 1996.

Jacob Grimm, Circular Concerning the Collecting of Folk Poetry, in *International Folkloristics: Classic Contributions by the Founders of Folklore*, edited by Alan Dundes, Rowman & Littlefield Publishers, Inc., 1999.

Johanna Micaela Jacobsen, Creating Disciplinary Identities: The Professionalization of Swedish Folklife Studies, in *The Folklore Historian*, Vol.18, 2001.

Jürgen Habermas, Modernity: An Unfinished Project, in *Habermas and the Unfinished Project of Modernity: Critical Essays on The Philophical Discourse of Modernity*, edited by Maurizio Passerin d' Entrèves and Seyla Benhabib, Polity Press, 1996.

Linda Dégh, What Did the Grimm Brothers Give to and Take from the Folk?, in *The Brothers Grimm and Folktale*, edited by James M. McGlathery, etc., University of Illinois Press, 1988.

Michael P. Carroll, The Rolling Head: Towards a Revitalized Psychoanalytic Perspective on Myth, in *Theories of Myth, Vol.1: Psychology and Myth*, edited with introductions by Robert A. Segal, Garland Publishing, Inc., 1996.

Pertti J. Anttonen, Folklore, Modernity, and Postmodernism: A Theoretical Overview, in Pertti J. Anttonen and Reimund Kvideland (ed.), *Nordic Frontiers: Recent Issues in the Study of Modern Traditional Culture in the Nordic Countries*, Nordic Institute of Folklore, 1993.

Ritchie Robertson, Primitivism and Psychology: Nietzche, Freud, Thomas Mann, in *Modernism and the European Unconscious*, edited by Peter Collier and Judy Davies, Polity Press, 1990.

Robert Baron, Multi–Paradigm Discipline, Inter–Disciplinary Field, Peering through and around the Interstices, in *Western Folklore,* Vol.52, No.2/4, April 1993.

Robert A. Georges, The Centrality in Folkloristics of Motif and Tale Type, in *Journal of*

Folklore Research, Vol.34, No.3, 1997.

Robert Redfield, The Folk Society, in *American Journal of Sociology*, Vol.52, No.4, 1947.

Roger D. Abrahams, Phantoms of Romantic Nationalism in Folkloristics, in *Journal of American Folklore,* Vol.106, No.419, 1993.

Roger D. Abrahams, Historical Trajectories: Cultural Brokerage and the Public Sector, in *Journal of Folklore Research*, Vol.36, Nos.2/3, 1999.

Rosemary Lévy Zumwalt, Alan Dundes: Folklorist and Mentor, in *Folklore Interpreted: Essays in Honor of Alan Dundes*, edited by Regina Bendix and Rosemary Lévy Zumwalt, Garland Publishing, Inc., 1995.

Sandra Eminov, Folklore and Nationalism in Modern China, in *Folklore, Nationalism, and Politics,* edited by Felix J. Oinas, Slavica Publishers, Inc., 1978.

Uli Linke, Power and Culture Theory: Problematizing the Focus of Research in German Folklore Scholarship, in *Folklore Interpreted: Essays in Honor of Alan Dundes*, edited by Regina Bendix and Rosemary Lévy Zumwalt, New York and London: Garland Publishing, Inc., 1995.

Valdimar Tr. Hafstein, Biological Metaphors in Folklore Theory: An Essay in the History of Ideas, in *Nordic Yearbook of Folklore,* Vol.57, 2001.

Vilmos Voigt, Today's Folklore: A Review, in *Contemporary Folklore and Culture Change*, edited by Irma–Riitta Järvinen, Helsinki, 1986.

五、弗洛伊德的德语论著

Sigmund Freud, *Das Unbehagen in der Kultur*, Internationaler psychoanalytische Verlag, Wien, 1930.

Sigmund Freud, *Bildende Kunst und Literatur*, Studienausgabe Band X, Fischer Taschenbuch Verlag, 1969.

Sigmund Freud, Über den Traum, in Anna Freud und Ilse Grubrich–Simitis (Hrg.), *Sig-*

mund Freud Werkausgabe in Zwei Bänden. Band 1: *Elemente der Pschoanalyse*, S. Fischer Verlag, 1978.

Sigmund Freud, Märchenstoffe in Träumen, in Anna Freud und Ilse Grubrich–Simitis (Hrg.), *Sigmund Freud Werkausgabe in Zwei Bänden*. Band 2: *Anwendungen der Pschoanalyse*, S. Fischer Verlag, 1978.

Sigmund Freud, *Die Traumdeutung*, Studienausgabe Band II, Fischer Taschenbuch Verlag, 1982.

Sigmund Freud, *Vorlesungen zur Einführung in die Psychoanalyse. Neue Folge der Vorlesungen zur Einführung in die Psychoanalyse*, Studienausgabe Band I, Fischer Taschenbuch Verlag, 1982.

Sigmund Freud, *Totem und Tabu. Einige Übereinstimmungen im Seelenleben der Wilden und der Neurotiker*, Fischer Taschenbuch Verlag GmbH, 1991.

后 记

本书是在我承担的中国社会科学院文学研究所重点课题《民间文学理论与方法的跨文化对话——以阿兰·邓迪斯为个案对象》(2001—2003)的基础上修改而成。

本课题最初的设想是把邓迪斯的理论和方法放在西方民间文学或民俗学研究的历史及当代背景中加以全面介绍和分析，试图以邓迪斯为个案，将重大问题突出出来，并与中国民间文学研究的理论和方法形成比较和对话关系，在一定程度上弥补中外民间文学研究相互隔膜的知识现状。但在后来阅读和思考的过程中，我的想法发生了较大的变化。我基本上放弃了原先以邓迪斯为个案进行中外民间文学理论和方法的异同比较和对话的想法，转而寻求现代民间文学或民俗学话语的深层脉络或问题域。当我不再把中国和外国看作 A 与 B 这样的实体，而是把它们看作现代民间文学或民俗学话语发生的不同场域时，一个重要的问题就浮现了出来：即现代民间文学话语的发生与现代性的关系问题。民间文学或民俗学研究并不是古已有之的学科，而是在现代性语境中产生的文化体制现象。在很大程度上，现代民间文学或民俗学话语及其主要的范畴、概念和研究的理论范式都是现代性意向的建构之物。这就决定了此项研究必然要把理论研究与学术史研究结合起来，并且以新的思路来理解现代民间文学和民俗学话语的深层动力与本质特征。这样一变，课题的难度就加大了，但或许更有理论意义和学术价值。

另外，本书也可以看作我的学术研究“转型”的一个产物或标志。近两年，我对自己以往的学术研究产生了怀疑，对自己似乎也越来越不满意起来。文学所乃至社科院有一种无形的学术氛围，像烤箱一样熏着我，使我有足够的“隐居”时间来检点自己的不足。对自己的怀疑和不满使我集中阅读了国外反思人类学的一些著作，但读着读着，我便觉得自己的困惑和问题并没有得到解决，而且自己在以前的研究中所做的反思（比如，对文人学者浪漫的民间观的警惕，对西方艺术概念的普适性的怀疑，等等）也是不够彻底的。于是，在完成课题之后，我集中时间阅读了胡塞尔，才有了一些茅塞初开的感觉。我与胡塞尔大概算不上“相见恨晚”，因为在20世纪80年代末我就读过他的《现象学的观念》，但那时真有一些不知所云，所以也只能是见而未识。这大概正应了孙歌的一句话，“当不具备自身紧迫的问题意识时，知识永远是身外之物”。与此同时，我重读了日本学者柄谷行人的《日本现代文学的起源》一书，我一方面惊异于作者在20世纪70年代末就有如此的“彻悟”，另一方面也感到，我的这项研究虽然晚出，却与他有不谋而合之处。可以说，正是这些阅读使我的世界观发生了变化，也让我对自己研究的对象、方法和目的有了越来越清晰的认识。因此，我在本书中运用现象学方法对现代民间文学或民俗学话语的反思有一个从自发到自觉的过程。我对胡塞尔的阅读以及对民间文学问题的思考才刚刚开始，这不是为了俗套的谦虚或者为了逃避可能到来的批评，而是为了表达一种感觉：即越读书越感到无知，也越觉得谦虚是发自内心的一种需求。

本课题从获得文学所重点项目立项，到我于2002年7月去芬兰参加第六届国际民俗学暑期培训班，并在赫尔辛基大学民俗学系和图书馆查阅资料，一直得到文学所学术委员会和科研处的支持。在写作过程中，我曾多次和吕微讨论有关问题，并得到他的点拨。民族文学所的巴莫曲布嫫博士惠借了美国学者罗丝玛丽·莱维·朱姆沃尔特赠给她的邓迪斯纪念文集，爱尔兰民俗学家迪亚蒙德·奥吉里安还惠寄来新出的大著《定位爱尔兰民俗：传统、现代性、身份》(*Locating Irish Folklore: Tradition, Modernity, Identity*)。本书的出版得到北京大学社会学人类学研究所的高丙中教授以及中国社会科学院文学研究所的蒋寅研究员和吕微研究员的推荐，他们的赞誉为我今后的学术研究树立了一个标高，他们的批评意见在修改过程中多数已经得到采纳。另外，中国社会科学院科研局的朱渊寿先生和文学研究所科研处的严平女士也提供了帮助。在此一并致以谢意！

户晓辉

2004年3月16日

第二版后记

转眼之间，本书的写作已是近二十年前的事情了。初版完成之后，我有幸邀请中国社会科学院文学研究所的吕微、孙歌、金惠敏、赵京华、赵稀方五位研究员就“现代性与民间文学”问题展开笔谈。[①] 据我所知，宣炳善、袁博写过书评。[②] 在理论室钱竞（1943—2012）先生的文学—文化前沿理论课上，中国社会科学院研究生院法学系 2008 级硕士生刘佳佳的课程论文曾以本书为讨论对象。[③] 在这些年里，虽然本书被有些大学列入研究生必读书目，偶尔也有人打听它何时再版，但它的读者可能并不多。承蒙民间室同仁，尤其是祝鹏程博士以及河北教育出版社郝建东先生的美意，拙书有了再版的机会，谨致谢忱！

这些年来，我对本书的论题自然有了一些新想法，但终于还是决定只对个别字句和一些引文及注释格式加以核对、增补、更新或修订，尤其把第六章中几处弗洛伊德的引文改为直接引用德语原著，聊以弥补我当初写作本书时不懂德语的遗憾。没有修改基本内容的原因是：一则本书与《返回爱与自由的生活世界——纯粹民间文学关键词的哲学阐释》（江苏人民出版社，2010 年）以及《民间文学的自由叙事》（社会科学文献出版社，2014 年）一起，能够大体反映我在问题意识上的承续和变化；二则本书的论述自有独立的价值和意义，而且第二版本身也

---

①原载《民间文化论坛》2005 年第 1 期，参见本书附录。

②宣炳善:《启蒙现代性语境中的民俗学建构——评户晓辉〈现代性与民间文学〉》，2004 年 12 月 2 日《文汇读书周报》；袁博:《发现“风景的发现”——读户晓辉〈现代性与民间文学〉》，陈平原主编《现代中国》第七辑，北京大学出版社，2006 年，第 309—313 页。

③刘佳佳:《方法与语境——读户晓辉〈现代性与民间文学〉》，感谢刘方喜研究员在 2009 年 3 月 31 日告知并惠示刘佳佳的课程论文。

是其价值和意义的一种体现。

第一版原有两个附录，分别收录我翻译的《美国的民俗概念》和《民俗理论的退化论前提》两篇译文。由于它们后来均收入我编选并翻译的阿兰·邓迪斯文集[1]，所以这次把附录改为我主持的那组笔谈文章，便于读者对相关问题有更多的知识参照，同时也在学术史上留下一点共同的记录。

户晓辉

2022年1月19日记于北京建国路15号院寓所

①[美]阿兰·邓迪斯:《民俗解析》，户晓辉编/译，广西师范大学出版社，2005年。